Feinde in hohen Positionen

YOSSI DISKIN

Feinde in hohen Positionen

Ein Avi-Halon-Thriller

Bibliografische Information der Deutschen Nationalbibliothek:
Die Deutsche Nationalbibliothek verzeichnet diese
Publikation in der Deutschen Nationalbibliografie; detaillierte
bibliografische Daten sind im Internet über dnb.dnb.
de abrufbar.

Satz, Umschlaggestaltung, Herstellung und Verlag:
BoD – Books on Demand, Norderstedt
ISBN: 978-3-7543-7271-5

Juli 2019

Valletta, Malta – Montag, 15. Juli. Wer in Valletta, der Hauptstadt der Mittelmeerinsel Malta, die legendäre *Merchant Street* hinabschlendert, läuft schnell an der engen und unscheinbaren *Magdalene Lane* vorbei. Diese Gasse ist in keiner Straßenkarte verzeichnet, was beabsichtigt ist, und auf Google Maps wurde sie schon vor Jahren unkenntlich gemacht. An der Eingangstür des Gebäudes Nummer 17 verkündet ein kleines Messingschild, dass hier das *Institut für interreligiösen Dialog* untergebracht ist. Wer das Institut besuchen möchte, muss vorher einen Termin vereinbaren und benötigt zumindest ein Empfehlungsschreiben. Eingelassen wird nur, wer zuvor die von einer obskuren Firma aus Tel Aviv installierte hochempfindliche Sicherheitsschleuse passiert hat. Aktenkoffer und Handtaschen werden von zwei jungen Herren mit pedantischer Effizienz durchsucht. Der eine heißt Gadi, der andere Shaul.

Sobald der Besucher die Sicherheitsschleuse erfolgreich passiert hat, wird er in einen geräumigen, hell erleuchteten und angenehm kühlen Raum geführt, in dem sich zwischen wandhohen Bücherregalen, ein großer Schreibtisch, zwei exklusive braune Ledercouchen und ein schwerer runder Tisch mit einer weinroten Samtdecke befinden. Im hinteren Teil des Raumes führt ein Korridor zu den Toiletten und zu dem Raum, in dem Gadi und Shaul arbeiten.

Der Mann, der hier arbeitet, heißt Dr. Yonah Melman

und ist offiziell Rabbiner. Er trägt einen gestutzten weißen Bart, ist unscheinbar gekleidet und die meiste Zeit in Zigarettenqualm gehüllt. Manche vermuten, er habe Eheprobleme, andere glauben, er sei leicht verrückt. Die Wahrheit ist: Kaum jemand weiß, wer er wirklich ist.

Sobald ein ranghoher Würdenträger einer anderen Religionsgemeinschaft zu Gast ist, bietet er ihm eine der bequemen Couchen und einen Kaffee an. Außer Hörweite streiten Gadi und Shaul dann darum, wer ihn servieren muss. Gadi ist ein reformierter Jude aus New York, intellektueller als Shaul und deshalb etwas geduldiger. Shaul ist ein Orthodoxer aus Jerusalem und betrachtet es als unter seiner Würde, Nichtjuden Kaffee zu servieren. Seine Gedanken kreisen mehr um die richtige Erfüllung der *Mitzvot* zum Laubhüttenfest, das erst in drei Monaten stattfinden wird. Er ist der festen Überzeugung, dass die Juden seit Generationen einem Fehler aufsitzen und das Gebot des Feststraußes mit den vier Arten von Zweigen für das Laubhüttenfest nicht richtig erfüllen, denn die *aravot*, von denen die Torah spreche, seien nicht Zweige des niedrigen Bachweidenstrauches, sondern die des Eukalyptusbaumes. »Bei der *arava*, der Bachweide, ist der Stil rot und das Blatt länglich mit glattem Rand, bei der *zafzafa* ist der Stil weiß und das Blatt rund mit sichelartigem Rand.« Gadi verdreht bei solchen Spitzfindigkeiten regelmäßig die Augen, hört aber immer geduldig zu.

Es gibt aber ein Thema, das Shaul in richtige Erregung versetzt. Das ist die Unwissenheit der israelischen Jugend über die wahre Berufung eines Juden. Die israelische Jugend glaube nämlich, die Kernaufgabe eines Juden sei es, den Gedanken des Liberalismus in der Welt zu verbreiten. Dies sei eine riesengroße Täuschung und ausschließlich auf das schlechte säkulare Bildungssystem zurückzuführen. In Wirklichkeit bestehe die Hauptaufgabe eines Juden darin, die zehn Gebote zu verkünden, die *HaShem* dem Moshe überreicht hat.

Rabbi Melman hält sich bei seinen Besprechungen mit Würdenträgern anderer Religionen an kein festes Schema. Er hat auch nichts dagegen, Fragen über sich selbst zu beantworten, und falls der Besucher nicht locker lässt, erklärt er ihm auch, wieso er sich so vehement für den interreligiösen Dialog engagiert. Seine Bereitschaft, über seine Vergangenheit zu sprechen, hat allerdings ihre Grenzen. So erzählt er dem Besucher nicht, dass er ab den Siebzigerjahren, kurz nach dem Yom-Kippur-Krieg, bis in die Neunzigerjahre für den berüchtigten israelischen Geheimdienst gearbeitet hat. Oder dass er regelmäßig nach Israel fliegt und eine streng bewachte geheime Einrichtung nördlich von Tel Aviv aufsucht, um einige seiner Tricks an die nächste Generation weiterzugeben. Einer seiner besten Freunde, Aryeh Ben-Zvi, ebenfalls wie Melman dreiundsiebzig Jahre alt und aktuell der Chef der Operationsabteilung, pflegt zu sagen, Yonah Melman könne verschwinden, während er einem die Hand schüttelt.

Im Umgang mit Gästen ist Melman still, genau wie er bei den Männern, die er für Ben-Zvi und dessen

Vorgängern aufzuspüren hatte, still vorgegangen war. Er spricht mehrere Sprachen und hört seinem Gast in derjenigen Sprache zu, die dieser bevorzugt.

***

An diesem heißen Julivormittag saß Melman wie jeden Tag bereits seit drei Stunden über einen riesigen Stapel Akten gebeugt. Er klappte die Mappe zu, sah auf die Uhr auf seinem Computerbildschirm und ging dann über den Korridor zu dem kleinen Raum, in dem die jungen Männer arbeiteten. »Es ist bereits zehn nach zehn. Für wann hatte sich der Erzbischof angekündigt?«

»Für zehn Uhr«, erwiderte Gadi. »Vielleicht steckt er im Stau.«

Im selben Moment tauchte auf einem der sechs Überwachungsmonitore das Bild eines schwarzen Fiats auf. Kurz darauf entstiegen ihm ein großgewachsener, schlanker Mann mit rosiger Gesichtsfarbe und ein etwas kleinerer Mann mit einer Aktentasche unterm Arm. Ersterer war der katholische Würdenträger, dessen Besuch Melman erwartete, der andere war sein Sekretär. Beide im Priesterhabit.

Der Fahrer des Fiats wartete, bis die Geistlichen geklingelt hatten und ihnen geöffnet worden war. Dann brauste er davon.

Erzbischof Karl Maria Wegener und sein Sekretär passierten, wie jeder andere Besucher auch, die Sicherheitsschleuse und ließen sich dann akribisch von Gadi und Shaul abtasten. Die Aktentasche, die der

Sekretär nur widerwillig aus der Hand gab, wurde sorgfältig durchsucht und zusätzlich geröntgt, bevor er sie zurückerhielt. Dann wurden die Herren in einen angenehm kühlen Raum geführt, wo Rabbi Melman sie herzlich willkommen hieß.

Rabbi Melman hatte dem Dossier, das er noch rechtzeitig aus Tel Aviv erhalten hatte, bereits entnommen, dass Erzbischof Wegener kein Hebräisch und nur ein rudimentäres Englisch sprach. Deshalb bot er ihm umgehend an, die Konversation auf Deutsch zu führen, ein Angebot, dass der katholische Würdenträger erleichtert annahm.

Nachdem man sich gegenseitig vorgestellt und auf den Ledercouchen Platz genommen hatte, sagte der Erzbischof: »Ich darf Ihnen zunächst die Segensgrüße und guten Wünsche des Heiligen Vaters überbringen. Der Heilige Vater ist, wie er mir persönlich versicherte, sehr mit unserer Arbeit zufrieden. Die Gläubigen haben verstanden, dass die Religionsverschiedenheit keine Rechtfertigung für Gleichgültigkeit oder Feindschaft ist. Im Gegenteil, vom Glauben her können wir zu ›Handwerkern‹ des Friedens werden und bleiben nicht länger träge Zuschauer des Übels von Krieg und Hass. Die Religionen dienen dem Frieden und der Geschwisterlichkeit.«

Während Melman dem aufgeblasenen Wortschwall gerade zustimmen wollte, klingelte es ein zweites Mal. Sein Blick wanderte schnell zu dem Überwachungsmonitor hoch, der über dem Kopf des Erzbischofs hing. Befriedigt nahm er zur Kenntnis, dass es ein brauner UPS-Wagen war. Dieser brachte das dringend erwartete Paket aus Tel Aviv.

Gadi und Shaul eilten zur ersten gepanzerten Tür, tippten auf einem Tastenfeld neben dem Ausgang den Berechtigungscode ein, zogen die innere Tür auf und betraten dann die Sicherheitsschleuse. Dort mussten sie einige Sekunden warten, ehe sie die zweite, ebenfalls gepanzerte Tür öffnen konnten, um den Empfang des Paketes abzuzeichnen. Gemäß den strengen Vorschriften des Büros kontrollierten sie die Echtheit des Absenders und röntgten das Paket anschließend. Nachdem sie keinerlei Sicherheitsbedenken hatten, trugen sie das Paket in den großen Raum und legten es geräuschlos auf Melmans Schreibtisch ab.

Bei dem heutigen Gespräch zwischen Erzbischof Wegener und Rabbi Melman ging es im Wesentlichen um die Vorbereitung des interreligiösen Treffens in Rom im Oktober 2020.

»Wie Sie wissen, sind es bis dahin noch fünfzehn Monate«, begann der Erzbischof, »aber angesichts der Komplexität der Thematik ...«

Rabbi Melman ließen diese Fragen rund um den interreligiösen Dialog vollkommen kalt, aber weil er ein exzellenter Schauspieler war, spielte er das Spiel gekonnt mit. Das Büro interessierte sich weniger für den interreligiösen Dialog als für die geheime Politik, die sich dahinter verbarg. Ganz besonders aber interessierte es sich für den Erzbischof. Denn Erzbischof Karl Maria Wegener war jemand, der sich beim klar erkennbaren Linkskurs des aktuellen Pontifikats zu Recht große Chancen auf die Kardinalswürde ausrechnete.

»Haben die Herren vielleicht Lust auf ein Eis?«, fragte Melman unvermittelt.

Der Erzbischof hob verwundert eine Augenbraue. Angesichts der Bedeutung der zu besprechenden Themen empfand er diese weltliche Frage geradezu als Plattheit und Respektlosigkeit.

»Haben Sie denn Eis hier?«

»Nein, aber wir haben schräg gegenüber ein hervorragendes italienisches Eiscafé, vielleicht das Beste von ganz Valletta.«

»Nun gut.« Ein mildes Lächeln huschte über das Gesicht seiner Exzellenz. »Dann hätte ich gern eine Kugel Schokoladeneis.«

Der Sekretär hob zaghaft einen Finger. »Ich hätte gern das Gleiche.«

»Eine gute Entscheidung«, befand Melman. »Einen Moment bitte, ich schicke einen von den Jungs.«

Mit diesen Worten erhob sich der Rabbiner und ging zum anderen Ende des Raumes, wo ein schmaler Korridor zu dem relativ kleinen Arbeitszimmer führte, in dem Gadi und Shaul ihrer Arbeit für das Büro nachgingen. Als Melman die Tür öffnete, fiel sein Blick sofort auf den großen Plasmabildschirm. Er kannte das Gesicht des Mannes auf dem Bildschirm nur zu gut. Seine Jungs befanden sich gerade in einer Arbeitssitzung mit dem für Südeuropa zuständigen *katsa*. Da konnte er unmöglich stören.

Wortlos schloss er die Tür.

»Ich gehe selbst«, sagte er, als er zum Erzbischof und dessen Sekretär zurückgekehrt war. »Entschuldigen Sie mich bitte.«

Die Räume des *Instituts für interreligiösen Dialog* zu verlassen, war fast so schwierig wie sie zu betreten.

Auf dem Tastenfeld neben dem Ausgang tippte Melman eine Zahlenkombination ein. Sowie der Summer ertönte, zog er die innere Tür auf und trat in die Sicherheitskammer. Die äußere Tür ließ sich erst öffnen, wenn die innere Tür zehn Sekunden lang geschlossen gewesen war.

Melman drückte das Gesicht an die Panzerglasscheibe und spähte hinaus.

Am Ende der Gasse stand ein untersetzter, muskulöser und tätowierter Mann in schwarzem T-Shirt und schwarzer ausgeblichener Jeans. Bis auf einen kurzgeschnittenen schwarzen Haarkranz war er kahl. Der Mittdreißiger trug eine Schildpattbrille mit runden Gläsern.

Yonah Melman konnte nicht auf den Straßen Vallettas unterwegs sein, ohne automatisch zu kontrollieren, ob er beschattet wurde, und sich alle Gesichter zu merken, die zu häufig in zu vielen unvereinbaren Situationen auftauchten. Selbst aus der Ferne wusste er, dass er die Gestalt auf der anderen Straßenseite in den letzten Tagen mehrmals gesehen hatte.

Er durchsuchte sein Gedächtnis, wie ein Bibliothekar einen Karteikasten durchblätterte. Und er wurde dreimal fündig.

Melman drehte sich um und drückte die Taste der Sprechanlage. *Kommt schon, Jungs.* Er drückte erneut, dann blickte er über die Schulter. Die tätowierte Gestalt war verschwunden.

Aus dem Lautsprecher drang die Stimme von Gadi. »Was ist passiert?«

Melman drückte die Sprechtaste noch einmal.

»Kommt sofort raus! Sagt das auch den beiden Geist-lichen! Sofort!«

Sekunden später erschienen Gadi, Shaul und die beiden Geistlichen in seinem Blickfeld. Sie waren aber noch durch die Wand aus Panzerglas von ihm getrennt. Gelassen gab Gadi den Sicherheitscode ein. Die anderen drei standen wortlos hinter ihm.

Später konnte sich Melman nicht daran erinnern, die Detonation gehört zu haben. Gadi, Shaul und die beiden Geistlichen wurden von einem Feuerball ein-gehüllt, dann von der Druckwelle mitgerissen. Die Eingangstür wurde nach draußen geblasen, Melman wie ein Spielzeug hochgehoben und durch die Luft gewirbelt. An den Aufprall konnte er sich nicht erin-nern. Er wusste nur, dass er in einem Hagelsturm aus zersplittertem Glas auf dem Rücken lag. Dann wurde ihm schwarz vor Augen.

***

New York City – Dienstag, 16. Juli. Es ist kurz nach Mit-ternacht. Der Mann auf dem Rücksitz des gelben Taxis hat ein Gesicht, das man nicht so schnell vergisst. Die zehn Zentimeter lange Narbe, die von seinem rechten Wangenknochen bis zu seinem Kinn verläuft, ist das Andenken an ein Himmelfahrtskommando im Libanon vor zwanzig Jahren. Mit seinem stahlgrauen Stoppel-haarschnitt und seinen kalten blaugrauen Augen sieht er kein Jahr jünger aus als er ist. Daran ändert auch der maßgeschneiderte dunkelblaue Anzug nichts, den er bei *Giorgenti* hat anfertigen lassen und der ihm noch rechtzeitig für das Abendessen mit seiner Tochter ins Hotel gebracht worden war. Sein Name ist Avi Halon. Er ist Führungsoffizier des israelischen Auslandsgeheimdienstes. Er hat sich ein paar Tage frei genommen, um mit seiner zweiundzwanzigjährigen Tochter Ronit seinen 55. Geburtstag in den USA zu feiern.

Während ihn das Taxi jetzt zum Ritz-Carlton zurückbringt, kreisen seine Gedanken um seine Tochter und um die Gespräche, die er an diesem Abend mit ihr geführt hat.

Sie hatten in einem der besten New Yorker Restaurants gespeist und sich anschließend an der Bar noch einen hinter die Binde gekippt. Sie hatten sich die ganze Zeit über sehr gut und tiefgründig unterhalten. Halon hatte befriedigt zur Kenntnis genommen, dass seine Tochter ihm im Hinblick auf die ganzen Vorbehalte, die er schon frühzeitig gegenüber einem Studium in den USA geäußert hatte, in allen Punkt Recht gegeben hatte. »Du hast wie immer Recht gehabt«, hatte sie gesagt. »Mit dieser Studentengeneration haben die USA keine Zukunft. Als ich mich in Yale einschrieb, hatte ich keine Ahnung, wie schlimm es werden würde. Die Professoren und die Studenten sind dermaßen links, dass ich mir ernsthaft überlege, alles hinzuschmeißen.« »Und dann?«, hatte er sie gefragt. »Ich möchte zurück zum Militär und eine soldatische Laufbahn einschlagen.« »Als was?« »Als Mitarbeiterin des Nachrichtendienstes der Armee. Vielleicht in einer geheimen militärischen Aufklärungseinheit.« Halon hatte daraufhin nur genickt. Da Israelis immer sagen, was sie wirklich denken, braucht man keine Mutma-ßungen anzustellen. Ronit würde also in die Heimat zurückkehren. Je früher dies geschah, desto besser war es für sie. Denn er wusste genau, was die USA erwartete. Früher oder später.

Ronit, eine Schönheit mit langem, braunem, welligem Haar und warmen braunen Augen, studierte Political Science an der Yale Universität in New Haven, Connecticut. Sie hatte bereits während ihres einundzwanzigmonatigen Militärdienstes bei den Bodentruppen den Wunsch geäußert, Politische Wissenschaften in den USA zu studieren, aber ihr Vater war strikt dagegen gewesen. Er hatte ihr auch den Grund genannt: »Ronit, hör mir gut zu! Es gibt zwei große jüdische Gemeinden in der Welt: die amerikanische und die israelische. Die Mentalitätsunterschiede zwischen diesen beiden Gruppen könnten nicht größer sein. Die amerikanischen Juden sind überwiegend linksliberal, sie wählen die korrupten Demokraten, lesen linke Zeitungen wie die New York Times und die Washington Post und sind in der Mehrzahl israelkritisch eingestellt. Mich regt dieser latente Antizionismus der amerikanischen Juden schon seit Jahren auf, und ich möchte nicht, dass du irgendwann mal von diesen Ideen infiziert wirst. Du bist eine waschechte *tzabar*, und ich will, dass das so bleibt.«

Halon war von Anfang an gegen Ronits Studium in den USA gewesen, denn fast alle amerikanischen Universitäten waren extrem linksindoktriniert. Dennoch hatte er ihrem Herzenswunsch schließlich nachgegeben. Wie die meisten israelischen Eltern hatten er und Sara – die Frau, von der er inzwischen geschieden war – sich schwer getan, ihrer einzigen Tochter Grenzen zu setzen. Sie hatten sie bereits als Kind zu möglichst viel Selbstständigkeit und Eigeninitiative ermutigt, nicht zuletzt um sie auf den Militärdienst und das Erwachsenenleben vorzubereiten.

Ronit war jetzt eine von 630.000 Reservisten, über die die israelischen Streitkräfte aktuell verfügten. Dass sie ihre Semesterferien in Israel bei einer vierwöchigen Reserveübung verbringen musste, war für sie normal. »Jeder Bürger Israels ist ein Soldat auf elfmonatigem Urlaub pro Jahr«, pflegte der einstige Generalstabschef Yigal Yadin immer zu sagen, und Ronit konnte ihm diesbezüglich nur beipflichten. Wenn es einen Punkt gab, in dem sich die meisten Israelis einig waren, dann war es die Überzeugung, dass die Streitkräfte unverzichtbar waren. »Wir können es uns nicht leisten, auch nur einen Krieg zu verlieren, sonst hätten wir kein Land mehr. Israelin zu sein, bedeutet für mich, das Land zu verteidigen«, versuchte sie die blanken Tatsachen ihren unverständigen amerikanischen Kommilitonen zu erklären.

Mit der Gründung ihres Staates, aber auch schon vorher, lebten die Israelis immer in einem Zustand des Krieges oder eines drohenden Krieges. Auf den Unabhängigkeitskrieg von 1947 bis 1949 folgten der Suez-Feldzug von 1956, der Sechstagekrieg von 1967, der Abnutzungskrieg von 1968 bis 1970, der Yom-Kippur-Krieg von 1973, der erste Libanon-Krieg von 1982 bis 2000 und der zweite Libanon-Krieg von 2006. Darauf folgten drei militärische Operationen gegen die Hamas und andere palästinensische Terrorgruppen im Gazastreifen: »Gegossenes Blei« 2008/2009, »Wolkensäule« im November 2012 und »Protective Edge« im Sommer 2014.

Ronit wusste natürlich, was ihr Vater beruflich machte, wenngleich zu Hause nie ein Wort darüber verloren wurde. Ronit konnte schweigen wie ein Grab. Selbst ihrer besten Freundin gegenüber. Diese erfuhr nur, dass ihr Vater einen Bürojob im Verteidigungsministerium hatte. Manchmal war er tagelang verschwunden. Und wenn er wieder nach Hause kam, konnte sie den Tod in seinen Augen sehen.

»Sehen wir uns morgen noch mal?«, hatte sie ihn beim Verlassen des Luxusrestaurants gefragt. »Das geht leider nicht. Aber wir sehen uns in sechs Wochen in der Heimat.« »Okay. Ich freu mich drauf.« Dann war sie ihm um den Hals gefallen, hatte ihm einen flüchtigen Kuss auf den Mund gegeben und sich noch mal für die Einladung bedankt. Halon hatte sie daraufhin ein weiteres Mal in den Arm genommen und diesmal sehr fest gehalten. »Danke, dass du meinen Geburtstag mit mir gefeiert hast.« »Es war mir eine Ehre«, hatte sie erwidert und dabei feuchte Augen bekommen. Dann hatte sie ein Taxi herbeigerufen, das sie zurück nach New Haven in ihre Studentenwohnung bringen sollte. Halon hatte dem abfahrenden Taxi noch einen Augenblick hinterhergesehen, bevor er sich selbst ein Taxi nahm.

***

Um an der Rezeption der großen Hotels der Welt nicht unnötig Zeit zu verlieren, besitzt jeder Führungsoffizier des Mossad eine Zugangskarte zu einer Suite, die ausschließlich für ihn reserviert ist.

Das gilt selbstverständlich auch für das New Yorker Ritz-Carlton. Suite 1101 weist jedoch eine Besonderheit auf. Sie wird vom Mossad als sicheres Haus genutzt, ist abhörsicher und mit zahllosen technischen Raffinessen ausgestattet. Der normale Zimmerservice des Hotels hat keinen Zugang zu dieser Suite, deshalb ranken sich diverse Mythen um sie.

Kaum hatte Halon das prächtige Foyer des Hotels betreten, kam ihm ein *sayan* entgegen.

Sayanim heißen die unbezahlten freiwilligen jüdische Helfer des israelischen Auslandsgeheimdienstes.

»Der Alte will Sie sprechen. Er erwartet Sie oben«, sagte der junge Mann mit leiser Stimme.

»Er ist *hier*?«

»Ja.«

Halon wusste, dass er den Drink, den er sich noch an der Bar genehmigen wollte, vergessen konnte. Er ging zu den Aufzügen, drückte einen Knopf und wartete, bis sich eine Tür öffnete.

Das Licht in seiner Suite war stark gedimmt. Es roch nach türkischen Zigaretten. Ein sicheres Zeichen dafür, dass der Alte in der Nähe war. Im Ritz-Carlton galt ein allgemeines Rauchverbot, aber da praktisch alle Führungsoffiziere rauchten, war die Mossad-Suite davon ausgenommen. Ein alter Mann mit schneeweißem Haar und gedrungenem Körperbau stand am Fenster und blickte auf den Central Park hinaus. Halon trat an seine Seite. Er wusste, dass Aryeh Ben-Zvi – so hieß der Chef der Operationsabteilung – gekommen war, um ihm vom Tod zu erzählen. Der Tod hatte sie vor dreißig Jahren zusammengeführt, und der Tod blieb das einzige stabile Element ihres Bundes.

Ben-Zvi verzichtete auf die Begrüßung, gratulierte ihm auch nicht zum Geburtstag. Stattdessen berichtete er Halon ruhig, was er über die Ereignisse in Valletta wusste. Gestern war in den Räumen des *Instituts für interreligiösen Dialog* ein Sprengsatz detoniert. Rabbi Yonah Melman, der Leiter des Instituts, lag in tiefem Koma im Saint Thomas Hospital auf der Intensivstation. Seine Überlebenschance wurde als gering eingeschätzt. Seine beiden Assistenten waren bei dem Anschlag ums Leben gekommen, ebenso Erzbischof Karl Maria Wegener und dessen Sekretär, die gerade zu Besuch gewesen waren. Ein *Aktionsbündnis gegen Religion und Aberglaube*, eine Gruppierung, die noch nie zuvor in Erscheinung getreten war, hatte im Rahmen eines Bekennerschreibens die Verantwortung für das Attentat übernommen.

»Kein Hinweis auf Israel oder Juden im Allgemeinen?«, fragte Halon.

»Nein.«

»Dann steht nicht zweifelsfrei fest, dass wir das Ziel waren.«

»Für diese Schlussfolgerung wurde der Anschlag zu professionell durchgeführt. Melmans Büro war eine Festung. Verrate mir mal, wie eine völlig unbekannte Gruppierung einen Sprengsatz in ein stark gesichertes Gebäude bekommt.«

»Feindlicher Geheimdienst?«

Ben-Zvi schwieg. Er wandte sich vom Fenster ab und drehte am Dimmer. Die Lichter im Wohnzimmer flammten auf. Der Chef der Operationsabteilung ging ein paar Schritte, dann ließ er seinen wuchtigen Körper auf die Couch fallen. Er griff nach der silbernen Kaffeekanne, die auf dem niedrigen Marmortischchen stand, und schenkte zwei Tassen Kaffee ein.

»Kaffee um ein Uhr morgens?«, fragte Halon, der noch immer am Fenster stand.

»Die Nacht wird lang. Setz dich.«

Halon zog sein Jackett aus. Nachdem er Zigaretten und Feuerzeug herausgenommen hatte, legte er es sorgfältig über die Stuhllehne. Dann löste er die Krawatte, streifte sie über den Kopf und legte sie über sein Jackett.

Er setzte sich in den Ledersessel neben seinem Chef.

Ben-Zvi zündete sich eine weitere seiner übelriechenden türkischen Zigaretten an. »Ich habe mich freiwillig erboten, nach Valletta zu fahren, aber davon wollte Ron nichts hören. Er glaubt, dass die Polizei mitteilsamer ist, wenn wir durch eine weniger polarisierende Gestalt vertreten werden.«

»Und da dachtest du an mich. Obwohl wir Leute in Valletta haben.«

»Mir ist wohler, wenn jemand, dem ich vertraue, die Dinge im Auge behält.«

»Was ist mit unserem *katsa* für Südeuropa?«

»Zev ist zurzeit stark mit Rom beschäftigt. Aber wenn du mit deinen Ermittlungen nicht weiterkommst, kannst du ihn als Ratgeber zu Rate ziehen.« Ben-Zvi nahm einen Schluck aus seiner Tasse. »Nein, Avi, für Valletta bist du der richtige Mann.«

»Wissen wir schon etwas über den verwendeten Sprengstoff?« Halon zündete sich nun ebenfalls eine Zigarette an.

»Ich habe sofort ein Team von Bombenspezialisten nach Valletta geschickt, um in den Trümmern nach Hinweisen auf Zusammensetzung und Herkunft der Sprengladung zu fahnden. Ich erwarte ihren Bericht stündlich.« Der Alte beugte sich vor und sah seinen Führungsoffizier eindringlich an. »Ich will ehrlich zu dir sein, Avi. Du tust es nicht fürs Büro, sondern für mich. Yonah ist mein Freund. Er liegt in Valletta im Krankenhaus und ringt mit dem Tod. Und ich wüsste gern, wer ihn dorthin gebracht hat.«

»Erzähl mir von Yonah.«

Der Blick des Alten veränderte sich, als würde das Grauen des Krieges noch einmal an seinem inneren Auge vorbeiziehen. »Yonah ist genauso alt wie ich«, begann er. »Dreiundsiebzig. Wir haben zusammen im Sechstagekrieg und im Yom-Kippur-Krieg gekämpft. Ich sehe Yonah noch vor mir, als wir am Mittwoch, dem 7. Juni 1967, Ostjerusalem befreiten und vor unserem größten Heiligtum, dem *kotel*, standen. Unsere Empfindungen in diesem Moment waren unbeschreiblich. Wir nahmen unsere Helme ab und fingen an zu tanzen. Wir sangen gemeinsam *Yerushalayim shel zahav*, und Yonah weinte wie ein kleines Kind. Ich glaube, dies war auch der Moment, in dem er beschloss, Rabbiner zu werden. Nach dem Sechstagekrieg war das ganze

Land in Euphorie. Das Lebensgefühl von damals war einfach unbeschreiblich. Alle blickten positiv in die Zukunft. Innerhalb von nur sechs Tagen hatten wir nicht nur Ägypten, Syrien und Jordanien niedergerungen, sondern auch die Kontrolle über den Gazastreifen, den Sinai, die Hälfte des Golan, Samaria, Judäa und Ostjerusalem erlangt. Für Yonah und mich begann die schönste Zeit unseres Lebens. Ich begann mein Ingenieurstudium, aber Yonah, der über viele Talente verfügte, wollte unbedingt Rabbiner werden und begann sein Theologiestudium. Trotz unterschiedlicher beruflicher Ambitionen verloren wir uns in den folgenden sechs Jahren aber nie aus den Augen. Wir hatten einfach die gleiche Wellenlänge, wie man so schön sagt. Außerdem liefen wir uns bei den jährlichen Reserveübungen ohnehin immer über den Weg. Kurz nach dem Sechstagekrieg lernten wir unsere späteren Ehefrauen kennen, und im Frühjahr 1973 – Yonah und ich waren gerade siebenundzwanzig geworden – heirateten wir.«

»Ihr wart beide siebenundzwanzig, hattet aber bis zu diesem Zeitpunkt noch keinen Kontakt zum Büro.«

»Nein, das war erst *nach* dem Yom-Kippur-Krieg. Aber lass mich der Reihe nach erzählen. Dieser Krieg vom Oktober 1973 änderte alles. Absolut alles. Er wurde nicht nur für Yonah und mich zum Trauma, sondern für unser ganzes Land. Keiner von uns hatte damals geglaubt, dass es die Ägypter wagen würden, uns nach ihrem Debakel von 1967 anzugreifen. Und doch taten sie es. Der Stolz der Araber und ihr Nationalismus verlangten es so. Sadat sagte damals, dass er keinen Millimeter ägyptischen Bodens freiwillig hergeben würde. Yonah und ich lagen damals direkt an der Bar-Lev-Linie am Ostufer des Suezkanals in einem der fünfunddreißig Bunker. Am 27. September 1973 bezogen wir unsere Stellung. Kurze Zeit später sahen wir, wie die Ägypter Lkw, Kanonen und Raketenwerfer in Stellung brachten. Wir informierten das Hauptquartier, aber dort hieß es: *Macht euch nicht in die Hosen, Jungs.* Sie verspotteten uns. Für unsere Führung war der Aufmarsch der Ägypter nichts weiter als das übliche Herbstmanöver, das sie jedes Jahr aufführten. Und so wie unsere Führung dachte, dachte der Rest unseres Landes. Hinter der Bar-Lev-Linie fühlten sich alle absolut sicher. Der Sechstagekrieg hatte unser Denken vollkommen verändert. Unser Bewusstsein als Nation war davon zutiefst beeindruckt worden. Nach diesem Erfolg gingen unsere Politiker und unsere Nachrichtendienste davon aus, dass die Araber nicht fähig wären, unseren Streitkräften zu widerstehen. Wir alle fühlten uns sicher, und wir sagten uns, mit dieser Armee kann uns nichts passieren.«

»Und das böse Erwachen kam dann am 6. Oktober.«

»Richtig. Die Jahre der Euphorie waren mit einem Schlag zu Ende. Um Punkt 14 Uhr gab Sadat seiner Luftwaffe den Befehl zum Angriff. Yonah und ich saßen im selben Bunker. Aufgeregt hörten wir den Funkverkehr zwischen den einzelnen Bunkern ab. Deshalb wussten wir genau, was gerade passierte.«

»Soweit ich mich erinnere, wurden damals sämtliche Bunker überrannt.«

»Nicht alle. Yonah und ich hatten extremes Glück.

Nur unser Bunker, ganz im Norden, in der Nähe von Port Said, hielt über die ganze Dauer des Krieges stand, während alle anderen überrannt wurden.«

»Aber dann kam doch ziemlich schnelle die Wende zu unseren Gunsten.«

»Nun ja. Es waren eigentlichen im Wesentlichen zwei Gründe, die uns die Wende brachten. Nachdem Golda Meir von Moshe Dayan, unserem damaligen Verteidigungsminister, informiert worden war, dass wir gegenüber Syrien und Ägypten eine militärische Niederlage erleiden würden, reagierte sie innerhalb weniger Minuten. Das habe ich allerdings erst Jahre später erfahren. Golda ließ sofort dreizehn Atombomben mit der Sprengkraft von je zwanzig Kilotonnen TNT für unsere Jericho-Raketen gefechtsbereit machen. Als die Amerikaner am Morgen des 9. Oktober davon erfuhren, drehten sie geradezu durch. Nixon wollte unseren Atomschlag gegen Kairo und Damaskus unter allen Umständen vermeiden und ordnete sofort massive Unterstützung mit militärischem Material für uns an. Der zweite Grund war, dass Sadat eine Panzeroffensive auf dem Sinai befahl. Absolut offenes Gelände und absolut freies Schussfeld für unsere Luftwaffe. Am Morgen des 14. Oktober gab Sadat seinen Befehl, am Mittag desselben Tages hatte unsere Luftwaffe 250 ägyptische Panzer vernichtet. Von dieser Stunde an waren die Ägypter in der Defensive, und General Bar-Lev konnte seine Offensive am nächsten Tag starten. Alle unsere Hoffnungen ruhten dabei auf Arik Sharon und seinen Divisionen. Drei Tage lang wurde gekämpft. Mann gegen Mann. Panzer gegen

Panzer. Dann hatte sich der Krieg festgefahren. Wir lagen vor Suez fest, und am 22. Oktober erwirkte die UNO einen Waffenstillstand.«

»Was habt ihr damals empfunden, als euch klar wurde, dass im Grunde keine Seite gesiegt hatte?«

»Wir hatten eine Scheißwut auf den Mossad, da es ja seine Aufgabe gewesen war, unsere Führung rechtzeitig vor dem drohenden Angriff zu warnen. Wir dachten, der Mossad war dermaßen beschäftigt mit der Eliminierung der Terroristen des Schwarzen September und der Jagd auf Ali Hassan Salameh, dass er die Kriegsvorbereitungen der Ägypter und Syrer einfach übersah. Erst Jahre später erfuhren wir, dass der Mossad in Wirklichkeit mehrfach vor einem Präventivschlag der Ägypter gewarnt hatte, aber er hatte mit seinen Warnungen unter den israelischen Geheimdiensten alleine dagestanden. Jedenfalls trieb der Glaube, dass der Mossad nicht so gut war, wie wir bis dahin angenommen hatten, Yonah und mich zu der Erkenntnis, dass sich dies schleunigst ändern müsste. Wir hatten glasklar erkannt, dass wir immer auf uns allein gestellt sein würden, dass wir überall auf der Welt Feinde hatten und dass unsere Lebensaufgabe darin bestand, unser Volk zu beschützen. Wir mussten unser Volk schützen, sowohl vor den Narren im eigenen Land als auch vor den dämonischen Kräften, die uns umgaben. Also fassten wir den Entschluss, uns beim Mossad zu bewerben. Und tatsächlich luden sie uns zu einem Vorstellungsgespräch ein. Drei Jahre später war ich *katsa* und wurde sofort dem Hauptquartier zugeteilt. Bei Yonah lief es nicht ganz so gut. Er fiel durch einige Prüfungen. Er verfügte zwar über die notwendige Intelligenz, er war auch damals schon ein Intellektueller, aber die Ausbilder warfen ihm mangelnden Mut und mangelnde Durchsetzungskraft vor. Nach langem Hin und Her beschlossen sie dennoch, ihn zu behalten. Vor allem wegen seiner Verschwiegenheit, seiner Mehrsprachigkeit, seiner ausgeprägten Intuition und seiner exzellenten Beobachtungsgabe. Außerdem verfügt Yonah über eine Gabe, die ich bis jetzt noch bei keinem anderen Agenten angetroffen habe. Er kann sich auf der Stelle unsichtbar machen.«

Halon lachte. »Ja, daran erinnere ich mich noch sehr gut. Während meiner Ausbildung hatte ich zwei Unterrichtsstunden bei ihm. Ich habe damals viel bei ihm gelernt.« Der *katsa* machte eine Pause, um sich eine weitere Zigarette anzuzünden. »1973 war ich neun Jahre alt. Damals verstand ich nicht, was vor sich ging, aber ich spürte sehr genau die Angst meiner Eltern.«

»Heutzutage kann sich von unseren jungen Leuten niemand vorstellen, was wir damals empfanden. Die jungen Leute haben ein ganz anderes Lebensgefühl. Ich bin noch mit patriotischen Liedern aufgewachsen, die jungen Leute mit Rap. Sie wissen nichts über die Geschichte. Weder über die jüngere, noch über die alte. Sie fühlen sich sicher, weil sie wissen, dass das Büro nicht nur die Sicherheit Israels verteidigt, sondern auch große Initiativen auf dem diplomatischen Parkett ergreift. Aber auf meine Generation trifft das nicht zu. Wir haben zu viel erlebt. Als ich jung war, war unser Land isoliert, klaustrophobisch, von Feinden eingekreist und von der Welt abgekoppelt. Vielen von uns sitzt immer noch die Angst im Nacken.«

Es entstand eine kleine Gesprächspause, während derer Halon den Alten aufmerksam beobachtete. »Wenn ich nach Valletta reise, brauche ich eine Identität.«

Ben-Zvi zuckte nur mit den Schultern, als wolle er sagen: Na, wenn das alles ist, mein Junge. Er klappte seinen Aktenkoffer auf und übergab Halon einen großen braunen Umschlag.

Halon kippte den Inhalt auf den Couchtisch: Flugtickets, eine aufklappbare Geldbörse und ein abgenutzter israelischer Pass. Als er den Pass aufschlug, starrte ihn sein eigenes Gesicht an. Sein neuer Name war Rafael Goldberg. Dann klappte er die Geldbörse auf. In einem Fach unter den Kreditkarten und dem Führerschein steckten mehrere Business Cards: *Dr. Rafael Goldberg – Oberrabbinat, Abteilung für DNA-Tests*, *80 Yirmiyahu Street, Jerusalem.*

»Was hast du dir dabei gedacht?«, fragte er.

»Nun, als Rabbiner gehst du ja wohl nicht durch. Als wissenschaftlicher Mitarbeiter für halachische Fragen aber schon.«

»Weiß der *memuneh* davon?«

»Noch nicht, aber ich werde es ihm mitteilen, sobald du sicher in Valletta angekommen bist.«

Halon öffnete den Umschlag mit den Flugtickets und dem Reiseplan.

»Ich glaube nicht, dass es eine gute Idee wäre, von hier aus direkt nach Valletta zu fliegen«, sagte Ben-Zvi. »Ich begleite dich morgen nach Tel Aviv zurück. Dort übernachtest du in deiner Wohnung, beschäftigst dich noch mal mit den wichtigsten Fragen der Halacha und nimmst am nächsten Tag die Nachmittagsmaschine nach Valletta.«

»Okay, war's das?«

»Nein, hier habe ich noch eine Liste mit den Namen und Kontaktdaten unserer *sayanim* in Valletta.«

Sayanim gab es in fast jedem Land der Erde. Sie unterstützten Mossad-Agenten heimlich mit Geld und Unterkünften, wenn diese gerade einen Einsatz in ihrem Land hatten und der heimlichen Hilfe bedurften.

»Sobald mir die Ergebnisse unserer Bombenspezialisten vorliegen, erfährst du es als Erster. Es gibt aber noch etwas, was du wissen musst. Jeffrey Epstein wurde vor einer Woche festgenommen. Ich weiß nicht, wie lange du für deine Nachforschungen in Valletta brauchen wirst. Aber du sollst schon mal wissen, dass du dich auch um diesen Fall kümmern wirst, falls er akut werden sollte.«

»Wie meinst du das?«

»Wir werden es erst mal mit einer hohen Kaution versuchen, aber falls der Richter die Kaution ablehnt und Epstein wider Erwarten dauerhaft einbuchtet, musst du ihn lebend aus dem Knast holen und nach Israel bringen.«

»Das dürfte schwierig werden.«

Ben-Zvi lachte rau. »Das ist nicht nur schwierig, das ist *unmöglich!* Deshalb bist du der richtige Mann dafür. Tief in deinem Innern weißt du auch, dass du das kannst. Nur du bist in der Lage, anders zu denken und mehr zu tun, als das, was sich andere zutrauen.«

»Ich wusste gar nicht, dass Epstein für uns arbeitet.«

»Tut er auch nicht. Zumindest nicht unmittelbar. Epstein arbeitet für diverse Finanzoligarchen, die die kompromittierenden Videos ausschließlich für die Erpressung diverser Politiker benutzen. Aber Ghislaine Maxwell, seine engste Freundin, arbeitet natürlich für uns. Ghislaine hat Epstein kurz nach dem Tod ihres Vaters Robert Maxwell im November 1991 kennengelernt. Als das Imperium ihres Vaters zusammenbrach, war sie raus aus der sogenannten feinen Gesellschaft. Aber Epstein nahm sie bei sich auf und ermöglichte ihr den Wiedereinstieg in die Gesellschaft. Sie zeigte sich erkenntlich und ging ihm deshalb bei seinen schmutzigen Geschäften immer gewissenhaft zur Hand. Und natürlich hat sie auch dafür gesorgt, dass für uns was abfiel.«

»Das weiß ich.« Halon nahm einen tiefen Zug von seiner Zigarette. »Was war eigentlich der wahre Grund, weshalb uns ihr Vater damals in die Quere kam? Ich weiß nur, dass er extrem viel für uns getan hat.«

»Das stimmt. Robert Maxwell hat Außerordentliches für Israel geleistet.« Bin-Zvi seufzte. »Aber sein Versuch, Shamir zu erpressen, ist ihm nicht gut bekommen.«

»Aber anfangs waren Shamir und Maxwell doch ziemlich gute Freunde.«

»Natürlich. Sehr gute Freunde sogar. Die beiden kannten sich seit Jahrzehnten. Shamir hat den jungen Maxwell sogar in den Irgun eingeführt. Das war noch vor unserer Staatsgründung. Das hätte Shamir niemals gemacht, wenn zwischen ihnen nicht eine ganz tiefe

Freundschaft bestanden hätte. Wie du weißt, arbeitete Shamir zwischen 1955 und 1965 für uns und lernte sein Handwerk von der Pieke auf. Später ging er dann in die Politik und wurde schließlich 1983 zum ersten Mal Premierminister.«

»Shamir hat ihn soviel ich weiß auch hochgebracht.«

»Das stimmt.«

»Hat Maxwell uns wenigstens mit exzellenten Informationen versorgt?«

»Das weniger, aber er verfügte über exzellente Kontakte. *Wir* haben ihn mit Informationen versorgt, und *er* hat jedes Mal unsere finanziellen Löcher gestopft, wenn wir gerade teure Operationen laufen hatten, die nicht auf legitime Weise finanziert werden konnten. Das war zum Beispiel nach der amerikanischen Invasion in Panama der Fall, als unsere Einnahmen aus dem Drogenhandel für einige Zeit nicht mehr flossen. Maxwell hat dann jedes Mal tief in die Kasse seiner Unternehmen gegriffen. Irgendwann 1990, 1991 kamen wir mit der Rückzahlung seines Geldes in Verzug, und das brachte letztlich sein ganzes Finanzimperium in eine starke Schieflage. Er rief Shamir an und drohte damit, die von ihm mitarrangierte Zusammenkunft zwischen der Mossad-Liaison und dem früheren KGB-Chef Krjutschkow publik zu machen. Wir hatten damals nämlich auf Maxwells Jacht über unsere Unterstützung zum Sturz Gorbatschows diskutiert. Shamir war sich natürlich völlig im Klaren darüber, was passieren würde, wenn herauskäme, dass sich der Mossad an dem Putschversuch zur Beendigung des Demokratisierungsprozesses in der Sowjetunion beteiligt hatte. Maxwell benutzte diese Tatsache als Drohung gegen Shamir, um eine sofortige Hilfsaktion für sein schwankendes Imperium zu erzwingen. Und Shamir tat erwartungsgemäß genau das, was jeder andere Premier in dieser Situation ebenfalls getan hätte. Er rief Zvika an und verlangte, sich Maxwells zu entledigen. Es vergingen ein paar Tage, aber irgendwann haben sie ihn dann auf hoher See erwischt und auf den Grund des Atlantiks versenkt.«

»Wie war er als Agent?«

»Er war ein perfekter Agent. Zwar nicht so bedeutend wie Ashraf Marwan, unser Mann in unmittelbarer Nähe von Anwar as-Sadat, aber perfekt. Er hatte seine Finger praktisch überall drin. Er war für uns von großem Wert. Dass die Sache so unglücklich für ihn ausging, war im Grunde unsere Schuld. Wir hätten nicht zulassen dürfen, dass sein Imperium in eine dermaßen krasse Schieflage kam.«

Halon zündete sich eine weitere Zigarette an. »Ich bin jetzt übrigens hellwach. Was hältst du von einem Whiskey?«

»Gute Idee.«

Halon stand auf, ging zur Bar und kam kurz darauf mit einem Single Malt und zwei Gläsern zurück. Er setzte sich, öffnete die Flasche und schenkte zwei Gläser ein.

»Bevor ich es vergesse«, begann Bin-Zvi. »Herzlichen Glückwunsch zum Geburtstag.«

»Danke.« Halon erhob sein Glas. »*L'chaim!*«

»*L'chaim!* Wie war das Abendessen mit deiner Tochter?«

Halon genoss den milden Tropfen einen Moment auf der Zunge. »Es war angenehm und erkenntnisreich.«

»Inwiefern?«

»Ich glaube, dass Ronits Zeit an der Universität zu Ende geht. Sie fühlt sich da einfach nicht wohl. Außerdem wird sie wegen ihrer konservativen und patriotischen Einstellung ständig gemobbt.«

»Das überrascht mich überhaupt nicht. Hast du sie vor Studienbeginn nicht ausreichend aufgeklärt?«

»Selbstverständlich habe ich ihr gesagt, dass an den amerikanischen Universitäten überwiegend Kommunisten und Antizionisten unterrichten. Aber Ronit gehört leider zu den Menschen, die ihre Erfahrung selber machen müssen. Unter Clinton war es schon schlimm. Aber unter Obama wurde es noch schlimmer.«

»Hör mir bloß auf mit Obama. Weißt du eigentlich, mit wem er an seinem ersten Tag im Oval Office sein erstes Auslandsgespräch geführt hat?«

»Nein.«

»Mit Mahmoud Abbas! Und weißt du, welchem TV-Sender er sein erstes Interview gab? Einem arabischen Sender! Und wer hat Obama gewählt? Mehr als siebzig Prozent der amerikanischen Juden! Die liberalen, progressiven und globalistisch eingestellten amerikanischen Juden. Mit anderen Worten: die linken Traumtänzer, Weltverbesserer und Antizionisten!«

»Tja, leider.« Halon nahm einen tiefen Zug von seiner Zigarette.

»Die amerikanischen Juden wollen die Welt besser machen, ignorieren aber vollständig die Realitäten im Nahen und Mittleren Osten.«

»Dann wäre es doch die Aufgabe unseres Minister-präsidenten, dafür zu sorgen, dass der Graben zwischen uns und den amerikanischen Juden nicht noch tiefer wird.«

»Du sagst es. Aber er will das nicht. Selbstverständlich weiß er, dass sich die Beziehungen zwischen uns und den progressiven jüdischen Bewegungen in den USA in den letzten Jahren immer weiter verschlechtert haben. Er hat diese Situation sogar bewusst begünstigt. Er *weiß*, dass die progressiven amerikanischen Juden, die mit überwältigender Mehrheit die Demokraten wählen, sein Bündnis mit Trump nicht gutheißen, und er *weiß*, dass sie gegen seine Politik in Israel sind.« Ben-Zvi seufzte. »Hoffentlich fliegt uns die Sache nicht irgendwann um die Ohren.«

»Trump wird nicht ewig Präsident bleiben. Bibi auch nicht ewig Ministerpräsident. Wir müssen also sicherstellen, dass wir später nicht den Preis für Bibis Kurzsichtigkeit zahlen.«

»Trump ist doch auch nur eine Marionette. Du musst dir immer vor Augen halten, dass die globalen Finanzoligarchen China zum neuen Steuerungszentrum der Welt machen wollen. Ihr Hauptziel besteht nach wie vor in der Aufspaltung der USA in ein linkes und in ein patriotisches Lager. Aber wenn sie beides auf die Spitze getrieben haben, wird es zum Bürgerkrieg kommen. Und ein Bürgerkrieg, das kannst du dir denken, wird schließlich zu einer Aufspaltung des amerikanischen Staatenbundes führen. Am Ende dieses Prozesses wird die nationale amerikanische Elite völlig zerstört sein. Die USA werden verarmen und ihre Rolle als wichtigstes Steuerungszentrum der Welt an China abtreten, und dann wird auch der Zerfall und die Verarmung Europas nicht mehr zu stoppen sein.«

Halon schwieg. Er hatte ähnliche Gedanken. Die Aufspaltung der USA in ein linkes und in ein patriotisches Lager war bereits in den Neunzigerjahren eine deutlich sichtbare Realität. Beginnend mit Clinton über Bush bis zu Obama wurde die Aufspaltung von Jahr zu Jahr schlimmer. Alle diese Präsidenten hatten die Spaltung als das eigentliche Problem der USA erkannt und jeweils unterschiedliche Wege gesucht, das Land zu einen, aber die Kräfte, die das Land in Wirklichkeit steuerten, wollten und forcierten diese Aufspaltung.

Ben-Zvi kippte den Rest seines Whiskeys in einem Zug herunter, und während er sich sofort ein weiteres Glas einschenkte, fragte er: »Hat sich Ronit schon zu ihren Zukunftsplänen geäußert?«

»Sie will zurück zum Militär.«

»Hm. Sie ist mutig und hochintelligent. Hast du schon mal daran gedacht, sie für uns arbeiten zu lassen? Sechsundvierzig Prozent unserer Agenten sind bereits weiblich.«

»Ich werde darüber nachdenken.« Halon nahm ebenfalls einen großen Schluck aus seinem Glas. »Sind es wirklich schon sechsundvierzig Prozent?«

»Ja. Liest du nicht die Berichte der Personalabteilung? Ron verfolgt eine völlig andere Personalstrategie als die *memunehs* vor ihm. Sein Ansatz ist sehr viel breiter. Deshalb ist er auch so erfolgreich. Er hat nicht nur die fähigsten Frauen geholt, sondern auch viele intelligente *haredim*. Niemand mag die *haredim*, aber Ron hat sie trotzdem geholt. Er meinte, unter ihnen seien auch viele mit einem offenen Geist.« Ben-Zvi lachte rau. »*Wir müssen unsere Fähigkeiten zur Informationsbeschaffung ständig erweitern*, hat er mir gesagt. Er ist der Auffassung, dass es Wissensbereiche gibt, um die wir uns in der Vergangenheit zu wenig oder gar nicht gekümmert haben. Vielleicht hat es damit zu tun, dass er aus einer Rabbinerfamilie stammt. Jedenfalls will er künftig auch die Kabbalisten aus Tzfat zu Rate ziehen.«

»Ist nicht wahr!«

»Und ob das wahr ist! Er sagte mir: *Die Kabbala ist die tiefste verfügbare Beschreibung der gesamten Realität. Mit unserer Wissenschaft erfahren wir nur einen winzigen Teil dieser Realität.* Nach seiner Ansicht gibt es keinen Widerspruch zwischen Torah und Wissenschaft. *Torah und Wissenschaft sind uns von Gott gegeben worden,* sagte er. *Da kann es keinen Widerspruch geben. Wenn es den Anschein hat, dass es einen Widerspruch gibt, dann liegen wir entweder falsch oder unser Wissen ist unvollständig.* Er will sogar unsere klassischen Lügendetektoren abschaffen.«

»Warum?«

»Er plant, die Lügendetektoren durch sogenannte Neuroquanten-Adepten zu ersetzen. Das sind hochsensitive Menschen, die hundertmal zuverlässiger arbeiten als jeder Lügendetektor.« Ben-Zvi zündete sich eine weitere Zigarette an. Nach einer kurzen Überlegung sagte er: »Ich vertraue dir jetzt etwas an, was ich noch keinem anderen Kommandeur anvertraut habe. Vor rund drei Wochen hatte ich ein Gespräch mit ihm. Darin hat er mir etwas sehr Seltsames anvertraut: ›*Aryeh*‹, sagte er, ›*es gibt einen Gott und es gibt einen göttlichen Plan. Dieser Plan entfaltet sich in der Geschichte, und er erstreckt sich über sechs Jahrtausende. Die Geschichte des jüdischen Volkes hat Wegmarken, wesentliche Ereignisse, die alle von Gott geplant wurden. Und diese Wegmarken finden sich inklusive ihren exakten Jahreszahlen alle in der Torah*‹. Ich war natürlich ziemlich verblüfft, ihn so sprechen zu hören. Bisher hielt ich ihn für einen traditionellen Juden, der weder streng religiös noch völlig säkular war, aber in diesem Moment wusste ich wirklich nicht, was ich sagen sollte. Dann fuhr er fort: ›*Alle wesentlichen Ereignisse in unserer Geschichte haben ihre Entsprechung in einem Vers in der Torah. Und die Torah nennt uns sogar das exakte Jahr*‹! Und dann nannte er mir mehrere Beispiele. Er hat in seinem Computer die gesamte Torah abgespeichert und Vers für Vers durchnummeriert.«

»Unglaublich!«

»Ja. Und was dich betrifft: Ron hat große Pläne mit dir. Sobald du wieder im Büro bist, wird er dir zwei Vorschläge unterbreiten. Entweder du übernimmst meinen Job als Chef der Operationsabteilung, oder du findest dich in Berlin wieder und löst Dani Gerstein ab. Sei froh, dass Ron so große Stücke auf dich hält. Deine Karriere setzt sich fort, sei froh. Andere Kommandanten in deinem Alter haben nicht dieses Glück. Die leben zurückgezogen, sind über ganz Israel verstreut, beschäftigen sich überwiegend mit der Lektüre von historischen Büchern und versuchen sich mit dem Umstand zu arrangieren, dass sie zum alten Eisen gehören. Du hingegen hast die Chance, erneut zu zeigen, dass du ein methodisch und sorgfältig vorgehender Agent bist, einer, der in der Lage ist, zu liefern, was erwartet wird. Willst du wissen, welche Meinung Ron wirklich über dich hat? Er hat es mir gesagt: ›Avi ist derjenigen, der den Geist des Büros am stärksten verinnerlicht hat. Sein Handwerkszeug ist Täuschung und Desinformation, zusammen mit Subversion, Korruption, Erpressung und Attentaten. Er ist wie kein anderer darauf trainiert, zu lügen, Freundschaften zu gebrauchen und zu missbrauchen. Und was am Wichtigsten ist: Er ist so viel wert wie eine Division Soldaten‹.«

»Hast du ihm irgendetwas darauf erwidert?«

»Ja, ich habe ihm gesagt: ›Avi muss am Schauplatz des Geschehens sein und nicht hinter einem Schreibtisch in Tel Aviv oder bei endlosen Planungssitzungen verkümmern. Du kannst ihm die beiden Alternativen anbieten, aber ich sage dir jetzt schon, Avi wird sich für Berlin entscheiden‹.«

***

Valletta – Donnerstag, 18. Juli. Halon zog seinen Rollkoffer über den polierten Marmorboden der Ankunftshalle. Draußen vor dem Terminal stellte er sich am Taxistand an. Ein Hauch von Salzgeruch, der vom nahen Mittelmeer herüberwehte, hing in der Luft. Obwohl die Sonne noch relativ hoch stand, war es nicht allzu warm. Wenig später erreichte er die Spitze der

Warteschlange. Ein weißer Mercedes rollte heran. Halon merkte sich das Kennzeichen, bevor er auf den Rücksitz glitt. Seinen Koffer behielt er auf dem Sitz neben sich und nannte dem Taxifahrer eine Adresse mehrere Straßen von dem Hotel entfernt, in dem für ihn ein Zimmer reserviert war. Nach rund zehn Kilometern erreichten sie das Stadtzentrum von Valletta. Halon ließ das Taxi am Independence Square halten und ging dann zu Fuß weiter. Er betrat ein kleines Hotel. Als der Angestellte am Empfang seinen israelischen Pass sah, setzte er eine Trauermine auf und murmelte ein paar mitfühlende Worte. Halon, der jetzt als Dr. Rafael Goldberg auftrat, unterhielt sich ein paar Minuten auf Englisch mit ihm, bevor er in sein Zimmer im ersten Stock hinaufging. Es hatte einen honigfarbenen Parkettboden und Fenstertüren, die auf einen kleinen Balkon zur Straßenseite hinausführten. Halon zog die Vorhänge zu und ließ den Koffer deutlich sichtbar auf der dafür vorgesehenen Ablage zurück. Bevor er wieder hinunterging, aktivierte er den Sender, der im Boden des Koffers eingelassen war. Das Empfangsgerät in seinem Jackett würde ihm sofort melden, wenn jemand das Zimmer während seiner Abwesenheit betrat.

Er kehrte in die kleine Hotelhalle zurück. Draußen herrschten angenehme Temperaturen. Um eventuelle Beschatter auszumachen, ging er kreuz und quer durch die Stadt. Er blieb vor Schaufenstern stehen, so dass er beim Weitergehen einen Blick über die Schulter werfen konnte. Als er endlich sicher sein konnte, nicht beschattet zu werden, winkte er ein Taxi herbei und ließ sich zum Saint Thomas Hospital in der *Valletta Road* fahren.

Unter dem Säulenvorbau des Haupteingangs wartete ein Diplomat von der Israelischen Botschaft in Rom. Er hieß Eytan Gilad. Er schüttelte Halon die Hand, warf einen flüchtigen Blick in seinen Reisepass und auf seine Businesscard und sprach ihm dann sein Beileid zum Tod seiner beiden Kollegen aus.

Sie betraten die Eingangshalle, die menschenleer war bis auf eine Angestellte am Empfang und einen jungen katholischen Priester, deutlich an seinem Priesterhabit zu erkennen, der am Ende einer Couch saß. Als der Diplomat und Halon vorbeigingen, sah der Geistliche auf, und ihre Blicke begegneten sich kurz.

Sie nahmen die Treppe in den ersten Stock und wurden von einem großen blonden Israeli mit einem schwarzen Knopf im Ohr empfangen. Am Eingang zur Intensivstation hielt ein weiterer Sicherheitsbeamter Wache. Ein dritter Mann war vor der Tür von Yonah Melmans Zimmer postiert. Er trat zur Seite, damit Halon und der Diplomat eintreten konnten.

Halon folgte dem Diplomaten in den Besucherraum. Das Bett stand hinter einer Glastrennwand. Der Patient hatte keine Ähnlichkeit mit Melman, aber das überraschte Halon nicht weiter. Wie die meisten Israelis kannte er die Auswirkungen einer Bombendetonation auf den menschlichen Körper. Das Gesicht des Rabbiners war hinter einer Atemmaske verschwunden, seine Augen mit dicken Mullpolstern bedeckt.

Eine sehr attraktive Schwester mit schwarzer Kurzhaarfrisur und strahlend blauen Augen kontrollierte gerade einen Tropf. Sie sah in den Besucherraum und erwiderte kurz Halons Blick.

»Im Augenblick wird er nur von den Maschinen am Leben gehalten«, sagte der Diplomat.

»Warum sind seine Augen verbunden?«

»Glassplitter.«

»Besteht die Gefahr, dass er erblindet?«

»Das lässt sich im Moment noch nicht sagen.«

Ein Arzt kam herein. Er nickte Halon und dem Diplomaten knapp zu, öffnete die Glastür und betrat die Intensivstation. Die Schwester trat vom Krankenbett weg, und der Arzt nahm ihren Platz ein. Ihr Blick begegnete Halons zum zweiten Mal.

Halon trat auf den Korridor hinaus. Als der Diplomat ihm folgen wollte, sagte Halon: »Entschuldigen Sie, aber ich möchte einen Augenblick allein sein.«

Er wanderte ungefähr fünf Minuten mit auf dem Rücken verschränkten Händen den Korridor auf und ab.

Plötzlich berührte jemand von hinten seinen Arm. Es war die Krankenschwester. »Seine Verletzungen sind schwer«, sagte sie leise auf Hebräisch. Ihre Stimme klang mitfühlend. »Er wird noch schrecklich kämpfen müssen.«

»Wird er überleben?«

»Das musst du Amos fragen. Aber wenn du meine Meinung hören willst, solltest du etwas Zeit mit Yonah verbringen. Erzähl ihm irgendwas. Vielleicht hört er dich.«

»Wie viele seid ihr?«

»Wir sind zu viert: Amos, ich und zwei weitere Schwestern. Wir Schwestern arbeiten im Achtstundentakt. Amos arbeitet rund um die Uhr. Das Büro hat uns unmittelbar nach Yonahs Einweisung hierher geschickt.«

»Wie hat die Krankenhausleitung reagiert?«

»Anfangs haben sie sich natürlich dagegen gesträubt, ihren Patienten von fremdem Personal betreuen zu lassen. Aber du weißt ja, wie solche Dinge ausgehen. Am Ende willigen sie alle ein.«

Halon blieb noch eine Stunde neben Melmans bewegungsloser Gestalt sitzen. Er sprach nicht mit ihm, sondern hielt nur seine gequetschte und geschwollene Hand. Dann kam Dina, so hieß die Mossadagentin, zurück, legte Halon eine Hand auf die Schulter und erklärte ihm, er müsse jetzt gehen. Auf dem Korridor sagte sie: »Morgen habe ich Nachtdienst. Wir sehen uns dann, hoffe ich.«

Der Diplomat war längst gegangen. Ein neues Team aus Sicherheitsbeamten hatte das alte abgelöst.

Halon lief die Treppe hinunter, durchquerte das Foyer und trat in die kühle Nacht hinaus. Er wollte gerade ein Taxi rufen, als er eine Hand auf seiner Schulter fühlte. Er drehte sich um und erwartete Dina zu sehen, aber stattdessen stand er dem jungen Priester gegenüber, der bei seiner Ankunft im Eingangsbereich gesessen hatte. Halon schätzte den Mann auf Mitte Dreißig. Er hatte schwarzes Haar, braune Augen und war mittelgroß.

»Ich habe gehört, wie Sie mit dem Herrn von der Botschaft Hebräisch gesprochen haben«, sagte er auf Englisch. Er wirkte verängstigt. »Sie sind Israeli, nicht wahr? Ein Freund von Yonah Melman?« Er wartete keine Antwort ab. »Mein Name ist Christopher Morris, und dies ist alles meine Schuld. Sie müssen mir glauben. Ich bin an allem schuld.«

***

Valletta ist ein architektonisches Meisterwerk. Umgeben von den hoch aufragenden und majestätischen Festungsanlagen, die vom Orden der Johanniterritter erbaut wurden, ist die Stadt eine Fundgrube architektonischer Schönheit mit wunderschönen Barockgebäuden, spektakulären Palästen, beeindruckenden Kirchen, atemberaubenden Theatern und malerischen Gärten.

Christopher Morris wohnte in einem gediegenen alten Viertel in unmittelbarer Nähe der Kathedrale. Das viergeschossige Gebäude war ein kleines Juwel, eine architektonische Schönheit mit sechs pittoresken, dunkelgrünen Balkonen.

Halon überflog die Namen neben den Klingelknöpfen. Der Name des Priesters befand sich nicht darunter.

Die Wohnung von Christopher Morris lag im zweiten Stock. Es gab keinen Aufzug, nur eine alte Holztreppe. Auf dem Treppenabsatz im zweiten Stock gab es zwei Türen, beide mit einem Spion. Morris, der sich der rechten Tür zuwandte, zog einen Schlüsselbund aus der Hosentasche. Er sperrte auf und ging voraus. Halon zögerte kurz. Ihm war klar, dass er unter den gegebenen Umständen mit niemandem zusammentreffen durfte. Jeder Kontakt war potentiell gefährlich.

Seine Bedenken verflogen jedoch, als er sah, wie der Priester überall in seiner Wohnung Licht machte. So handelte kein Mann, der jemanden in eine Falle locken will. Christopher Morris hatte Angst.

»Ich mache uns einen Tee«, sagte der Geistliche, bevor er in der Küche verschwand.

Halon trat ans Fenster und öffnete die Vorhänge einen Spaltbreit. Ihm bot sich ein wundervoller Blick auf die illuminierte Kathedrale. Die Straße war menschenleer. Er ließ sich in einen Sessel fallen. Sein Blick schweifte umher. Eine hohe Decke mit Biedermeierstuck. Wandhohe Bücherregale. Intellektuelle Unordnung.

Morris kam mit einem silbernen Teeservice zurück. Er stellte es auf ein niedriges Tischchen. Dann setzte er sich Halon gegenüber und musterte ihn einen Augenblick lang schweigend. »Sie sprechen ein sehr gutes Englisch, Dr. Goldberg«, sagte er schließlich.

»Vielen Dank. Allerdings nicht so gut wie Sie. Ihrem Akzent nach zu urteilen, lebten Sie lange Zeit im Londoner West End.«

Der Priester machte große Augen. »Das stimmt. Im West End wuchs ich auf. Ich verbrachte dort meine Kindheit und meine Jugend. Absolut bemerkenswert, dass ein Israeli die Nuancen der verschiedenen Londoner Stadtteile heraushört.«

»Nennen wir es ein Hobby von mir.«

»Ein außergewöhnliches Hobby. Aber hauptberuflich arbeiten Sie für das Oberrabbinat in Jerusalem?«

»Ja, ich bin dort für die DNA-Tests zuständig.«

»Sehr interessant.«

»Ja, wenn Sie in Israel jüdisch heiraten wollen, sollten Sie schon Jude sein. Ein DNA-Test wird aber nur bei mangelnder Beweislage gefordert. Niemand wird dazu gezwungen.«

Der Priester sah Halon ungläubig an und schwieg.

Für Halon währte sein Schweigen eine Spur zu lange. »Aber das ist nicht der Grund, weshalb Sie mich vor dem Krankenhaus angesprochen haben, nicht wahr? Sie wollten mir etwas über den Bombenanschlag auf Melmans Büro erzählen, nehme ich an.«

Morris nickte. »Wie ich bereits sagte: Es ist alles meine Schuld. Ich bin schuld am Tod von Erzbischof Karl Maria Wegener, ich bin schuld am Tod seines Sekretärs, und ich bin schuld am Tod von Melmans beiden Assistenten. Wegen mir liegt Rabbi Melman jetzt im Krankenhaus und ringt mit dem Tod.«

»Aber *Sie* haben die Bombe nicht gelegt.«

»Natürlich nicht!«, entsetzte sich Morris. »Aber ich fürchte, dass ich jene Ereignisse in Gang gesetzt habe, die andere dazu gebracht haben, den Anschlag zu verüben.«

»Erzählen Sie mir doch einfach alles, was Sie wissen.«

Morris goss ihnen Tee ein. Halon sah, dass seine Hände leicht zitterten.

Morris berichtete chronologisch.

»Ich gehöre zu einer Gruppe von homosexuellen Priestern, die sich regelmäßig im privaten Rahmen treffen. Freizügige Partys. Sie verstehen.«

»Ja. Wie viele Personen umfasst die Gruppe?«

»Ungefähr ein Dutzend.«

»Nehmen nur Priester an diesen Partys teil?«

»Natürlich. Wäre es anders, wäre die Gefahr viel zu groß, dass etwas nach außen dringen würde. Das ist nämlich mal einer anderen schwulen Gruppe in Rom passiert. Sie hatten zwei Callboys aus Turin als Animateure engagiert. Das kam dann an die Öffentlichkeit.«

»Verstehe. Nur katholische Priester?«

»Ja. Wir sind ausschließlich katholische Priester, wenngleich wir alle verschiedenen Kongregationen beziehungsweise Orden angehören. Wir haben verschiedene Charismen, sind aber alle verbunden in demselben Laster.« Morris nahm einen bedächtigen Schluck aus seiner Tasse. »Wir sind keine Einzelfälle. Homosexualität durchzieht die ganze Hierarchie. Vor allem auf den höchsten Ebenen, in der Kurie, der vatikanischen Verwaltung. Viele Bischöfe und Erzbischöfe sind homosexuell. Aber solange man diskret ist, schert sich niemand darum.«

»Im Grunde geht es mich nichts an, aber mir ist schleierhaft, wie eine Institution mit solch rigiden Ansichten über Homosexualität so viele schwule Priester beschäftigt.«

»Tja, der Vatikan ist wie er ist, auch wenn das viele Katholiken nicht wahrhaben wollen.«

»Wobei es mir nur logisch erscheint, dass sich Homosexuelle dorthin berufen fühlen, wo es ohnehin viele Männer gibt, also in erster Linie zum Klerus und zum Militär.«

»Da haben Sie möglicherweise Recht, Dr. Goldberg.«

Halon wusste natürlich, dass Homosexualität noch das geringste Problem des Vatikans war. Ein viel größeres Problem waren die Aktivitäten der Vatikanbank. Diese stand bereits seit Jahren unter der Totalüberwachung der italienischen Finanzpolizei. Und was die Finanzpolizei wusste, wusste auch der Mossad. Der Mossad wusste, dass Papst Benedikt mit den Machenschaften der Vatikanbank hatte aufräumen wollen. Er hatte ein ganz neues Kontrollsystem verlangt, um endlich die traditionelle Geldwäsche der Vatikanbank zu unterbinden. Benedikt hatte damals sogar einen neuen Chef der Vatikanbank ernannt, Gotti Tedeschi, und dieser hatte dem Papst auch erklärt, dass er die Bank in Einklang mit den Regeln normaler Banken bringen wollte. Aber der äußerst mächtige Kardinalstaatssekretär Tarcisio Bertone hatte die Reformen natürlich sofort blockiert. Daraufhin hatten die italienischen Behörden alle europäischen Banken davor gewarnt, Geschäfte mit der Vatikanbank zu machen. Letztlich gipfelte alles im Rücktritt von Papst Benedikt. Er war einfach nicht genügend durchsetzungsstark, um die Mafia im Vatikan kaltzustellen. Der Mossad hatte damals ein ganz klares Bild von diesem Papst: *Er ist vielleicht ein brillanter Theologe, aber regieren kann er nicht.*

In gewisser Weise erinnerte Papst Benedikt an den ehemaligen Mossad-Generaldirektor Danny Yatom. Dieser hatte es in einer äußerst prekären Situation nicht geschafft, sich gegen Netanyahu durchzusetzen, was zum Scheitern von zwei wichtigen Operationen geführt hatte. Dieser Mangel an Durchsetzungskraft erzeugte damals eine Welle der Verachtung, in der der Mossad regelrecht zu ertrinken drohte. Noch bevor es zur offenen Meuterei gegen Yatom kam, trat dieser nach einer noch nicht mal zweijährigen Amtszeit zurück.

Viele Kardinäle wünschten sich damals einen Papst, der nicht aus dem Vatikan kam und nicht in seine Skandale verwickelt war. Deshalb fiel ihre Wahl auf einen Argentinier. Papst Franziskus bemühte sich mit Beginn seines Pontifikats darum, Ordnung in die Kurie zu bringen. Doch heute, sechs Jahre nach seiner Wahl, konnte man sagen, dass die Reform der römischen Kurie auf ganzer Linie gescheitert war. Korruption, Skandale, Betrug, Vetternwirtschaft, Pädophilie, sexueller Missbrauch und Eigennutz prägten das Bild, ganz zu schweigen von den Sexpartys im Vatikan. Die Vatileaks-Affäre der Jahre 2011 und 2012 hatte gezeigt, dass im Kern des Vatikans etwas faul war. In gewisser Hinsicht war der Vatikan ein Spiegelbild des Mossad. Eigennutz stand an erster Stelle. Noch heute sprach man im Büro von dem legendären »Brief der 11«. Im Jahre 1975 hatten nämlich elf berüchtigte Spitzen-*katsas* ein Schreiben an den damaligen *memuneh* Nahum Admoni geschrieben, in dem es geheißen hatte, dass die Organisation stagniere, verschwenderisch mit ihren Mitteln umginge und ein problematisches Verhältnis zur Demokratie besäße. Zehn dieser elf Offiziere wurden sofort rausgeworfen. Und derjenige, der nicht rausgeworfen wurde, sein Name war Oren Riff, wurde bei den regelmäßigen Beförderungen zweimal übergangen. In allen großen Institutionen regierte nur der Mammon. Es ging nicht nur um Macht und Einfluss, sondern auch um das große Geld. Seit der Staatsgründung waren alle israelischen Ministerpräsidenten vom Papsttum fasziniert. Für den Mossad lag der besondere Reiz in der absoluten Geheimhaltung, mit der der Vatikan operierte. Bis Anfang der Siebzigerjahre hatte der Mossad wiederholt Anstrengungen unternommen, um endlich ständige Kontakte zum Vatikan herzustellen, aber erst Ende 1972 erhielt Golda Meir von Papst Paul VI. die Antwort, dass er bereit sei, ihr eine kurze Privataudienz zu gewähren. Und als sie endlich für den Morgen des 15. Januar 1973 eine fünfunddreißigminütige Privataudienz bei Paul VI. erhielt und ihre Autokolonne gerade in die Vatikanstadt einfuhr, zeigte sie mit dem Finger auf den imposanten Petersdom und sagte zu ihrem damaligen *memuneh* Zvi Zamir, der während der ganzen Fahrt vom Flughafen Fiumicino zum Vatikan neben ihr saß: »*Zvika, da müssen wir rein. Die wissen mehr als wir. Weißt du eigentlich, warum die katholische Kirche keinen eigenen Geheimdienst hat?*« Ohne Zamirs Antwort abzuwarten, gab sie selbst die Antwort. »*Weil sie selbst ein einziger Geheimdienst ist.*«

»Kommen wir doch jetzt zum eigentlichen Grund unserer Begegnung«, fuhr Halon fort. »Was macht Sie so sicher, dass Sie die Schuld an dem Bombenanschlag haben?«

»Lassen Sie es mich so erklären: Ich bin der Sekretär des Erzbischofs von Malta und weiß deshalb um alle wichtigen Termine im Erzbistum Bescheid. Somit wusste ich auch, an welchem Tag es ein interreligiöses Treffen zwischen Erzbischof Wegener und Rabbi Melman geben würde. Der Termin war mir sechs Wochen vorher bekannt. Das Problem ist nun, dass ich diesen Termin nicht, wie es meine Pflicht gewesen wäre, streng geheim gehalten habe, sondern ihn einem anderen Priester mitgeteilt habe. Es passierte vor ungefähr fünf Wochen anlässlich einer unserer Partys. Uns hatte sich ein Priester angeschlossen, der sich als Mitglied einer vollkommen neuen Bewegung innerhalb der Kirche ausgab. Wir waren alle neugierig. Das ist normal. Jeder Priester ist neugierig, wenn ein neues Charisma in der Kirche entsteht. Diese Leute nennen sich *Templer der heiligen Tradition* und stehen dem aktuellen Pontifikat äußerst kritisch gegenüber. Ich weiß aber nicht, ob diese Bewegung tatsächlich existiert. Jedenfalls ist sie der offiziellen Kirchenvertretung nicht bekannt. Sie müssen wissen, dass zurzeit viele Priester dem aktuellen Pontifikat sehr kritisch gegenüberstehen, aber dieser Priester hatte einen regelrechten Hass auf den Papst. Ich kenne viele Priester, die mit dem Kurs des aktuellen Papstes nicht einverstanden sind, aber sie schweigen alle. Sie wissen, dass es sich nicht empfiehlt, sich gegen den Papst zu stellen. Sie denken nur an die eigene Karriere, und deshalb ist ihnen alles andere egal. Aber dieser Priester, dem ich unglücklicherweise Tag und Uhrzeit des interreligiösen Gesprächs zwischen Rabbi Melman und Erzbischof Wegener genannt habe, empfand wirklich Hass. Er sagte mir, dass es für die Kirche am besten wäre, wenn der Papst aus dem Verkehr gezogen würde und alle liberalen Kardinäle gleich mit ihm.«

»War Erzbischof Wegener ein Liberaler?«

»Ich würde sagen, er gehörte zum reformistischen

Flügel der Kirche. Erzbischof Wegener lag eindeutig auf der Linie des Papstes. Soviel ich weiß, sollte er beim nächsten Konsistorium die Kardinalswürde verliehen bekommen. Damit wäre er automatisch ein potentieller Papabile gewesen, also ein möglicher Nachfolger des aktuellen Papstes.«

»Hat sich dieser Priester, dem Sie Tag und Uhrzeit des Treffens genannt haben, auch antisemitisch geäußert?«

»Nicht direkt, aber er sagte, dass das Zweite Vaticanum die bislang größte Katastrophe in der Geschichte der Kirche war. Vielleicht beantwortet das Ihre Frage.«

»Das heißt, der Bombenanschlag könnte sowohl Rabbi Melman als auch Erzbischof Wegener gegolten haben.«

»Möglicherweise beiden.«

»Hatten Sie mal persönlichen Kontakt zu Rabbi Melman?«

»Selbstverständlich, der Erzbischof schickte mich dreimal im Jahr zu ihm, um ihm eine Grußbotschaft zu Pessach, Shavuot und Chanukka zu überbringen.«

»Und wie stand Ihr Chef, der Erzbischof, zu Melman?«

»Soweit ich das mitbekommen habe, hatten sie ein überaus herzliches Verhältnis.«

»Erzählen Sie mir etwas über diese sogenannten Templer. Ist das so eine Art Ritterorden?«

»Ich sagte doch, ich weiß nichts darüber. Im päpstlichen Jahrbuch findet sich nicht die geringste Notiz über diese Bewegung. Und im Internet findet sich auch nichts.«

»Erinnern Sie sich an den Namen dieses Priesters?«

»Er nannte sich Alfons und hatte einen Schweizer Akzent. Nach seinem Familiennamen hat niemand gefragt. Das ist in unseren Kreisen auch nicht üblich.«

»Haben Sie seine Handynummer oder seine Adresse?«

»Weder noch.«

»Haben Sie mit irgendwem sonst über diese Sache gesprochen, Mr. Morris?«

»Ja, kurz nachdem ich von dem Bombenanschlag und den vier Toten gehört hatte, bin ich zur Polizeikommandantur in der *Manuel Gimech Street* gefahren und habe denen das Gleiche erzählt wie Ihnen. Sie müssen das verstehen, ich musste einfach mein Gewissen erleichtern.«

»Und wie hat die Polizei reagiert?«

»Sie haben mir aufmerksam zugehört, sich Notizen gemacht und mir die gleichen Fragen gestellt wie Sie. Ich weiß aber nicht, ob sie schon etwas unternommen haben.«

»Wie hießen die Leute, mit denen Sie gesprochen haben?«

»Hauptkommissar Sergio Camilleri und Kommissar James Bickle. Ich habe mir die Namen genau gemerkt.«

»Wann war das genau?«

»Das war heute Morgen gegen zehn Uhr.«

»Wie lange waren Sie auf dem Hauptkommissariat?«

»Etwa anderthalb Stunden.«

»Was haben Sie danach gemacht?«

»Ich bin wieder nach Hause gefahren, habe mir mein Mittagessen zubereitet und den Fernseher eingeschaltet, um etwas Neues über den Bombenanschlag zu erfahren.«

»Hat Sie jemand beschattet?«

»Meines Wissens nicht, aber ich bin mir nicht sicher, ob ich das bemerken würde.«

»Haben Sie irgendwelche Drohanrufe erhalten?«

»Nein.«

»Hat seit Ihrem Gespräch mit der Polizei überhaupt jemand versucht, mit Ihnen in Verbindung zu treten?«

»Nein.«

»Wann sind Sie ins Krankenhaus gefahren?«

»Gegen fünfzehn Uhr. Dort habe ich beobachtet, wie Israelis gekommen und gegangen sind. Als der Botschafter da war, wollte ich ihn ansprechen, aber seine Leibwächter drängten mich ab. Also habe ich weiter auf den richtigen Mann gewartet. Sind Sie der richtige Mann, Dr. Goldberg?«

Das Wohngebäude auf der anderen Straßenseite war fast eine Kopie des Hauses, in dem Christopher Morris wohnte. Hinter einem unbeleuchteten Fenster im zweiten Stock stand ein Mann, der eine Kamera ans Auge gedrückt hielt. Er stellte das Teleobjektiv auf die Gestalt scharf, die aus der Haustür von Morris' Haus kam und mit großen Schritten auf die Straße trat. Nachdem er mehrere Bilder geschossen hatte, ließ er die Kamera sinken und setzte sich vor das Aufzeichnungsgerät.

Er drückte die PLAY-Taste.

»Erinnern Sie sich an den Namen dieses Priesters?«

»Er nannte sich Alfons und hatte einen Schweizer

Akzent. Nach seinem Familiennamen hat niemand gefragt. Das ist in unseren Kreisen auch nicht üblich.«

»Haben Sie seine Handynummer oder seine Adresse?«

»Weder noch.«

»Haben Sie mit irgendwem sonst über diese Sache gesprochen, Mr. Morris?«

»Ja, kurz nachdem ich von dem Bombenanschlag und den vier Toten gehört hatte, bin ich zur Polizeikommandantur in der Manuel Gimech Street *gefahren und habe denen das Gleiche erzählt wie Ihnen. Sie müssen das verstehen, ich musste einfach mein Gewissen erleichtern.«*

»Und wie hat die Polizei reagiert?«

»Sie haben mir aufmerksam zugehört, sich Notizen gemacht und mir die gleichen Fragen gestellt wie Sie. Ich weiß aber nicht, ob sie schon etwas unternommen haben.«

»Wie hießen die Leute, mit denen Sie gesprochen haben?«

»Hauptkommissar Sergio Camilleri und Kommissar James Bickle. Ich habe mir die Namen genau gemerkt.«

»Wann war das genau?«

»Das war heute Morgen gegen zehn Uhr.«

»Wie lange waren Sie auf dem Hauptkommissariat?«
»Etwa anderthalb Stunden.«

»Was haben Sie danach gemacht?«

»Ich bin wieder nach Hause gefahren, habe mir mein Mittagessen zubereitet und den Fernseher einge-

schaltet, um etwas Neues über den Bombenanschlag zu erfahren.«

»Hat Sie irgendjemand beschattet?«

»Meines Wissens nicht, aber ich bin mir nicht sicher, ob ich das bemerken würde.«

»Haben Sie irgendwelche Drohanrufe erhalten?«

»Nein.«

»Hat seit Ihrem Gespräch mit der Polizei überhaupt jemand versucht, mit Ihnen in Verbindung zu treten?«

»Nein.«

»Wann sind Sie ins Krankenhaus gefahren?«

»Gegen fünfzehn Uhr. Dort habe ich beobachtet, wie Israelis gekommen und gegangen sind. Als der Botschafter da war, wollte ich ihn ansprechen, aber seine Leibwächter drängten mich ab. Also habe ich weiter auf den richtigen Mann gewartet. Sind Sie der richtige Mann, Dr. Goldberg?«

***

Halon kehrte zurück zu seinem Hotel.

Bevor er die Hotelhalle betrat, rauchte er draußen noch eine Zigarette und überprüfte das Empfangsgerät in seinem Jackett. Es hätte ihm sofort gemeldet, wenn jemand sein Zimmer während seiner Abwesenheit betreten hätte. Das Zimmer war unberührt. Er warf seine Kippe weg, prüfte die Straße unauffällig in beiden Richtungen, um zu sehen, ob ihm jemand gefolgt war und betrat dann das Hotel.

Er durchquerte die Hotelhalle, grüßte höflich den

jungen Mann an der Rezeption und ging dann in den ersten Stock hinauf.

Nachdem er in seinem Zimmer Licht gemacht hatte, öffnete er als Erstes die Minibar. Die Auswahl an Spirituosen war nicht gerade überwältigend. Er entschied sich für einen Whiskey. Er zog die Vorhänge auf, öffnete die Balkontür und trat mit dem Glas hinaus. Dort zündete er sich eine weitere Zigarette an und dachte über das Gespräch, das er mit Christopher Morris geführt hatte, nach. Sein Instinkt sagte ihm, dass er auf etwas Großes gestoßen war.

***

Freitag, 19. Juli. Am nächsten Morgen saß er gerade beim Frühstück, als er auf seinem Handy die verschlüsselte Nachricht erhielt, dass die Wohnung in Sliema bezugsfertig sei. Sliema war der Nachbarort von Valletta, keine zwei Kilometer von der Hauptstadt entfernt. Das Büro hatte zwei sichere Wohnungen auf Malta. Die eine lag in Valletta, die andere im benachbarten Sliema. Beide Wohnungen waren mit der modernsten Elektronik ausgerüstet. Ein Techniker, der mit einem tragbaren Detektor die Wohnung gründlich nach Wanzen abgesucht hatte, hatte die Wohnung vor kurzem verlassen, nachdem er sich davon überzeugt hatte, dass sie sauber war. Daraufhin hatte ein *bodel* den Kühlschrank gefüllt.

Ein *bodel* war so eine Art Laufbursche des Büros. Er musste das sichere Haus sauber halten und dafür sorgen, dass der Kühlschrank immer gut gefüllt war, wenn Agenten vor Ort operierten. Ein *bodel* musste zwingend Jude sein und unterlag verschärften Sicherheitsüberprüfungen. Unter keinen Umständen durfte ein *bodel* seine Freunde in ein sicheres Haus einladen.

Halon wischte sich mit einer Serviette den Mund sauber, erhob sich vom Frühstückstisch und ließ sich von der Rezeption ein Taxi rufen.

***

Sliema, Malta – Die sichere Wohnung befand sich in derselben Straße, in der ein *kidon*-Team am 26. Oktober 1995 Fathi Shqaqi, den religiösen Führer des Islamischen Dschihad liquidiert hatte. Shqaqi war für den Tod von mehr als zwanzig israelischen Busreisenden verantwortlich, die im Januar 1995 nahe der Kleinstadt Beit Lid den Bomben zweier Selbstmordattentäter zum Opfer gefallen waren. Die Exekution wurde vom damaligen israelischen Ministerpräsidenten Yitzhak Rabin persönlich befohlen. Am Tag von Shqaqis Exekution lag ein Frachter, der am Vortag Haifa mit einem italienischen Bestimmungsziel verlassen hatte, mit Maschinenschaden vor Valletta. An Bord des Frachters befanden sich Mossad-Chef Shabtai Shavit, um die Operation persönlich zu leiten, und ein kleines Team von Nachrichtentechnikern. Sie stellten eine Funkverbindung zu einem der *kidonim* her, dessen Koffer ein kleines, aber leistungsstarkes Funkgerät enthielt. Während der Nacht sendete der Frachter eine Reihe von Funksprüchen an den *kidon*. Fathi Shqaqi war am Vortag mit der Fähre Tripolis-Valletta angekommen und hatte im Diplomat-Hotel übernachtet. Während er am Ufer entlangging, näherte sich ihm ein Motorrad mit den beiden *kidonim*. Einer schoss ihm viermal in den Kopf, zweimal in die Stirn und zweimal in den Hinterkopf, mit einer Pistole, die mit einem Schalldämpfer und einer Vorrichtung zum Auffangen der verbrauchten Patronen ausgestattet war. Die maltesische Polizei war erst drei Tage später in der Lage, Shaqaqis Leiche zu identifizieren.

Die Ironie an der Geschichte war, dass nur wenige Tage später, am 5. November 1995, Yitzhak Rabin, der den Befehl zur Exekution Shqaqis erteilt hatte, selbst einem Attentat zum Opfer fiel. Und zwar durch die Hand eines jüdischen Fanatikers.

Halon betrat das Foyer des fünfgeschossigen Gebäudes an der Uferpromenade. Eine angenehme Kühle schlug ihm entgegen. Die sichere Wohnung, in der er sich jetzt auf unbestimmte Zeit aufhalten würde, lag im zweiten Stock. Er fuhr mit dem Fahrstuhl hinauf und schloss die von innen gepanzerte und bombensichere Wohnungstür auf. Der Geruch von Desinfektionsmitteln schlug ihm entgegen. Er stellte seinen Rollkoffer in der Diele ab und ging zuerst in die Küche, um den Inhalt des Kühlschranks zu überprüfen. Er war zufrieden, der *bodel* hatte an alles gedacht. Dann inspizierte er das große Wohnzimmer mit der langen Fensterfront, dessen Glas die Strahlen von Richtantennen zerstreuen konnte. Im Gegensatz zu den meist spartanisch und farblos eingerichteten Büros im Hauptquartier des Mossad, war dieses Wohnzimmer sehr geschmackvoll mediterran eingerichtet.

Halon trat kurz an die Fensterfront, warf einen Blick auf das in der Morgensonne glänzende Mittelmeer und setzte sich dann auf das beigefarbene Ledersofa, um sich eine Zigarette anzuzünden. Auf dem niedrigen Tischchen vor ihm lagen eine noch unberührte Schachtel Marlboro, ein Feuerzeug, ein Aschenbecher und die Fernbedienung. Er drückte einen Knopf, und aus der Unterhaltungskonsole stieg langsam ein großer Plasmabildschirm auf. Über diesen Bildschirm lief die Hauptkommunikation mit dem Büro. Was die anderen Zimmer betraf: Jeder Raum hatte einen eigenen, nicht registrierten Telefonanschluss.

Sekunden später war er mit Ben-Zvi verbunden. Der Chef der Operationsabteilung saß wie meistens hinter seinem Schreibtisch und studierte Akten.

»Wie ich sehe, bist du in unserer sicheren Wohnung in Sliema«, sagte Ben-Zvi.

»Bin ich.«

»Schieß los!«

Halon berichtete ihm alles, was er gestern in Erfahrung gebracht hatte.

»Nun, dass ein Geistlicher seine Pflicht verletzt und anfängt zu schwatzen, ist ja nichts Neues«, sagte Ben-Zvi. *»Als Zvika im Januar 1973 den Vatikan besuchte, um die Sicherheitsvorkehrungen für Golda Meirs Privataudienz bei Papst Paul VI. zu überprüfen, kannte der Schwarze September noch vor seiner Rückkehr nach Israel die Details über den geplanten Besuch. Die undichte Stelle war ein pro-arabischer Priester im vatikanischen Staatssekretariat. Um ein Haar hätte das Goldas Tod bedeutet.«* Der Chef der Operations-

abteilung nahm einen tiefen Zug von seiner Zigarette. *»Ich habe auch eine Neuigkeit für dich«*, fuhr er fort. *»Die Polizei hat einen Mann namens Alfons Zwinger festgenommen. Morris' Bericht bei der Polizei hat also etwas in Bewegung gesetzt. Die Polizei verhört Zwinger gerade. Ich habe veranlasst, dass er so lange festgehalten wird, bis du auf der Bildfläche erscheinst und das Verhör fortführst.«*

»Wie hast du das denn hingekriegt?«

»Durch ein einziges Telefonat. Das maltesische Innenministerium hat sofort begriffen, dass dies jetzt eine israelische Angelegenheit ist.«

»Okay, dann fahre ich jetzt sofort los und kümmere mich darum.«

Ben-Zvi lachte. Er wusste, wie erfolgreich Halons Verhörmethoden in der Regel waren. *»Ja, knöpf ihn dir richtig vor. Aber nicht zu hart. Mach's nicht schlimmer als der Shabak. Wir müssen an seine Hintermänner kommen, und die befinden sich mit Sicherheit bereits im Alarmmodus.«*

Das Gespräch wurde wie gewohnt aufgezeichnet und zeitgleich von einer KI (*binah ha'melakhutit*), die mit allen relevanten Datenbanken des Büros verbunden war, ausgewertet. Die KI lieferte eine ad-hoc-Analyse und unterbreitete dem Chef der Operationsabteilung dann einen Vorschlag, wie weiter vorzugehen wäre.

Emotional aufgewühlt zeigte sich Ben-Zvi erst, als Halon ihm den Zustand seines Freundes Yonah Melman schilderte.

»Fährst du heute noch mal ins Krankenhaus?«, fragte er.

»Ja, am späten Abend. Dina hat Nachtdienst.«

»Okay, anschließend berichtest du mir ausführlich. Du kannst mich auch in der Nacht anrufen.«

»Mach ich. Shalom.«

Das Gespräch war beendet.

Halon erhob sich, ging in eines der Schlafzimmer und trat vor ein riesiges Gemälde, das eine Frau mit einem großen gelben Strohhut in einer provenzalischen Landschaft zeigte. Er hängte das Bild von der Wand und stellte es vorsichtig auf dem Boden ab. Die Kombination für den Safe wusste er auswendig.

Der Safe beherbergte vier Beretta 92FS, vier Jericho 941PS und vier Barak SP-21. Außerdem tausendfünfhundert Schuss Munition. Die Magazine fassten jeweils 15, 16 und 8 Schuss. Halon entschied sich für die Beretta sowie ein Reserve-Magazin. Auch wenn ihm keine unmittelbare Gefahr drohte, fühlte er sich einfach besser, wenn sich unter seinem Jackett eine kleine Versicherungspolice verbarg. Er wählte das passende Halfter und holte dann die Utensilien hervor, die er für das Verhör benötigen würde. Für solche Verhöre gab es kein standardisiertes Vorgehen. Jedes Zielobjekt war anders. Hauptsache, es war hinterher am Haken.

***

Valletta – Die gelbe Sandsteinfassade des Kommissariats leuchtete in der Sonne. Halon drückte dem Taxifahrer das Geld in die Hand und stieg aus. Die Fenster im Erdgeschoss des Kommissariats waren alle vergittert. Links neben dem Portal wehte die maltesische

Flagge, rechts am Straßenrand standen zwei weiße Streifenwagen mit dem Schriftzug »Pulizija«.

Das Portal stand offen, und Kommissar James Bickle, ein pausbäckiger junger Mann mit hellblondem Haar, empfing ihn bereits in der Tür. Halon zeigte ihm seine Papiere, die ihn als Vertreter des Oberrabbinats in Jerusalem auswiesen.

Bickle warf nur einen flüchtigen Blick darauf. »Hauptkommissar Camilleri lässt sich entschuldigen. Er ist gerade beim Innenminister und wird frühestens in einer Stunde zurück sein.«

»Kein Problem«, erwiderte Halon. »Es wird sich bestimmt noch eine Gelegenheit ergeben, um ihn persönlich kennenzulernen.«

Nach einigen wenigen Begrüßungsworten führte Bickle Halon in den Verhörraum. Der Gefangene saß auf einem Stuhl. Anstelle seines Priesterhabits trug er Jeans und Sweatshirt. Seine Hände waren auf dem Rücken gefesselt, seine Füße waren mit einer Kette zusammengezurrt, die an den Handschellen befestigt war. Außer Halon und Bickle, waren noch zwei Polizisten in dem Raum.

Halon wandte sich an Bickle. »Veranlassen Sie bitte, dass dem Gefangenen die Handschellen und Fußfesseln abgenommen werden und verlassen Sie dann bitte den Raum. Dies ist jetzt ein israelischer Raum. Wir sind für den Gefangenen verantwortlich.«

Der Gefangene war sehr erschrocken, als er diese Worte vernahm. Zur Sicherheit stellte Halon sicher, dass der Gefangene genau wusste, mit wem er es zu tun hatte und in welcher Lage er sich befand.

Die beiden Polizisten warfen einen fragenden Blick auf ihren Vorgesetzten, aber als dieser nickte, nahmen sie dem Gefangenen die Handschellen und die Fußfesseln ab und verließen dann zusammen mit Kommissar Bickle den Raum.

Als die Tür hinter ihnen ins Schloss gefallen war, sah sich Halon den Gefangenen genau an, der es nicht wagte, sich zu rühren. Der Mann war um die dreißig Jahre alt und ungefähr ein Meter achtzig groß. Er hatte dunkelbraunes Haar und braune Augen. Er trug keinen Priesterhabit, sondern Jeans und Sweatshirt. Halon konnte die Panik in seinen Augen sehen. Sein Instinkt sagte ihm, dass von diesem Mann keine Gefahr ausging, dennoch würde er ihn behandeln wie einen arabischen Terroristen.

Als Erstes tauschte er die Hand- und Fußfesseln, die ihm soeben abgenommen worden waren, gegen härtere aus. Die waren aus Plastik und erinnerten an die Plastikringe, die zum Befestigen von Namensschildern an Gepäckstücken verwendet werden. Diese Handfesseln waren jedoch viel stärker und besaßen zum Fixieren kleine Rasierklingen. Sie erlaubten den Händen nicht den geringsten Spielraum, sondern wurden sehr stramm gezogen, so dass sie das Blut abschnürten und ziemliche Schmerzen verursachten.

Nachdem Halon ihm Arme und Beine auf diese Weise gefesselt hatte und ihm gleichzeitig ununterbrochen seine miserable Lage vor Augen geführt hatte, stülpte er ihm den Jutesack über den Kopf und brachte gleichzeitig mit einer blitzartigen Handbewegung einen winzigen, selbsthaftenden Peilsender in seinem Nacken an. Als nächstes öffnete er seinen Hosenschlitz und zog seinen Penis heraus. So saß er nun, gefesselt, blind mit dem Sack über dem Kopf und heraushängendem Schwanz.

»Jetzt fühlst du dich wohl, nicht wahr?«, machte er sich über ihn lustig. »Jetzt können wir anfangen zu reden.«

Es dauerte nicht lange, bis der Redefluss einsetzte. Setzte der Redefluss für einen Moment aus, weil sich der Gefangene eine Lüge überlegen wollte, erhielt er einen heftigen Schlag gegen ein x-beliebiges Körperteil. Ein winziges Mikrofon übertrug den Inhalt des Verhörs direkt nach Tel Aviv, wo es sowohl von Ben-Zvi als auch von der ausgereiftesten künstlichen Intelligenz, über die das Büro verfügte, mitverfolgt wurde. Für Ben-Zvi, der kein Deutsch verstand, wurde das Verhör von der Maschine simultan ins Hebräische übersetzt.

Ben-Zvi verfolgte also sowohl die hebräische Übersetzung des Verhörs als auch die Analyse durch die KI. Die Informationen, auf die die KI Zugriff hatte, und die Einschätzungen, die sie lieferte, gingen weit über das hinaus, was die Geheimdienstleute jemals allein mit den Mitteln ihres Verstandes hätten herausbringen können. Die Analytiker des Mossad mussten schon seit Jahren nicht mehr auf ihr eigenes schlussfolgerndes Denken zurückgreifen. Schlussfolgerndes Denken war stets problematisch, weil zu viele zwar zutreffende, aber irrelevante Informationen gleichzeitig bedacht werden mussten. Dies hatte zur Folge, dass ein einzelner Verstand niemals zu absolut sicheren Resultaten kam. Aber ganz ohne menschliche Analyse ging es auch nicht. Das Mossad hatte längst erkannt, dass die Kombination aus menschlichem Intellekt, menschlicher Intuition und KI für sein breites Aufgabenspektrum die beste Lösung war.

Halon fütterte mit seiner gezielten und unerbittlichen Fragerei unablässig die KI. Sobald die KI mit ihrem blitzschnellen Zugriff auf einen wahrlich gigantischen Datenbankbestand logische Widersprüche entdeckte, informierte sie Halon über den Knopf in seinem Ohr. Daraufhin erhielt der Gefangene sofort einen brutalen Faustschlag. Und Halon zielte jedes Mal auf eine andere Stelle.

Jedes Verhör war eine permanente Lektion über menschliche Schwäche. Dabei gab es immer zweierlei Reaktionsweisen: Das Opfer wurde entweder von lähmender Furcht überfallen, oder es empfand den Zwang zu reden.

Als Halon sich sicher war, dass der Mann nicht mehr log und alle relevanten Informationen ausgespuckt hatte, riss er ihm den Jutesack vom Kopf, sah ihm eindringlich in die Augen und sagte: »Du arbeitest ab jetzt für mich. Hast du mich verstanden?«

Der Mann nickte ängstlich.

»Ich rufe dich morgen an und sage dir, wo und wann wir uns treffen. Dir muss klar sein, dass wir dich überall finden, egal, wo du dich versteckst. Deshalb rate ich dir unbedingt zur Kooperation.«

Der Mann nickte erneut.

Halon nahm ihm die Hand- und Fußfesseln ab.

Der Mann konnte sich vor Schmerzen kaum von seinem Stuhl erheben. Als er endlich aufrecht stand, sah er Halon hilflos an.

»Was ist? Du kannst gehen«, sagte Halon barsch.

Der Mann humpelte langsam und gekrümmt zur Tür. Bevor er die Tür öffnete, sah er sich noch einmal um.

»Du kannst weglaufen, verstecken kannst du dich nicht«, rief Halon ihm hinterher.

Alfons Zwinger war jetzt sein Agent. Halon würde bald viele Stunden und ganze Tage mit ihm verbringen. Er würde ihn alles lehren, was er wissen musste, er würde die Lektionen mit ihm durchgehen, ihm helfen und vertraulich mit ihm verkehren. Aber alles diente nur einem höheren Zweck. Der ehemalige *katsa* Uzi Mahnaimi hatte das wie folgt formuliert: *»Ein Agent ist kein Mensch, man darf ihn niemals als einen solchen ansehen. Der Agent ist bloß eine Waffe, ein Mittel zum Zweck, wie eine Kalaschnikow – das ist alles. Wenn man ihn in sein Verderben schicken muss, darf man daran nicht einen einzigen Gedanken verschwenden. Der Agent ist nur eine Nummer, keine Person.«*

Halon räumte die Utensilien, die er für das Verhör benötigt hatte, zusammen, steckte sie in die Seitentasche seiner Jacke und verließ den Verhörraum. Als er an der offenstehenden Tür des Büros von Kommissar Bickle vorbeiging, sagte er: »Sie können den Mann laufen lassen. Er ist harmlos.«

»Das darf ich nicht entscheiden, Dr. Goldberg. Hauptkommissar Camilleri ist übrigens soeben aus dem Innenministerium zurückgekehrt. Sie möchten ihn bestimmt sprechen.«

»Ja, führen Sie mich bitte zu ihm.«

Als Halon in das Büro des Hauptkommissars geführt wurde, telefonierte dieser gerade. Im nächsten Augenblick beendete er das Gespräch und stand auf, um ihn zu begrüßen. Camilleri war groß, um die fünfzig Jahre alt und besser angezogen als die übrigen Mitarbeiter.

Er bot ihm sofort einen der beiden Stühle an, die vor seinem Schreibtisch standen.

Nachdem sie sich gesetzt hatten, stellte Camilleri eine Reihe von Fragen. Wie lange kennen Sie Yonah Melman schon? Wie haben Sie Christopher Morris gefunden? Wie viel hat er Ihnen erzählt? Wann sind Sie in Valletta angekommen? Mit wem sind Sie hier zusammengetroffen? Halon antwortete so höflich und wahrheitsgetreu wie möglich. Als Camilleri keine weiteren Fragen einfielen, erzählte er von seinem Besuch im Innenministerium. Dabei ließ er durchblicken, dass er Freunde innerhalb der Bürokratie hatte, Freunde, die bereit waren, ihm den einen oder anderen Gefallen zu erweisen.

Halon hörte aufmerksam zu und zog seine Schlüsse. Nach einem dreißigminütigen Gespräch bedankte er sich und verließ das Kommissariat. Alfons Zwinger konnte ebenfalls gehen.

Das Überwachungsfahrzeug parkte in dreißig Metern Entfernung am Straßenrand. Der Fotograf saß hinter einer getönten Scheibe versteckt unsichtbar im Laderaum. Als die Zielperson das Kommissariat verließ, machte er eine letzte Aufnahme, dann lud er die Bilder auf seinen Laptop herunter und sah sie sich an. *Guter Bildausschnitt, gut ausgeleuchtet, eine klasse Aufnahme.*

***

Tel Aviv – Die KI im Hauptquartier des Mossad in Tel Aviv hatte in Sekundenschnelle drei relevante Personen identifiziert. Die KI kannte deren aktuellen Aufenthaltsort und sämtliche ihrer Finanztransaktionen der letzten fünf Jahre. Sie wusste, wer wen wann und aus welchem Anlass angerufen hatte und was besprochen worden war. Des Weiteren hatte die KI sämtliche Chatprotokolle mitgelesen. Hunderte von Millionen Einzeldaten wurden von ihr in wenigen Augenblicken analysiert, in einen logischen Zusammenhang gebracht, gewichtet und in einer hochkomplexen Grafik auf Ben-Zvis Rechner dargestellt. Knotenpunkte, bei denen man ansetzen und weiterbohren musste, wurden rot umkreist.

Ben-Zvi informierte umgehend Ron Dahan, den Generaldirektor. Dieser löste umgehend Großalarm aus. Am meisten elektrisierte ihn die Nachricht, dass es dem Sprengstoffteam bis jetzt nicht gelungen war, den verwendeten Sprengstoff zu analysieren. Darüber hinaus war die KI auf eine Organisationsstruktur gestoßen, mit der niemand gerechnet hatte. Der *memuneh* rief sofort seine besten Analytiker in den großen Besprechungsraum ein Stockwerk unter ihm, um die erste Analyse, die die künstliche Intelligenz geliefert hatte, von ihnen begutachtet zu bekommen.

Zehn Minuten später versammelten sich die zehn besten und erfahrensten Analytiker des Büros um den großen ovalen Tisch im Konferenzraum 317A im dritten Stock. Nachdem sich alle gesetzt hatten, sprach Dahan die Einleitungsworte und übergab dann an den Chef der Operationsabteilung.

Ben-Zvi war der Einzige, der stehengeblieben war. Er drückte einen Knopf der vor ihm liegenden Fernbedienung. Während sich die bläulich schimmernden Lamellen der beiden großen Fenster schlossen, berichtete er, was Halon ihm über Yonah Melmans Gesundheitszustand und über sein Gespräch mit dem katholischen Priester Christopher Morris erzählt hatte. Des Weiteren berichtete er, dass die Analyse der KI, die er ihnen jetzt präsentieren würde, auf einem einzigen Verhör beruhte, dass Halon soeben mit einem weiteren Priester namens Alfons Zwinger geführt hatte und deshalb nur als vorläufig anzusehen sei. Aber zumindest würde man jetzt den Namen des Generaloberen dieser obskuren Templer-Organisation kennen: Bartholomé de Valloton, ein aus Genf, der französischen Schweiz, stammender fünfundvierzigjähriger Priester. Das Interessanteste aber war, dass sowohl de Valloton als auch Zwinger Mitglieder des Malteserordens waren, die ganz offensichtlich innerhalb des Malteserordens eine Geheimorganisation namens *Templer der heiligen Tradition* gebildet hatten. Eine Geheimorganisation, deren Ziele sich deutlich von den Zielen des Malteserordens unterschieden.

Der Besprechungsraum lag umgehend in fast völliger Finsternis. Im selben Moment flammte auf einem riesigen Plasmabildschirm von zwei Metern Höhe und sechs Metern Länge die überaus klar strukturierte Analyse der KI auf.

Ben-Zvi erklärte mit wenigen Worten Segment für Segment, während die Gehirne der Analytiker auf Hochtouren liefen.

Bevor die Analytiker ihre eigene Einschätzung zum Besten gaben, sagte Dahan: »Eins ist bereits jetzt völlig klar. Zwinger ist nur bis zu einem bestimmten Grad eingeweiht. Darüber hinaus weiß er nichts. Wenn es eine Verschwörung gibt, wurde sie von Profis ausgeführt, und Profis hinterlassen keine Spuren. Es wird für Avi nicht leicht werden, etwas herauszufinden.«

»Du unterschätzt Avis Kreativität«, sagte Ben-Zvi.

Das Bild, das die KI von Alfons Zwinger zeichnete, war zusammengefasst dieses: Er stammte aus Basel, war achtundzwanzig Jahre alt und erst seit drei Jahren Priester. Die meiste Zeit hatte er in einer Pfarrei in Basel verbracht, erst vor neun Monaten war er nach Valletta versetzt worden. Seinen Unterhalt bestritt er durch sein Priestergehalt. Er war äußerlich attraktiv, aber ein klassischer Einzelgänger. Er hatte keine wirklichen Freunde, auch keine Freundin, er verbrachte seine Zeit zu Hause und las philosophische und politische Bücher. Sein Traum galt der Fliegerei, aber er besaß noch nicht mal den einfachen Pilotenschein. Er litt unter Depressionen, die er mit homöopathischen Mitteln bekämpfte. Nach Ansicht der KI konnte ein Mann mit einem solchen Psychogramm tollkühn sein, mit einem verzerrten Wertegefühl und desillusioniert. Solche Charaktere konnten auf unvorhersehbare Weise gefährlich sein. Ein Mensch mit der Persönlichkeitsstruktur eines Alfons Zwinger war ein ideales Ziel für den Mossad. Nur der Mossad mit seinen unerschöpflichen Ressourcen konnte einem Mann wie Alfons Zwinger jeden Traum erfüllen.

»Hat Avi ihn schon an der Angel?«, fragte Dahan.

»Das weiß ich nicht. Das Verhör endete erst vor wenigen Minuten. Ich warte jetzt auf seinen Bericht.«

Dahan versuchte abzuschätzen, in welche Richtung sich die Sache entwickeln würde. Klar war in diesem Moment nur, dass das Bombenattentat auf Yonah zu einem drakonischen Vergeltungsakt des Mossad führen würde.

Die KI hatte eine Unmenge an Daten in eine strukturierte Form gebracht, mit der die Analytiker weiterarbeiten konnten, aber die entscheidende Frage war bis jetzt unbeantwortet: Galt der Anschlag dem Juden oder dem Katholiken? Oder galt er beiden?

»Gruppierungen und Vereinigungen, die sowohl Juden als auch Katholiken hassen, gibt es viele«, meinte Ben-Zvi. »Aber um in diese Richtung nachzuforschen, ist es viel zu früh.«

Dahan hörte sich die Kommentare seiner Spitzenanalytiker der Reihe an. Als diese nichts mehr zu sagen hatten, hob er die Sitzung auf. Die Analytiker erhoben sich der Reihe nach und baten Ben-Zvi, ihnen die Datei mit dem gesamten Material zur weiteren Analyse zuzuleiten. Nachdem sie den Besprechungsraum verlassen hatten, wandte sich der Mossad-Chef an Ben-Zvi: »Du informierst mich umgehend, wenn du mit Avi gesprochen hast.«

***

Rom – Der große Raum lag tief unter der Erde und war nur durch einen Expressaufzug zu erreichen. Erbaut wurde dieser Raum in den frühen Sechzigerjahren von Licio Gelli, dem legendären Großmeister der einflussreichen Loge *Propaganda Due*, die 1982 aufgelöst und verboten wurde. Dieser Superbunker, der ursprünglich als Schutzraum bei einem atomaren Angriff dienen sollte, war jedoch nicht für die legitime politische Führungsschicht errichtet worden, sondern für die Mitglieder seiner Loge: Generale des Geheimdienstes und der Armee, führende Bankiers, Richter, Industrielle und Journalisten.

Der Bunker war zu einer Zeit erbaut worden, als Leute wie Gelli es noch für möglich hielten, einen direkten atomaren Treffer zu überleben. Nachdem der atomare Holocaust den Rest des Landes vernichtet hätte, würde sich deren wahre Elite aus den Trümmern wühlen und ein neues rechtskonservatives Italien aufbauen.

Licio Gelli hatte längst das Zeitliche gesegnet, aber seine Prachtvilla am Ostufer des Tibers, die sich oberhalb des Superbunkers befand, stand immer noch. Die italienischen Finanzbehörden hatten Gellis Villa im Jahre 2013 beschlagnahmt, angeblich wegen seiner Steuerschulden, aber ein gewisser Enrico Staro, ein achtzigjähriger italienischer Multimilliardär, hatte sie dem Staat abgekauft. Vergessen von der Welt, diente dieser Bunker Enrico Staro und seinen Mitstreitern, die wie er mit der Entwicklung der Welt ganz und gar nicht einverstanden waren, als Besprechungsraum. Alles was hier besprochen wurde, war absolut ungesetzlich.

Alle Mitglieder dieser verschwörerischen Gruppierung wussten, wie die Welt funktionierte, deshalb hatten sie schon vor langer Zeit umfassende Vorkehrungen für ihre geheimen Besprechungen getroffen. Und obwohl sie sich in diesem Bunker bereits seit vielen Jahren trafen, war ihnen bis zur Stunde tatsächlich noch niemand auf die Schliche gekommen. Nur ganz selten hatte es unter ihnen einen telefonischen Austausch gegeben, noch nie hatten sie bei der Anreise zu ihrem Treffpunkt ihre Handys dabei gehabt, und noch nie waren sie mit ihrem eigenen Chauffeur oder mit ihren Privatautos angereist. Alle benutzten ausschließlich Flugzeuge und Taxis. Terminliche Abstimmungen waren unnötig, weil man sich grundsätzlich immer am dritten Freitag eines Monats traf. Schriftliche Aufzeichnungen waren nicht erlaubt.

Die superdicken Stahlwände waren mit einem Kupfermantel verstärkt. Dieser Mantel sowie Tonnen schallisolierender lockerer Erde zwischen dem Bunker und der Oberfläche boten Schutz vor neugierigen elektronischen Ohren, die im All oder sonst wo lauschen mochten. Niemand kam besonders gern in diesen unterirdischen Raum. Er wirkte sogar auf Männer, die bekanntermaßen Sympathie für Heimlichtuerei empfanden, viel zu übertrieben. Doch der Planet wurde inzwischen von so vielen technisch hochgerüsteten Überwachungssatelliten umkreist, dass kaum ein Gespräch, das an der Oberfläche geführt wurde, vor Lauschern sicher war.

Die Männer, die sich an diesem Freitag zu ihrem monatlichen Treffen versammelt hatten, waren ausnahmslos weißhaarige Herren weißer Hautfarbe, von denen die meisten die Achtzig bereits überschritten hatten. Und sie waren alle römisch-katholisch. Es waren durchweg Männer von der Sorte, die man einen Tag, nachdem man ihnen das erste Mal begegnet war, schon wieder vergessen hatte. Anonymität war ihr Handwerkszeug. Bei Menschen wie ihnen hing das Überleben von solchen Feinheiten ab.

Die Mitglieder dieser Clique kannten Tausende von Geheimnissen, die der Öffentlichkeit nie zugänglich gemacht werden konnten. Das traf besonders auf die hier anwesenden sechs ehemaligen CIA-Agenten zu. Alle diese altgedienten CIA-Veteranen hatten noch Kontakte zu verschiedenen aktiven Agenten. Und weil das Motto der Agency *»Einmal CIA, immer CIA«* lautete, kam es regelmäßig zu einem Austausch zwischen den Aktiven und den Ehemaligen, selbst wenn Letztere die Achtzig bereits überschritten hatten. Meistens tauschte man sich in irgendeinem Herrenclub aus, manchmal auch beim Golfen. Die anderen sechs Mitglieder dieser Clique waren ein Industrieller, ein pensionierter General, ein Bankier, ein Richter, der berühmte Kardinal Stefano Di Maggi, den Papst Franziskus gerade erst kaltgestellt hatte, und natürlich der Vorsitzende selbst, der Multimilliardär Enrico Staro – eine schillernde Zusammensetzung wie zu alten P2-Zeiten, nur deutlich kleiner.

Seit ihrem letzten Treffen vor vier Wochen war weltpolitisch wieder einiges passiert, was im Kreise dieser Runde neu bewertet werden musste, aber das Hauptthema an diesem Freitagmorgen – das war jedem klar – würde der katastrophale Bombenanschlag auf das *Institut für interreligiösen Dialog* in Valletta sein.

Doch zuerst gab es eine kleine Überraschung. Ein neues Gesicht tauchte in der Runde auf.

Nachdem Staro um Punkt neun Uhr die Sitzung eröffnete, bat er Steve Groman, so hieß der Neue, sich kurz vorzustellen. Groman, ein amerikanischer Multimilliardär, tat dies sehr elegant, registrierte aber sofort die misstrauischen Blicke der anderen, vor allem der alten CIA-Hasen. Niemand von ihnen verstand, warum ihr zwölfköpfiges Gremium um eine dreizehnte Person erweitert wurde. Ihnen blieb aber nichts anderes übrig, als dem alten Fuchs Staro zu vertrauen. Wenn Staro einen neuen Mitstreiter anwarb, konnte man davon ausgehen, dass er ihn vorher hundertprozentig durchleuchtet hatte.

Groman redete ungefähr zehn Minuten, während Staro immer wieder nervös und ungeduldig auf seine Uhr schaute. Als Groman endlich geendet hatte, bedankte sich Staro bei ihm. »Vielen Dank für Ihre Worte, Steve.« Dabei nickte er ihm gönnerhaft zu. »Ich denke, dass wir zu viel Zeit verlieren, wenn sich jetzt jeder selbst vorstellt. Deshalb werde ich das übernehmen.«

Und das tat er auch. Staro besaß die seltene Gabe, jedem Mitglied drei Sätze zu widmen und trotzdem ein zutreffendes Bild von ihm zu zeichnen.

Groman war beeindruckt.

Als die Reihe an John Buchanan war, begannen Staros Augen zu leuchten. Der sechsundachtzigjährige tiefgläubige Katholik war eindeutig der Star der Runde. Vor dreißig Jahren war er der höchstdekorierte Kalte Krieger der CIA gewesen. Sein Status beim Geheimdienst war einmalig gewesen, sein Ruf makellos und die Liste seiner beruflichen Siege unerreicht. Als stellvertretender Leiter der Operationsabteilung hatte

Buchanan die größten Freiheiten genossen. Er war verantwortlich gewesen für den Einsatz der Außenagenten und die geheime Anwerbung ausländischer Spitzel. Als stellvertretender Leiter war er der Öffentlichkeit bis zum heutigen Tag völlig unbekannt geblieben – für Buchanan die perfekte Ausgangslage, bedeutungsvolle Arbeit zu leisten. Er hatte ein dermaßen bewegtes Leben gehabt, dass Staro ihm erlaubte, sich selbst vorzustellen.

Buchanan war 1954, also als Einundzwanzigjähriger, der CIA beigetreten. Als Vierzigjähriger hatte er mehrere großangelegte subversive Aktivitäten in Chile geleitet, die schließlich am 11. September 1973 in einen Militärputsch gegen den sozialistischen Präsidenten Salvador Allende mündeten. Er war auch einer der maßgeblichen Akteure bei der Liquidierung des italienischen christdemokratischen Politikers Aldo Moro im Mai 1978 gewesen. Moro war den Amerikanern bereits ab den Sechzigerjahren ein Dorn im Auge, als er seine Partei, die *Democrazia Cristiana*, nach links öffnete und die italienischen Schlüsselindustrien verstaatlichen wollte. Die Amerikaner hatten sofort reagiert und ihre Hoffnungen umgehend auf Giulio Andreotti gesetzt, der damals den rechten, wirtschafsliberalen Flügel der Partei vertrat. Als Moro im Jahre 1976 Anstalten machte, eine Koalition mit den Kommunisten unter der Führung von Enrico Berlinguer einzugehen, um die Wirtschaftskrise in Italien zu bekämpfen, war die Geduld der Amerikaner zu Ende. Moro war fällig. Der damalige US-Außenminister Henry Kissinger hatte bereits vor 1976 die Parole ausgegeben, dass das Mittelmeer niemals kommunistisch werden dürfe. Gelöst wurde das Problem schließlich durch eine hochkomplexe Operation unter Beteiligung der CIA, der Loge *Propaganda Due*, der geheimen NATO-Organisation *Gladio* und der linken Terrororganisation *Brigate Rosse*.

»Den größten Fehler begingen wir 1978/79, als wir den Schah von Persien stürzten«, fuhr Buchanan fort. »Indem wir Ayatollah Khomeini aus seinem französischen Exil holten und ihm die Macht im Iran übergaben, lösten wir die islamische Revolution aus. Ursprünglich war dies die Idee von Zbigniew Brzezinski, Jimmy Carters damaligem Sicherheitsberater. Um die Sowjetunion von ihrer Südgrenze her zu destabilisieren, hatte Brzezinski dem Präsidenten geraten, die ganze Südflanke mit radikalen islamischen Staaten zu umgeben. Ich erinnere mich noch gut daran, wie uns der Mossad vor den schlimmen Konsequenzen dieses Plans gewarnt hatte, aber dieser Idiot von Carter fiel auf Brzezinski Ratschlag herein. Kurz darauf erhielten wir den Befehl, einen Plan auszuarbeiten, mit dem sich der Iran destabilisieren ließe. Und wie jedermann weiß, gelang uns das hervorragend. Alles in allem war das eine katastrophale strategische Fehlentscheidung, unter der wir bis heute leiden. Dann, im Januar 1981, wurde Reagan Präsident, und damit begann eine sehr tiefgehende Zusammenarbeit mit dem polnischen Papst. Papst Johannes Paul II. erhielt alle unsere Erkenntnisse, sofern sie den Ostblock betrafen, immer als Erster. Ein Papst aus einem Ostblockland war das Beste, was uns passieren konnte.

Papst Johannes Paul II. wurde von uns immer sehr umfassend informiert, denn jeder in der Agency wusste, über welche Möglichkeiten er verfügte. Damals war die katholische Kirche unser wichtigster Verbündeter im Kampf gegen den Kommunismus. Gemeinsam hatten wir ihn zu Boden gerungen, aber spätestens mit dem Beginn des aktuellen Pontifikats ...«

Staro unterbrach ihn: »Zum aktuellen Pontifikat kommen wir gleich, John. Bleiben Sie erst mal bei Ihrer Vita.«

Buchanan fuhr fort: »Dass der Ostblock in den Jahren 1989/91 zusammenbrechen würde, wussten wir übrigens schon Jahre vorher. Deshalb änderten wir unsere Politik bereits Monate vor dem Mauerfall grundlegend. George Bush senior, ehemaliger CIA-Direktor und acht Jahre lang Reagans Vize, wurde im Januar 1989 Reagans Nachfolger. Schon am Tag seiner Amtseinführung sagte er, dass die totalitäre Ära wegfallen würde wie Blätter an einem leblosen Baum. Und so war es auch. Als Erstes räumte er mit den lateinamerikanischen Diktatoren auf. Jahrzehntelang hatten sie uns als nützliches Bollwerk gegen den Kommunismus gedient. Aber jetzt waren sie überflüssig. Die erste Marionette, die fiel, war der paraguayische Diktator Alfredo Stroessner. Ich organisierte seinen Sturz im Februar 1989. Der chilenische Diktator Augusto Pinochet, den wir 1973 als Nachfolger von Salvador Allende installiert hatten, folgte im März 1990.«

»John, ich denke, das genügt«, fiel Staro ihm erneut ins Wort. »Steve weiß jetzt, mit wem er es zu tun hat.« Er lächelte. Dann, von der einen auf die andere

Sekunde, verfinsterte sich seine Miene. »Ich komme jetzt zu unserem zweiten Tagesordnungspunkt, dem furchtbaren Bombenanschlag auf das *Institut für interreligiösen Dialog* in Valletta. Die größte denkbare Katastrophe ist eingetreten. Bei dem Anschlag auf den Freimaurer Erzbischof Karl Maria Wegener sind auch zwei Israelis ums Leben gekommen. Der dritte ringt mit dem Tod. Wie konnte das passieren, Bruce?«

Bruce Sheppard, ein weißhaariger sechsundsiebzigjähriger CIA-Veteran, wusste, dass die Antwort, die er jetzt geben würde, eine erbitterte Diskussion auslösen würde. »Ich habe den Auftrag über meinen Kontaktmann beim Ku Klux Klan ...«

»Den *Ku Klux Klan? Sind Sie wahnsinnig, Bruce?*«, schrie Staro ihn an. »Jedermann weiß, dass der Ku Klux Klan eine militante antikatholische und antisemitische Organisation ist.«

»Deswegen ja«, versuchte Sheppard sich zu rechtfertigen. »Ich wollte, dass alle Nachforschungen in die falsche Richtung laufen.«

»*Was für ein idiotisches Argument!*«, schrie Staro. »Wenn Sie eine zutiefst antikatholische und antisemitische Organisation beauftragen, einen kommunistischen Erzbischof zu liquidieren und diese Organisation dann aus purem Judenhass gleichzeitig drei Israelis liquidiert, dann werden Sie vom effektivsten Geheimdienst der Welt gejagt, dem Mossad. Und der gibt nicht auf, ehe er den Auftraggeber gefunden und liquidiert hat. Jeder halbwegs intelligente Mensch weiß, wie hoch der Staat Israel das Leben eines einzigen Israeli oder eines Juden im Allgemeinen bewertet. Jeder halbwegs intelligente Mensch weiß auch, welche Befehle ein Mossad-Generaldirektor von seinem Ministerpräsidenten erhält, wenn auch nur ein einziger Israeli durch Terror ums Leben gekommen ist. Das Beste ist, Sie nehmen sich gleich einen Strick, Bruce.«

Groman erhob seine rechte Hand, um eine Frage zu stellen.

»Ja, bitte«, sagte Staro.

»Warum ziehen Sie einen unbedeutenden Erzbischof, der noch nicht einmal Kardinal ist, aus dem Verkehr und nicht Franziskus selbst?«

»Ganz einfach: weil die herrschende Freimaurerclique im Vatikan dann sofort den nächsten Freimaurer auf den Stuhl Petri hieven würde. Das Einzige, was Sinn macht, ist, diesen Gegenpapst sein Zerstörungswerk zu Ende bringen zu lassen, aber gleichzeitig sicherzustellen, dass die Kardinäle nach seinem Tod oder Rücktritt einen Nachfolger wählen, der fest auf dem Boden des kirchlichen Lehramts steht.«

»Wie soll das funktionieren? Es gibt doch noch mindestens zwanzig andere Freimaurerkardinäle.«

»Neunzehn, um genau zu sein«, korrigierte Staro ihn. »Und um die geht es ja. Wegener war nur die Nummer Eins.«

»Das heißt, Sie beabsichtigen ...«

»Ja, sie werden der Reihe nach aus dem Verkehr gezogen. Aber auf gar keinen Fall durch den Ku Klux Klan. Und auch nicht durch blinden Terror.« Staro wandte sich jetzt an Buchanan. »John, Sie übernehmen das. Beauftragen Sie meinetwegen die Mafia, aber sagen

Sie denen, dass sie es immer wie einen Unfall oder wie einen natürlichen Tod aussehen lassen müssen.«

»Okay«, sagte Buchanan. »Wer ist der Nächste?«

»Mein Gott!« Staro schlug mit beiden Händen auf den Tisch. »Haben Sie die Liste nicht im Kopf? Patrice Kardinal Le Chambon natürlich.«

Groman fuhr fort. »Angenommen, die porentiefe Reinigung dieses Freimaurersumpfes gelingt uns: Wer käme Ihrer Meinung nach als nächster Pontifex in Frage? Ich meine, wo finden wir einen Mann vom Schlage eines Johannes Paul?«

Staro musste nicht lange überlegen. »Persönlich wäre ich für einen Papst aus Afrika. Afrika verfügt über einige hervorragende Kandidaten. Dort ist die Kirche noch wirklich römisch-katholisch. Offen ist bloß, wie dieser Kandidat im Einzelfall zur Ökumene steht. Sie wissen, wie ich zum Thema Ökumene stehe. Ökumene ist Globalismus als Religion, und Globalismus heißt, es gibt keine religiösen Unterscheidungen mehr. Alles wird zu einer großen interreligiösen Suppe. Es kann keine interreligiösen Gebete geben. Wir sprechen da von verschiedenen Realitäten. Das ist wie der Turmbau zu Babel. Das war das erste ökumenische Projekt. Der Einzige, der sich dagegenstellte, war Abraham. Alles endete im Chaos. Ökumene entspricht auch nicht dem göttlichen Willen, nicht dem Logos. Durch den Logos wurde die Welt geschaffen, eine Welt der Ordnung. Aber Ökumene ist nichts als Chaos. Sehe ich das richtig, Eminenz?«

»Vollkommen richtig«, erwiderte Kardinal Di Maggi. »Und wenn wir jetzt nicht handeln, tritt genau das ein, was die Muttergottes 1846 in La Salette vorausgesagt hat: *Rom wird den Glauben verlieren und Sitz des Antichrist werden*. Franziskus und seine Clique legen die Axt an die beiden Hauptsäulen unserer heiligen Mutter Kirche: die heilige Tradition und das unfehlbare Lehramt der Kirche, und wenn wir nicht aufpassen, auch an die höchste Norm, die Heilige Schrift, die *norma non normata*.«

»Genauso ist es«, bestätigte Staro den Kardinal. »Um es mit einem Satz zu sagen: Die Freimaurer in der Hierarchie wollen die Wahrheit ändern! Und wenn wir sie nicht stoppen, wird es zwingend zum Schisma kommen.«

»Da haben Sie wohl Recht, Enrique«, seufzte der Kardinal. »Wir wurden alle gewarnt, sogar vom Höchsten selbst. Als Papst Benedikt XVI. am 11. Februar 2013 seinen Rücktritt bekanntgab, schlug sieben Stunden später der Blitz in die Kuppel des Petersdoms. Deutlicher konnte uns der Himmel sein Missfallen nicht zeigen. Heute wissen wir auch, warum der Vatikan das wahre Dritte Geheimnis von Fatima zu keiner Zeit enthüllt hat. Das Dritte Geheimnis besagt nicht mehr und nicht weniger, als dass die böse Sekte in den Vatikan eingezogen ist.«

»Wissen Sie das genau, Eminenz?«

»So wahr ich hier sitze.«

Was die Männer dieser Gruppe einte, war ihr Konservatismus und ihre Angst vor einer kommunistischen Weltordnung mit einem technologischen Totalitarismus nach dem Vorbild Chinas. Sie hatten diese Entwicklung schon vor vielen Jahren kommen sehen. Auch der aktuelle konservative US-Präsident würde diese Entwicklung nicht aufhalten können. Trump war von Schlangen nur so umgeben. Schlangen, die sich als seine wohlmeinenden Berater ausgaben. Die globalen Finanzeliten, die diese kommunistische neue Weltordnung mit allen Mitteln anstrengten und verwirklichen wollten, hatten rechtzeitig dafür gesorgt, dass alle wichtigen amerikanischen Institutionen von ihren Leuten durchsetzt waren. Infiltration statt Invasion. Die Marionetten der Finanzoligarchen saßen im Kongress, im Senat, in den Ministerien, in den Drei-Buchstaben-Agenturen und sogar im Obersten Gerichtshof.

Angesichts dieser Horrorvision von der Zukunft der Menschheit war es umso wichtiger, dass wenigstens die katholische Kirche einen Mann an der Spitze hatte, der wie seinerzeit Papst Johannes Paul II. dem satanischen Kommunismus die Stirn bieten würde. Aber wie groß war die Enttäuschung, als im März 2013 Jorge Bergoglio den Stuhl Petri bestieg. Seine argentinische Vita war den Herren bis ins Detail bekannt, deshalb gingen sie vom Schlimmsten aus. Und es dauerte auch nicht lange, bis aus dem Vatikan die erste linke Propaganda für den großen antichristlichen Reset an ihre Ohren drang. Unter Bezug auf das Evangelium hatte Bergoglio erklärt, dass das Teilen von Eigentum kein Kommunismus sei, sondern reines Christentum.

Die Projektionen der »Global Future Councils« des *World Economic Forum* besagten, dass die Menschen ihre Notwendigkeiten vom Staat mieten und ausleihen müssten, der der alleinige Eigentümer aller Waren wäre. Die Lieferung von Waren würde nach einem Sozialkreditpunktesystem rationiert. Das Einkaufen im traditionellen Sinne würde zusammen mit dem privaten Einkauf von Waren verschwinden. Jeder persönliche Schritt würde elektronisch verfolgt, und jede Produktion würde den Anforderungen sauberer Energie und einer nachhaltigen Umwelt unterliegen. Genau dieses satanische Konzept förderte der aktuelle Gegenpapst.

In dieser alptraumhaften neuen Welt, die Franziskus und die Neue Weltordnung errichten wollten, würde es kein Privateigentum mehr geben. Die Menschen besäßen absolut nichts mehr! Dabei bestätigte die Bibel ausdrücklich, wie wichtig es war, Privateigentum zu besitzen und nutzen zu können. Es war besonders falsch, das Eigentum eines anderen zu stehlen oder zu begehren. Die zentralen Prinzipien der Bibel waren mit einer Marktwirtschaft vereinbar, die gemeinhin als Kapitalismus bezeichnet wurde, aber sie widersprachen einer zentral geplanten Wirtschaft, die in der Regel als Sozialismus bezeichnet wurde. Der Sozialismus war ein System, unter dem der Staat die Produktionsmittel besaß. Der Staat verwendete Zwangsbesteuerung und Vermögensverteilung, um Ressourcen zuzuweisen. Der Staat traf auch Entscheidungen über Eigentum, Preise und Produktion. Der Kommunismus war sowohl ein politisches als auch ein wirtschaftliches System, das Privateigentum abschaffen und bedürftigen Personen geben würde, so wie es Papst Franziskus und das *World Economic Forum* wollten. Ein solches Projekt war anti-christlich und entsprach dem kommenden Zeitalter des Antichristen.

***

Sliema – Nach Betreten der sicheren Wohnung zog Halon seine Jacke aus und warf sie über einen Stuhl im Wohnzimmer. Sein Pistolenhalfter warf er auf die Couch. Dann ging er in die Küche und machte Kaffee.

Nachdem er sich telefonisch mit dem Chef der Operationsabteilung abgestimmt hatte, fragte dieser ihn, wann er das nächste Mal ins Krankenhaus führe, um Yonah zu besuchen.

»Ich werde am späten Abend ins Krankenhaus fahren. Dina hat heute Nachtschicht«, sagte Halon.

»Der Schichtplan hat sich geändert. Du fährst am besten schon um siebzehn Uhr ins Krankenhaus. Dinas Schicht endet um achtzehn Uhr.«

»Okay, danke für die Info. Gibt's sonst was Neues?«

Ben-Zvi überlegte. *»Ja, du erinnerst dich an Rons legendäre Rede auf der Herzliya-Konferenz Anfang Juli.«*

»Klar.«

»Jeder hat Rons Rede verstanden. Der wichtigste Abschnitt war, dass wir jetzt über ein knappes Zeitfenster verfügen, in dem ein endgültiger Frieden zwischen uns und den Arabern möglich ist.«

»Ich weiß. Die Planeten stehen sozusagen in einer Linie.«

»Ja, aber der Ministerpräsident sieht das anders. Er hat sich unglaublich über Rons Rede aufgeregt. Im

Kreise seiner engsten Paladine hat er wohl sinnge-
mäß gesagt: Jeder anständige Zionist lehnt es ab, sich
auch nur einen Millimeter an die Araber anzupassen,
deren Religion und Kultur wir verachten. Niemand von
uns glaubt, dass die beiden Völker friedlich zusam-
menleben können. Trotzdem müssen wir alles daran
setzen, sie auf unsere Seite zu ziehen, indem wir ihnen
die Beweise liefern, dass wir alle denselben Feind ha-
ben, den Iran.«

»So was nennt man Klartext. Könnte das dem *memu-*
neh gefährlich werden?«

»Möglicherweise, Avi, möglicherweise.«

Am Nachmittag ging Halon die Liste mit den *saya-*
nim durch. Die Person, die er suchte, führte in der In-
nenstadt ein Geschäft für Motorsport. Sie hieß Doris
Schuster. Hinter dem fünfgeschossigen Haus, in dem
sich die sichere Wohnung befand, lag ein großer über-
dachter Platz, auf dem die Mieter ihre Fahrzeuge par-
ken konnten. Dort würde er das Motorrad abstellen,
das er sich morgen besorgen würde.

***

Valletta – Halons Taxi traf um Viertel nach fünf vor
dem Hauptportal des Saint Thomas Hospitals ein.

Der *katsa* betrat die Eingangshalle, registrierte aus
den Augenwinkeln, dass die Angestellte am Empfang gewechselt hatte, und nahm sofort die Treppe
in den ersten Stock. Der große blonde Israeli mit dem
schwarzen Knopf im Ohr begrüßte ihn. Am Eingang zur

Intensivstation hielt ein weiterer Sicherheitsbeamter Wache. Ein dritter Mann war vor der Tür von Yonah Melmans Zimmer postiert. Er trat zur Seite, damit Halon eintreten konnte.

Vom Besucherraum aus konnte er das Bett hinter der Glastrennwand erkennen. Yonah trug noch immer eine Atemmaske und seine Augen waren mit dicken Mullpolstern bedeckt. Dina Kelman, eine der drei Krankenschwestern, die das Büro geschickt hatte, saß neben dem Bett und hielt seine Hand. Als sie Halon im Besucherraum erblickte, erhob sie sich und ging zu ihm.

»Shabbat shalom, Avi.«

»Shabbat shalom, Dina. Wird er überleben?«

Die Agentin, die ihn gerade noch mit ihren strahlend blauen Augen angeschaut hatte, senkte langsam den Kopf.

»Scheiße. Weiß es Aryeh schon?«

»Nein. Amos will noch warten, bevor er es ihm sagt.«

»Kann ich zu ihm?«

»Zu Amos?«

»Nein, zu Yonah.«

»Natürlich, du kannst so lange bei ihm bleiben, wie du willst. Aber um achtzehn Uhr habe ich Feierabend.«

»Ich weiß. Aryeh hat mich bereits informiert.«

»Hast du heute Abend schon was vor?«

»Nein.«

»Wir könnten zusammen was essen gehen.«

***

Sliema — Statt ein Restaurant aufzusuchen, hatten sie beschlossen, ihr Abendessen in der sicheren Wohnung einzunehmen.

»Kochen ist zu zeitaufwendig«, sagte Dina beim Betreten von Halons neuem Domizil. »Lass uns einfach eine Pizza warmwachen.«

»Ist mir recht«, sagte Halon, während er die gepanzerte Tür sorgfältig hinter ihnen verschloss. Er ging in die Küche, öffnete den Kühlschrank und holte eine eiskalte Dose Heineken heraus. »Möchtest du auch ein Bier?«

»Später. Ich muss erst duschen.« Dina ging direkt weiter in das geräumige Foyer, von dem aus man freien Einblick in das Wohnzimmer, in die beiden Schlafzimmer und in die Küche hatte. Abgesehen vom Badezimmer verfügte keiner dieser Räume über eine Tür. Sie zog sich noch im Foyer aus und warf ihre Klamotten über eine Kommode.

Dass sie sich direkt vor seinen Augen auszog, überraschte Halon. Er warf einen kurzen Blick auf ihren makellosen Körper, nahm einen Schluck Bier zu sich und ging dann weiter ins Wohnzimmer. Die Dose stellte er auf dem kleinen Konferenztisch ab, zündete sich eine Zigarette an und schaute aus dem Fenster.

Dinas Stimme ertönte aus dem Bad: »Kann ich deine Klingen und deinen Rasierschaum benutzen?«

»Ja, kannst du«, rief er zurück.

Kurz darauf hörte er das Prasseln der Dusche.

Er hatte die zweite Zigarette gerade aufgeraucht und im Aschenbecher ausgedrückt, als die Dusche verstummte.

Kurz darauf verließ sie das Bad.

»Kommst du mal?«, rief sie ihm zu.

Halon schaute um die Ecke. Sie hatte sich ein weißes Badetuch umgewickelt und winkte ihn mit dem Finger zu sich. Nasse Haarsträhnen hingen ihr im Gesicht. Ihre hellen blauen Augen strahlten. Als er sie in den Arm nahm, öffnete sich das Badetuch und fiel zu Boden. Sie war vollkommen nackt.

Die offiziellen Statuten des Mossad bestimmten, dass Sex zwischen den Agenten verboten war. Einige hielten sich auch daran. Aber angesichts des zum Teil großen Stresses und der gemeinsamen Gefahr im Felddienst landeten die meisten Agenten dann doch irgendwann im Bett. Anders war es bei den in der Zentrale tätigen Agenten. Wer den ganzen Tag ausschließlich mit Mord, Erpressung, Intrigen, Lügen und Täuschungen zu tun hatte, brauchte zum Ausgleich Jugend und Schönheit. Die höheren Offiziere stellten deshalb ausnahmslos die jüngsten und attraktivsten Sekretärinnen ein, und alle vögelten untereinander. Dabei gab es nur eine einzige Regel: Man vögelte immer nur die Sekretärin eines anderen Offiziers, aber nie die eigene.

Nach dem Sex steckte sich Dina eine Zigarette an: »Wieso bist du eigentlich nach deiner Pensionierung wieder in den aktiven Dienst zurückgekehrt?« Sie stellte diese Frage vor dem Hintergrund, dass ein pensionierter Mossad-Offizier normalerweise zum Stationschef für die Sicherheitsnetzwerke in den verschiedenen Ländern ernannt wurde. Der Job war eine Art Belohnung, ein *tshupar*, für treue Dienste. Diese

Leute besaßen so viel Erfahrung, weshalb sollte man das nicht nutzen?

»Ganz einfach«, sagte Halon. »Weil Dahan mich erneut als *katsa* haben wollte.«

»Und du hast einfach so eingewilligt, trotz der Gefahren?«

»Ohne Gefahr kann ich nicht leben.«

Dina huschte ein Lächeln übers Gesicht. »Der *memuneh* stellt aktuell sehr viele *haredi* Männer als Cyberagenten ein, ich finde das schon etwas beängstigend.«

»Ich weiß. Wir sind aber nicht die Einzigen, die *haredim* einstellen. Der ganze nationale Sicherheitsapparat wird gerade umgekrempelt. Shin Bet und Polizei rekrutieren ebenfalls *haredim*.«

»Es gab schon die ersten Reibereien zwischen denen und uns säkularen Frauen.«

Halon lachte. »Dann soll der *memuneh* eben auch *haredi* Frauen einstellen. Vielleicht entschärft sich die Lage dann.«

»Die müssen auch nicht wie wir am Shabbat arbeiten«, legte Dina nach.

»Stimmt, sie müssen nicht. Aber wenn die Staatssicherheit auf dem Spiel steht, können sie sich überlegen, wie sie handeln wollen.«

»Dich scheint das Thema *haredim* ja in keiner Weise zu beunruhigen.«

»Das einzige Thema, das mich wirklich beunruhigt, heißt Iran.«

»Weder die Araber noch der Iran sind unsere größte Bedrohung. Die *haredim* sind es. Du scheinst nicht zu wissen, dass *haredi* Frauen im Schnitt sieben Kinder produzieren, weit mehr als in jeder anderen identifizierbaren Gruppe in Israel. Sie leben in einer Armut, die durch staatliche Subventionen für jedes Kind auf Kosten der arbeitenden Israelis minimal erträglich gemacht wird. Ihre Gemeinschaft verdoppelt sich alle sechzehn Jahre, viermal so schnell wie der Rest des Landes. Aktuell sind sie auf etwa zwölf Prozent der Gesamtbevölkerung angewachsen. Das sind fast zwanzig Prozent der Juden in Israel. Wenn sich diesbezüglich nichts ändert, werden sie in ein paar Jahrzehnten die Mehrheit der Juden Israels ausmachen.«

»Mir ist schon klar, dass unser wirtschaftliches System bei dieser Entwicklung zusammenbrechen wird. Die Politiker haben das Problem aber längst erkannt. Die *haredim* werden sich wohl oder übel dazu aufraffen müssen, ihren Weg zu ändern und zu arbeiten.«

»Das glaubst du doch selbst nicht, Avi. Wir sind eine *Start-up-Nation*, weltweit führend in der Cybertechnologie, in der Agrotechnik und im Risikokapital. Eine Nation mit einer weit über dem Durchschnitt liegenden Zahl von Nobelpreisen. Eine Nation, die den Iron Dome entwickelt hat, um Raketen vom Himmel zu holen. Was glaubst du, was von dieser Nation dann übrig bleibt? Glaubst du ernsthaft, dass ein solches Israel die Säkularen zum Bleiben zwingt? Nein, die Intelligenz wird fliehen und ihre globalen Innovationsfähigkeiten mitnehmen.«

Dina Kelman war Krankenschwester und *bat leveyha*. Das war ein Dienstgrad eine Stufe unter dem *katsa*. Sie war achtundzwanzig Jahre alt. Ihr Ehemann, der *katsa* Ofer Kelman, hatte sie 2013 in den Mossad eingeführt, wo sie umfassend ausgebildet und trainiert wurde. Dina hatte von Anfang an gelernt, dass sie Erfahrungen mit niemandem teilen konnte. Möglicherweise würde sie irgendwann von dem unheilvollen Verlangen heimgesucht werden, sich jemandem anzuvertrauen, aber dieser Versuchung dürfe sie unter keinen Umständen nachgeben, hatte man ihr eingebläut. Sie dürfe niemandem trauen außer ihren Kollegen. Sie wurde in der Kunst des Täuschens unterrichtet, und es wurde ihr beigebracht, Methoden anzuwenden, die jedes Gefühl von Anstand und Würde verletzten. Und tatsächlich empfand sie anfangs einige der Tätigkeiten, die von ihr verlangt wurden, als höchst unerfreulich. Aber sie hatte auch gelernt, immer den Gesamtzusammenhang ihres jeweiligen Auftrags im Auge zu haben. Eine solche Schule prägte fürs Leben. Dina konnte in die verschiedensten Rollen schlüpfen und trotzdem jedes Mal absolut authentisch wirken. Und wenn sie Sex wollte, nahm sie ihn sich kurzerhand.

***

Mosta, Malta – Der rote Ferrari mit dem Diplomatenkennzeichen glänzte in der Abendsonne. Er stand ungefähr fünf Kilometer westlich Vallettas auf einem abgelegenen Feldweg. Der junge Mann mit den nahöstlichen Gesichtszügen, dem der Wagen gehörte, trug einen maßgeschneiderten grauen Anzug mit weißem Hemd darunter, deren beiden obersten Knöpfe geöffnet waren. Das Zusammenspiel seiner stets teuren Kleidung mit seinem schwarzen Haar, dem olivfarbenen Teint und den kaffeebraunen Augen, verlieh ihm etwas Unnahbares. Gestern hatte er zusammen mit drei Huren seinen vierzigsten Geburtstag gefeiert. Er hatte etwas zu viel Kokain konsumiert und die ganze Nacht kein Auge zugetan. Deshalb verdeckte er seine dunklen, fast schwarzen Augenränder mit einer Sonnenbrille. Alle sechzig Sekunden warf er einen Blick auf seine Patek Philippe. Der Kurier war seit zwei Minuten überfällig. Wenn es zwei Dinge gab, die er über alle Maßen hasste, dann waren das Unpünktlichkeit und alles, was hinter seinem Rücken vor sich ging. Auf Malta passierte nur wenig, von dem er nichts mitbekam, und dazu gehörte auch das Auftauchen eines Israelis, der sich in Valletta als ein Kollege Yonah Melmans vom *Jerusalemer Oberrabbinat* ausgab.

Reza Rajavi, so hieß der Ferrari-Fahrer, war an der iranischen Botschaft in Rom akkreditiert, aber weil in den Luxushotels auf Malta der Großteil des internationalen Waffenhandels mit dem Iran abgewickelt wurde, hielt er sich selten in Rom und überwiegend in Valletta auf. Es gab keine Organisation und keinen Menschen von Rang und Namen auf der Mittelmeerinsel, die Rajavi nicht kannte und mit der er nicht auf die eine oder andere Art verbandelt war. Dies galt auch für die Geheimloge *Templer der Heiligen Tradition*, dessen Generaloberer ihn regelmäßig mit wichtigen Informationen versorgte.

Endlich erschien in der Ferne das erwartete Motorrad.

Als der Mann auf dem Motorrad seine Geschwindigkeit drosselte, ließ Rajavi das Fenster seines Wagens ein Stückweit herunter.

Die Fotos steckten in einem unbeschrifteten braunen Umschlag, den ihm der Kurier wortlos durch den Schlitz des Autofensters reichte.

Rajavi wartete, bis sich der Kurier wieder entfernt hatte. Dann riss er den Umschlag auf und betrachtete die Fotos. Er begutachtete sie sorgfältig. Er stellte das Kommunikationssystem auf automatische Verschlüsselung um und wählte aus dem Kopf eine Nummer. Er erkannte die Stimme, die sich meldete.

»Ich fürchte, wir haben ein Problem«, sagte Rajavi.

»Erklären Sie's mir.«

Rajavi tat es.

»Betrachten Sie den Israeli als Ihr Problem, Reza. Kümmern Sie sich darum.«

Rajavi wollte gerade etwas erwidern, als das Gespräch von der anderen Seite abrupt beendet wurde. Frustriert öffnete er die Konsole unterhalb der Frontscheibe seines Fahrzeugs. Er legte die Fotos der Reihe nach auf den Scanner und sandte die stark codierten Informationen direkt an die Iranische Botschaft in Rom, wo der iranische Auslandsgeheimdienst MOIS im Keller der Botschaft eine Residentur unterhielt.

Fünf Minuten später erhielt er über ein Burstsystem einen Anruf vom Leiter der Residentur.

»Der Mann auf den Fotos ist Avi Halon, Führungsoffizier des Mossad«, sagte der Geheimdienstoffizier.

»Ich höre den Namen zum ersten Mal.«

»Das ist der Mann, der zwischen 2007 und 2012

fünf unserer besten Atomwissenschaftler getötet hat«, sagte der Offizier.

»Ich habe gerade mit unserem Mann in Genf telefoniert. Er sagte mir, dass *ich* mich der Sache annehmen soll.«

»Nein, Sie vernichten die Fotos und gehen für eine Weile in Deckung. Der Schwarze Monarch wird sich selbst um die Angelegenheit kümmern. Dafür sorgen wir schon.«

***

Sliema – Samstagmorgen, 20. Juli. Nachdem er Dina verabschiedet hatte, die zum Dienst zurück ins Krankenhaus musste, telefonierte Halon mit Ben-Zvi, um ihm mitzuteilen, dass Yonahs Zustand unverändert kritisch war. Gegen halb neun trank er seine zweite Tasse Kaffee, verließ das sichere Haus und begann mit einem Spaziergang zur *Saint Nicolas Street*, wo das Motorsportgeschäft von Doris Schuster lag. Die dralle Blondine, eine deutschstämmige Jüdin, hatte sich in der Vergangenheit schon des Öfteren als äußerst loyal bewährt. Sie kannte die Regeln und stellte keinerlei Fragen. Die vollgetankte *BMW Concept nove cento* stand bereits vollgetankt auf ihrem Hof. Halon hatte ihr gestern noch seine Körpermaße durchgegeben, deshalb hatte sie die passende Motorradkluft auch gleich zusammengestellt.

Halon kleidete sich noch in ihrem Geschäft um. Die Klamotten saßen perfekt und standen ihm gut. Er bedankte sich, ging nach draußen, stülpte sich den Helm über den Kopf und startete die Maschine.

Um ein Gefühl für die Straßenlage der BMW zu bekommen, fuhr er die nächsten anderthalb Stunden kreuz und quer über die Insel.

Gegen 11.30 Uhr machte er vor einem Bistro weit außerhalb der Hauptstadt Halt.

Er stellte die Maschine am Straßenrand ab, nahm seinen Helm ab und setzte sich draußen an eins der kleinen runden Tischchen.

Der Bistrobetreiber, ein fünfzigjähriger fülliger Mann mit Halbglatze, hatte den neuen Gast sogleich bemerkt und eilte nach draußen. Als er die BMW sah, machte er große Augen. »Guten Tag, der Herr. Eine tolle Maschine haben Sie. Darf ich sie mir mal aus der Nähe anschauen?«

»Tun Sie sich keinen Zwang an«, sagte Halon.

Der Mann ging zu der BMW, betrachtete sie ehrfürchtig und fuhr langsam mit der Hand über ihren Tank. »Schnurrt wahrscheinlich wie ein kleines Kätzchen, nicht wahr? Wenn man schöne Dinge pflegt, danken sie es einem.«

»Das ist nicht nur mit Motorrädern so«, sagte Halon, während er die Speisekarte studierte.

Der Bistrobetreiber grinste breit. »Das stimmt.« Er ging zu Halons Tisch. »Haben Sie schon gewählt?«

»Einen Kaffee, bitte, und irgendeine kleine maltesische Spezialität. Nicht zu mächtig.« Dann zog er den Reißverschluss seiner Kluft auf. Aber nur halb, damit niemand den Pistolenhalfter sah.

»Ich empfehle Ihnen die Kannoli. Die machen wir besonders gut.«

»Sind das diese kleinen Teigröllchen?«

»Ja, kross gebackene Teigröllchen, wahlweise gefüllt mit Ricotta, Schokolade oder kandierten Früchten.«

»Okay, dann nehme ich die Kannoli mit Ricotta.«

»Sehr wohl, mein Herr.«

»Ach, noch was. Entschuldigen Sie, aber ich habe leider mein Handy zu Hause liegen lassen. Darf ich mal Ihr Telefon benutzen?«

»Selbstverständlich. Ich bringe es Ihnen.«

»Danke.«

Der Bistrobetreiber kam kurz darauf mit einem schnurlosen Telefon zurück. Er reichte es ihm. »Bitte sehr.«

»Danke. Das Gespräch wird nur kurz. Sie können es auf die Rechnung setzen.«

»Kein Problem«, lachte der Mann.

Halon hatte die Handynummer von Alfons Zwinger im Kopf.

Zwinger nahm den Anruf nach dreimaligem Klingeln entgegen.

Halon sagte nur einen einzigen Satz: »Wir treffen uns um vierzehn Uhr vor dem Hauptportal der Kathedrale.«

Zwinger, der Halons Stimme sofort wiedererkannte, sagte nach kurzem Zögern: *»Ich werde da sein.«*

Das Gespräch war beendet.

Der Bistrobetreiber brachte den Kaffee, und Halon bedankte sich.

Während er an dem heißen Kaffee nippte, stellte er sich vor, wie das Treffen mit Zwinger ablaufen würde. Ein erstes Treffen mit einem Agenten war immer gefährlich, vor allem, weil noch kein Codewort vereinbart worden war. Das wusste niemand besser als er.

Selbstverständlich gab es im Mossad klare Regeln, die genau vorschrieben, wie eine Rekrutierung abzulaufen hatte. Aber jeder Fall lag anders. Ein Rekrutierer hielt sich zwar an einen roten Faden, aber viel wichtiger waren seine Erfahrung, seine Intuition und sein Improvisationsgeschick.

Es konnte Wochen und Monate dauern, bis man einen Agenten so weit hatte, dass er einem die wirklich wichtigen Informationen lieferte. Er konnte nur hoffen, dass es bei Zwinger schneller gehen würde. Dabei ging es ihm nicht nur um die Beantwortung der Frage, *wer* den Bombenanschlag befohlen hatte. Viel mehr interessierte ihn, wie sie die Bombe in das Gebäude bekommen hatten. Denn bei korrekter Einhaltung der Sicherheitsvorschriften war das eigentlich ein Ding der Unmöglichkeit.

Nachdem er gezahlt hatte, bedankte er sich. »Ihre Kannoli sind übrigens ganz ausgezeichnet. Ich werde Sie weiterempfehlen.« Dann stülpte er sich seinen Motorradhelm über, schwang sich auf die BMW und fuhr zurück nach Valletta. Für das Treffen mit Alfons Zwinger zog er sich leichtere Kleidung an.

***

Valletta – Die *St. John's Co-Cathedral* war die Konkathedrale des römisch-katholischen Erzbistums Malta. Sie wurde als Ko-Kathedrale bezeichnet, weil sie neben der Kathedrale St. Paul in Mdina als zweiter Sitz des Erzbischofs von Malta diente. Die Kirche wurde zwischen 1573 und 1578 von den Maltesern errichtet.

Während der Bau nur vier Jahre dauerte, benötigte die vollständige Ausstattung des Innenraums über hundert Jahre. Demzufolge stand das eher strenge und schlichte Äußere der Kirche auch in starkem Kontrast zum prunkvollen Inneren.

Halon war fünf Minuten vor dem vereinbarten Zeitpunkt vor Ort. Es waren kaum Menschen auf der Straße. In der Mittagshitze hielten die meisten Malteser ihre Siesta. Halon stellte sich unter einen schattigen Baum und beobachtete unauffällig die Umgebung.

Alfons Zwinger kam zu Fuß. Statt seiner Priesterkleidung trug er wieder nur Jeans und Sweatshirt. Er humpelte. Während er sich dem Portal der Kirche näherte, trat Halon aus dem Schatten hervor.

»Guten Tag«, sagte Zwinger.

»Guten Tag, Alfons.«

»Wie darf ich Sie ansprechen?«

»Nenn mich Rafael. Ich werde dich Alfons nennen.«

»Okay. Was machen wir jetzt, Rafael?«

»Wir gehen spazieren, und du erzählst mir deine Lebensgeschichte.«

Zwinger schaute an sich herunter. »Ich habe noch große Schwierigkeiten beim Gehen.«

»Wir suchen uns drinnen ein ruhiges Plätzchen.«

Zwinger nickte.

Halon zog an der schweren Eichentür der Kirche und stellte fest, dass sie nicht abgesperrt war. Zwinger folgte ihm hinein. Kühle Luft schlug ihnen entgegen, und zugleich ein Duft aus Kerzenwachs, Weihrauch, Holzpolitur und Schimmel – der unverkennbare Geruch eines katholischen Gotteshauses.

Sobald Zwinger die Schwelle der Kirche übertreten hatte, machte er eine Kniebeuge und bekreuzigte sich.

Sie waren allein.

In einer Kirchbank nahmen sie Platz.

In den nächsten anderthalb Stunden erzählte Zwinger seine ganze Lebensgeschichte. Alle Einzelheiten wurden durchgenommen. Halon hörte aufmerksam zu. Für Zwinger war es wie ein Beichtgespräch.

Am Ende unterbreitete Halon ihm ein Angebot. »Natürlich sind wir bereit, für Informationen zu bezahlen, mit deren Hilfe wir herausfinden können, wie die der Anschlag organisiert wurde und wer die Auftraggeber sind. Deshalb brauchen wir detaillierte und verlässliche Informationen, nicht einfach Sachen, die man auch im Internet finden kann.«

Zwinger war überrascht, aber er konnte das Geld gut gebrauchen. »Wie viel bist du bereit zu zahlen?«

»Du wirst es herausfinden«, erwiderte Halon. »Du musst wissen«, fügte er hinzu, »dass dein Leben in Gefahr ist, wenn du irgendjemandem von dieser Abmachung erzählst.«

»Ich weiß.«

Zwinger hatte alles begriffen, auch, dass er kein falsches Spiel spielen konnte, ohne dass dies schlimme Konsequenzen für ihn haben würde.

Halon hatte eine letzte Frage: »Warum hast du dich dieser Bewegung angeschlossen?«

Nach einer ungewöhnlich langen Pause sagte Zwinger: »Ehrlich gesagt, ich weiß es nicht.« Und dabei schaute er Halon direkt in die Augen.

Halon hatte den Eindruck, dass seine Antwort ehrlich war. »Okay. Vor unserem nächsten Treffen rufe ich dich an und gebe dir ein Codewort, mit dem eine Zusammenkunft vereinbart wird. Du weißt dann, dass unser Treffen in einem bestimmten Restaurant stattfindet. Das Restaurant wird regelmäßig gewechselt. Du musst dann genau fünfzehn Minuten auf mich warten. Wenn ich nicht auftauche, musst du eine bestimmte Nummer anrufen, die ich dir ebenfalls bei unserem nächsten Treffen geben werde. Wenn dort niemand antwortet, bedeutet das, dass du zu einem anderen im Voraus bestimmten Treffpunkt gehen musst. Hast du das verstanden?«

»Ja, habe ich.«

»Okay, du kannst jetzt gehen.«

Alfons würde nicht erfahren, wo er anrufen würde. Es war die israelische Botschaft in Rom. Jede israelische Botschaft hatte mehrere nicht registrierte Nummern.

***

In einem stillen Winkel im Viertel um die *St Augustine Church*, im Schatten seines Nordturms, gibt es eine Gasse, die für alles außer Fußgängerverkehr zu schmal ist. Am Ende der Sackgasse, im Erdgeschoss eines alten Barockhauses, befindet sich ein kleiner Laden für Computerreparaturen. Die Öffnungszeiten sind unberechenbar, und an manchen Tagen öffnet das Geschäft überhaupt nicht. Der Besitzer arbeitet allein, beschäftigt keine Angestellten. Ein exklusiver Kundenkreis kennt ihn als Mister Brookes. Die normalen Kunden nennen ihn einfach nur Mason.

Mason, der Computerdoktor.

Mason war untersetzt und muskulös und fast am ganzen Körper tätowiert. Weil Hemden und Krawatten ihm nicht sonderlich gut standen, bevorzugte er Jeans und T-Shirts, und zwar ausschließlich in Schwarz. Seine dicken dunklen Augenbrauen verschwanden halb hinter einer Schildpattbrille mit runden Gläsern. Seine Hände waren ziemlich groß, aber sehr geschickt und kunstfertig.

Mason saß gerade in seiner Werkstatt und war mit der Reparatur eines *Lenovo V15 G2* Notebooks beschäftigt, als die Klingel an der Ladentür seine Arbeit unterbrach. Er streckte den Kopf in den Türrahmen und sah eine Gestalt vor der Ladentür stehen: einen Motorradkurier. Unter einem Arm trug er ein Paket. Mason ging zur Ladentür und sperrte auf. Der Kurier übergab ihm wortlos das Paket, bestieg wieder seine Maschine und raste davon.

Mason sperrte wieder zu und nahm die Sendung mit in seine Werkstatt. Langsam packte er das Paket aus, hob den Deckel des ausgepolsterten Kartons ab und hatte nun ein *Acer Predator 21 X* vor sich. Ein prachtvolles Stück. Er schraubte die Unterseite des Laptops ab. Das Dossier mit dem Foto war darin versteckt. Er brachte einige Minuten damit zu, die Unterlagen zu studieren, dann verbarg er sie einem Großband mit dem Titel *Computer Chess II* von David E. Welsh.

Das *Acer* hatte ihm sein wichtigster Kunde geschickt, der Schwarze Monarch. Mason wusste nicht, wie er wirklich hieß, sondern nur, dass er von Genf aus agierte, sehr reich war und sehr gute Verbindungen hatte. Das traf auf die meisten seiner Kunden zu. Aber dieser eine war anders als alle anderen. Vor gut einem Jahr hatte er Mason eine Liste mit Namen von Männern gegeben, die in Europa, dem Nahen Osten und Südamerika verstreut lebten. Mason war dabei, diese Liste stetig abzuarbeiten. Er hatte einen Mann in Beirut liquidiert, einen weiteren in Amman. Er hatte einen Deutschen in Frankfurt und einen Italiener in Mailand ermordet. Er war über den Atlantik geflogen, um zwei Paraguayer in Ciudad del Este zu beseitigen. Auf seiner Liste stand jetzt nur mehr ein iranischer Diplomat. Mason wartete noch auf den endgültigen Ausführungsbefehl. In dem Dossier, das er gerade erhalten hatte, stand ein neuer Name: räumlich näher, als ihm lieb war, aber keine sonderliche Herausforderung. Er beschloss, den Auftrag anzunehmen.

Er nahm sein Mobiltelefon und wählte.

»Ich habe das Notebook bekommen. Wie schnell brauchen Sie es zurück?«

»Die Reparatur ist brandeilig.«

»Eilreparaturen bedingen einen Aufschlag.«

»Wie hoch?«

»Mein übliches Honorar plus fünfzig Prozent.«

»Für diesen Auftrag?«

»Soll ich ihn ausführen oder nicht?«

***

Tel Aviv – Sonntag, 21. Juli. »Wir sind uns nicht sicher«, sagte Naftali Brenner, der Chefanalytiker am King Saul Boulevard, nachdem er vor dem riesigen Schreibtisch des Chefs der Operationsabteilung Platz genommen hatte. »Die Analyse, die die KI geliefert hat, beruht auf dem einzigen Verhör, das Avi mit Alfons Zwinger geführt hat.«

Ben-Zvi zündete sich in Ruhe eine seiner übelriechenden türkischen Zigaretten an. Dann lehnte er sich konzentriert zurück. »Und das ist offensichtlich zu wenig«, brummte er. »Ist es das, was du mir sagen willst, Naftali?«

»Ja.« Brenner zuckte etwas hilflos mit den Schultern.

»Dann sag mir, was für dich am wahrscheinlichsten ist. Immerhin haben wir bereits den Namen des Chefs der Templer.«

»Das stimmt. Aber das reicht nicht. Das Kontakt- und Beziehungsnetz, über das de Valloton verfügt, lässt nur einen einzigen logischen Schluss zu: Es muss in diesem Verein zwingend nicht registrierte Kommunikationskanäle geben.«

Ben-Zvi, der nicht viel von künstlicher Intelligenz hielt und überdies der festen Überzeugung war, dass eine KI niemals an die Kreativität und Virtuosität eines *katsas* heranreichen würde, legte die Stirn in Falten. »Und die KI kann diese nicht registrierten Kommunikationskanäle nicht identifizieren?«

Der Chefanalyst zeigte sich leicht genervt von der Unkenntnis seines Gegenübers, was die Arbeitsweise künstlicher Intelligenzen betraf. »Kommunikationskanäle, die nicht registriert sind, kann die KI auch nicht aufdecken«, sagte er. »Das können nur Teams, die vor Ort operieren. Und das auch nur mit viel Glück und in mühevoller Kleinarbeit.«

»Deine Einschätzung zu de Valloton?«

»Für eine finale Beurteilung ist es noch zu früh.«

»Und Zwinger?«

»Zwinger ist ein verblendeter religiöser Eiferer und Eigenbrötler. Solche Menschen können auf unvorhersehbare Weise gefährlich werden. Aber um einen Terroranschlag wie diesen zu planen, fehlt es dem Mann an konzeptionellem Denken, an intellektueller Substanz und mit Sicherheit auch an den entsprechenden Kontakten. Zwinger ist ein fanatischer Traditionalist, getrieben von der festen Überzeugung, Franziskus wolle die katholische Kirche zerstören, aber er ist mit Sicherheit kein Antisemit. Diejenigen, die den Terroranschlag geplant und ausgeführt haben, wollten aber mit absoluter Sicherheit einen hochrangigen Katholiken *und* einen hochrangigen Juden töten. Deshalb bin ich mir sicher, dass Zwinger nicht mal ansatzweise in das Komplott eingeweiht wurde. Aber aktuell ist er der einzige Kontakt, den wir haben. Vielleicht führt er uns zur Quelle.«

»Und de Valloton ist deiner Ansicht nach nicht die Quelle?«

»Nein.«

»Okay. Dann müssen wir bei Zwinger weitermachen und uns langsam zur Quelle vorarbeiten«, sagte Ben-Zvi.

Daraufhin wuchtete er seinen massigen Körper aus dem Ledersessel und trat an eins der Fenster aus Panzerglas. Nachdenklich sah er auf das abendliche Tel Aviv hinunter, während er einen tiefen Zug von seiner Zigarette nahm.

»Theoretisch könnten wir es mit einer Verschwörung zu tun haben, die bis in den Vatikan hineinreicht«, fuhr Ben-Zvi fort.

»Raten ist nicht meine Metier, Aryeh. Ich brauche Daten und Fakten.«

»Ich weiß. Aber in meinem Job brauchst du vor allem Erfahrung. Und aus Erfahrung weiß ich, dass der Vatikan ein überaus dunkler Ort ist, dem ich grundsätzlich alles zutraue.«

Dem Chefanalytiker blieb verborgen, was Ben-Zvi in diesem Moment wirklich über ihn dachte: *Naftali, du gehörst zum gleichen Menschenschlag wie so viele hier, global denkend und technologiehörig, mit Manieren aus der Vorstandsetage und der Überzeugung, Agenten im Einsatz seien lediglich Gegenstände, die von höheren Wesen und künstlichen Intelligenzen gehandhabt werden müssten. Ich scheiße was auf deine künstliche Intelligenz. Ich setzte auf meinen besten* katsa*, und ich weiß, dass Avi die Auftraggeber dieser heimtückischen Morde zur Strecke bringen wird.*

Das rote Lämpchen auf Ben-Zvis Sprechanlage blinkte. Ben-Zvi sah es, weil es sich im Fensterglas spiegelte. Er wandte sich um und beugte sich über seinen Schreibtisch. Ein weiteres Lämpchen zeigte an, dass es Rons Sekretärin Ziva Weinthal war.

Er drückte einen Knopf. »Ja?«

»*Der* memuneh *will dich sprechen, Aryeh.*«

»Ich komme.«

***

Valletta – Alfons Zwinger hatte die Nachricht gegen 13 Uhr erhalten. Das Codewort, das ihm Halon während des Telefonats genannt hatte, besagte, dass er sich um Punkt 14 Uhr in der *Il-Gifen Bar* in der *Saint Paul's Street* einfinden solle. Da Zwinger durchaus intelligent war und sich längst zur Kooperation entschlossen hatte, ahnte er, um was es bei diesem Treffen wahrscheinlich gehen würde. Er hatte längst eine Skizze von der mutmaßlichen Organisationstruktur der *Templer der heiligen Tradition* angefertigt. Diese Skizze zeigte aber nur das, was ihm bekannt war. Er hatte die Struktur nach bestem Wissen zu Papier gebracht, aber das Ergebnis musste nicht zwingend der Wahrheit entsprechen. Zwinger hatte diese Skizze auch schon beim Treffen mit Rafael in der Kathedrale dabeigehabt, aber Rafael hatte nicht danach gefragt, sondern sich ausschließlich für seine Lebensgeschichte interessiert.

Von seiner Wohnung aus waren es nur fünf Minuten Fußweg bis zum Treffpunkt. Er kannte die *Il-Gifen Bar*, er hatte dort bereits zweimal gespeist. Das Lokal war bekannt für seine einfachen, aber durchaus schmackhaften und großzügigen Gerichte. Die Eingangstür war mit dunkelbraunem Holz umrahmt. Über der Tür befand sich eine Holzschnitzerei mit dem Schriftzug *Il-Gifen*. Darüber war direkt auf die helle Sandsteinfassade die Hausnummer gemalt: 277.

Die Inneneinrichtung war ebenfalls ganz in Dunkelbraun gehalten, was dem Lokal eine warme Atmosphäre verlieh. Es besaß keine Fenster zur Straßenseite. Wahrscheinlich war dies der eigentliche Grund, weshalb sich Rafael ausgerechnet für diesen Treff-punkt entschieden hatte.

Der junge Priester betrat das Lokal um Punkt 14 Uhr. Er wählte einen Tisch im hinteren Teil des Lokals, nahm Platz und blätterte dann etwas nervös in der Speisekarte. Gemäß ihrer Abmachung hatte er jetzt genau fünfzehn Minuten auf seinen Gesprächspartner zu warten.

Halon hatte sich bereits vergewissert, dass ihm niemand gefolgt war. Das Lokal selbst war ebenfalls sauber, hatte er nach seinem Eintreten in Sekunden-schnelle festgestellt. Er öffnete den Reißverschluss seiner Motorradmontur, begrüßte Alfons Zwinger per Handschlag und legte seinen Helm auf dem großen Holztisch ab. Nachdem er sich gesetzt hatte, behielt er die Tür auch weiterhin unauffällig im Auge. Sein Agent war vollkommen unerfahren und würde es höchstwahrscheinlich nicht merken, wenn er einen Beschatter im Schlepptau hatte.

Nachdem sie ihre Speisen ausgewählt und sich ein paar Minuten in belanglosem Smalltalk ergangen hat-ten, kam Halon zum Kern ihres heutigen Treffens, der Organisationsstruktur der Templer.

Zwinger huschte ein Lächeln übers Gesicht, weil er endlich die vorbereitete Zeichnung aus der Innenta-sche seines Tweed Jacketts ziehen durfte.

»Ein offizielles Organigramm unseres Ordens habe ich noch nie gesehen. Eigentlich gibt es überhaupt nichts Offizielles. Alles ist sehr, sehr geheim. Aber dies ist die Struktur, wie ich sie mir aktuell vorstelle. Ich habe die Zeichnung nach bestem Wissen und Gewissen angefertigt, Rafael, aber sie muss nicht zwingend richtig sein.«

»Verstehe. Du meinst, so stellst du dir die Hierarchie vor«, sagte Halon, während er die Skizze mit den wichtigsten Namen und deren Position in der Hierarchie in seinen Händen hielt.

»Ja.«

»Bartholomé de Valloton ist der Kopf der Organisation?«, fragte er, während er mit dem Finger auf das oberste Kästchens des Organigramms zeigte. Er stellte sich absichtlich dumm, denn selbstverständlich wusste er genau, dass sich de Valloton längst im Fadenkreuz des Büros befand und Ben-Zvi längst zwei Observationsteams nach Valletta beordert hatte, um den Generaloberen dieses obskuren Vereins näher unter die Lupe zu nehmen. Die beiden Teams würden heute aus der Schweiz anreisen und am frühen Abend im sicheren Haus in Valletta eintreffen.

»Das ist das, was ich weiß, Rafael. Aber ich vermute, dass es über dem Generaloberen noch jemanden gibt.«

»Den Großmeister des Malteserordens?«

»Nein.«

»Wieso nicht?«

»Die offizielle Führung des Malteserordens weiß überhaupt nicht, dass es uns gibt.«

»Wer könnte es dann sein?«

»Keine Ahnung. Ich habe nur mitbekommen, dass es da ganz offensichtlich jemanden gibt, der über alles, was in der Organisation vor sich geht, Rechenschaft abgelegt haben will. Jede kleinste Kleinigkeit.«

»Und was führt dich zu diesem Schluss?«

»Ich habe unerlaubterweise ein Handygespräch des Generaloberen belauscht. Die Tür zu seinem Büro stand einen Spaltbreit offen. In diesem Gespräch wirkte Monsignor Bartholomé sehr nervös, geradezu unterwürfig. Ich konnte deutlich spüren, dass er mit jemandem sprach, der in der Hierarchie weit über ihm steht.«

»Wie lange ist das her?«

»Das war erst gestern.«

Halon wusste sofort, dass das nicht sein konnte, da die KI bereits sämtliche ein- und ausgehenden Telefonate von de Vallotons Handy aufzeichnete. Es sei denn, Valloton benutzte nicht registrierte Kommunikationskanäle.

»Jemand aus dem Vatikan?«

»Das wäre durchaus möglich, aber ich weiß es nicht.«

»Versuch dich zu erinnern. Um was ging es in dem Telefonat genau?«

»Nun, ich habe höchstens dreißig Sekunden lang zugehört, deshalb weiß ich nicht, wie lange das Telefonat tatsächlich dauerte und ob das, was ich mithören konnte, tatsächlich relevant ist. Es ging um die Verwendung finanzieller Zuwendungen an unseren Orden. Der Generalobere verlas eine Liste. Es klang aber wie ein Rechenschaftsbericht.«

»Ihr werdet also finanziell unterstützt.«

»Natürlich.«

»Woher kommt das Geld?«

»Das weiß ich nicht.«

»Wer verwaltet das Geld?«

»Unser Finanzchef, Luigi Almoretti.« Zwinger zeigte mit dem Finger auf den entsprechende Namen in dem vor ihnen liegenden Organigramm.

»Welche Bankverbindung benutzt ihr?«

»Keine Ahnung.«

Halon wusste aus Erfahrung, dass man in der Regel nur der Spur des Geldes folgen musste, um ein schlüssiges Gesamtbild zu erhalten. Das, was Zwinger ihm gerade mitgeteilt hatte, würde sie eventuell zum Ziel führen. Er entschied aber, diesen Punkt jetzt nicht weiterzuverfolgen, weil sich die Spezialisten darum kümmern würden und wechselte das Thema.

»Wann wurde euer geheimer Orden gegründet?«

»Soviel ich weiß, kurz nachdem klar war, wohin Franziskus die Kirche führen würde, also im Jahre 2013.«

»Und du warst von Anfang an dabei?«

»Nein, ich bin ja erst im Jahre 2016 zum Priester geweiht worden. Den Orden habe ich erst Anfang des Jahres kennengelernt.«

Halon schaute an Zwinger vorbei. »Okay. Ich sehe gerade, dass unser Essen kommt. Wir werden nach dem Essen weitermachen.«

»Okay.«

Sie verzichteten auf ein Dessert und bestellten stattdessen Kaffee.

»Hast du jederzeit freien Zutritt zum Generaloberen?«, fragte Halon.

»In der Regel schon«, erwiderte Zwinger.

»Was heißt das?«

»Das heißt, dass es auch Ausnahmen gibt.«

»Welche Ausnahmen?«

»Na, zum Beispiel, wenn er gerade Beichte hört.«

»Was bedeutet das?«

»In der Beichte bekennt ein Sünder in der Gegenwart eines Priesters seine Sünden. Dies geschieht in der Regel an einem ganz speziellen Ort, den man Beichtstuhl nennt. In jeder katholischen Kirche befindet sich mindestens ein Beichtstuhl. Manche Priester nehmen die Beichte aber auch außerhalb eines Beichtstuhls ab, zum Beispiel in einem Beichtzimmer oder in der Sakristei. Nach dem Sündenbekenntnis erteilt der Priester dem Sünder ein paar gute Ratschläge, legt ihm eine Buße auf und erteilt ihm dann die Lossprechung. Da kein Mensch einen anderen Menschen von seinen Sünden lossprechen kann, hat Gott dem Priester durch das Weihesakrament die Macht verliehen, in seinem Namen alle gebeichteten Sünden zu vergeben.«

»Also das, was bei uns Yom Kippur ist.«

»So ungefähr.« Zwinger lächelte. »Aber Yom Kippur ist nur einmal im Jahr. Katholiken sollten hingegen wenigstens einmal im Monat zur Beichte gehen.«

»Die Ansichten über diese Dinge sind verschieden, aber mach dir keine Sorgen, ich habe dich verstanden. Zurück zum Thema. Ich habe zwei Aufgaben für dich, beide sind akut.«

»Ich höre.«

»Ich brauche präzise Auskünfte über den Tagesplan eures Generaloberen. Ich muss genau wissen, was er wann tut. Wann er in seinem Büro ist, wann er seine Mahlzeiten einnimmt, wann er schlafen geht und so weiter.«

»Das ist relativ einfach.«

»Umso besser.«

»Und die zweite Aufgabe?«

»Ich brauche die Baupläne eures Ordenshauses. Wie ich hörte, lebt ihr in der *Villa Papst Pius XII.* Stimmt das?«

»Das stimmt.«

»Eingeschossig oder zweigeschossig?«

»Dreigeschossig.«

»Wo befinden sich die Büros? Wo sind die Schlafgemächer? Wo ist die Küche? Wo sind die Toiletten. Und so weiter.«

»Das dürfte schon schwieriger sein, aber ich werde sehen, was sich machen lässt.«

»Wenn du die Baupläne nicht beschaffen kannst, fertigst du eine Zeichnung an.«

»Okay.«

»Hast du vielleicht auch ein Foto von de Valloton?«

»Auf meinem Handy. Ich schicke es dir per WhatsApp.«

»Nicht nötig. Zeig es mir einfach.«

Zwinger zückte sein Handy, scrollte sich kurz durch die Galerie und zeigte seinem Gegenüber eine überaus scharfe Aufnahme von de Valloton.

Halon prägte sich das Gesicht genau ein. Dann fiel ihm ein, dass die beiden Observationsteams Fotos von de Valloton benötigen würden. Schnell sagte er: »Alfons, ich habe ein schlechtes Gedächtnis für Gesichter. Es ist besser, du schickst mir das Foto doch per WhatsApp.«

Und dann nannte er ihm die Jerusalemer Nummer seines zivilen Handys.

Zwinger hatte Halon nicht wirklich weitergeholfen. Das meiste von dem, was ihm der junge Priester mitzuteilen hatte, wusste das Büro bereits. Trotzdem überreichte Halon ihm kurz vor Verlassen des Lokals diskret einen Umschlag mit tausend Euro, weil er ihn bei der Stange halten wollte. Zwinger nahm das Geld ohne das geringste Zögern entgegen, weil er damit seinem größten Traum, endlich seinen Pilotenschein machen zu können, einen großen Schritt näherkam. Je bedeutender das Material wäre, das er Rafael liefern würde, desto größer würde auch die Geldleistung sein. Das hatte er sehr schnell begriffen.

Das Bild, das Halon von ihm gewann, deckte sich weitestgehend mit dem der Analytiker und der psychologischen Abteilung des Büros. Alfons Zwinger verfügte über eine überdurchschnittliche Bildung. Er war sehr fromm und deshalb außerordentlich besorgt über die Wege der Kirche, die diese unter dem aktuellen Pontifikat eingeschlagen hatte. »Dies ist nicht mehr meine Kirche«, hatte er Halon in einem Moment absoluter Aufrichtigkeit gestanden. Zwinger war ein Einzelgänger, der nach Bestätigung suchte. Wahrscheinlich war dies auch der eigentliche Grund, weshalb er sich den Templern angeschlossen hatte. In einem gewissen Sinne war er aber auch unberechenbar. Bei gewissen Reizthemen konnte er regelrecht ausflippen. Einen Mord traute ihm allerdings niemand zu. Halon hatte ihm das Gefühl gegeben, wichtig zu sein. Dies war einer der Gründe, weshalb er sich so schnell zur Kooperation entschlossen hatte. Ein weiterer Grund war, dass Zwinger finanziellen Zuwendungen nicht abgeneigt war. Halon musste jetzt ein Gespür dafür entwickeln, wie weit er mit Zwinger gehen konnte, bis zu welchem Punkt des Verrats sein Agent also bereit war zu kooperieren.

»Du kannst jetzt gehen«, sagte Halon. »Ich bestelle mir noch einen Kaffee.«

»Okay.« Zwinger erhob sich. »Ciao. Bis zum nächsten Mal. Und danke für das Geld.«

Halon sah ihm an, dass er von diesem Treffen sichtlich gerührt war. Er spürte, dass sein Agent jetzt noch etwas sagen wollte.

»Rafael, du bist ein richtiger Freund für mich.«

»Du für mich auch«, sagte Halon. Dann sah er ihm fest in die Augen. »Und vergiss niemals, du kannst dich hundertprozentig auf mich verlassen.«

»Danke, Rafael.«

Halon musste innerlich grinsen, als er aus Zwingers Mund das Wort »*Freund*« vernahm. Das erste, was ein angehender Führungsoffizier während seiner Ausbildung lernte, war der Satz: »*Wenn du mit deinem Freund zusammensitzt, sitzt er nicht mit seinem Freund zusammen. Alles ist entweder Ziel oder Feind, nichts ist Freund. Merkt euch das.*«

Während er seinen zweiten Kaffee trank, ordnete er in seinem Kopf sämtliche Informationen, die er bis jetzt erhalten hatte.

Es gab zwei Punkte, auf die er bis jetzt keine schlüssige Antwort gefunden hatte. Erster Punkt: Christopher Morris hatte ihm erzählt, dass Alfons Zwinger sich anlässlich einer Schwulenparty als Mitglied der *Templer der heiligen Tradition* geoutet hatte. Und zwar im Beisein vieler anderer Priester. Wie wahrscheinlich war es unter diesen Umständen, dass ein solches Outing geheim bleiben würde? Antwort: gar nicht. Also konnte man zwingend davon ausgehen, dass man auch im Vatikan von der Existenz dieses Ordens wusste. Zweiter Punkt: Die KI hatte sämtliche Finanztransaktionen der letzten fünf Jahre analysiert und war auf keinerlei Auffälligkeiten gestoßen. Wie war das möglich? Vor seinem geistigen Auge tauchte nur ein Wort auf: Vatikanbank.

Er verlangte die Rechnung.

Fünf Minuten später saß er wieder auf seiner BMW und donnerte zurück nach Sliema. Es wurde höchste Zeit, Ben-Zvi auf den neuesten Stand zu bringen.

***

Sliema – Kaum hatte er die sichere Wohnung betreten, befreite er sich von der Motorradkluft. Dann ging er duschen.

Nachdem er sich leichtere Klamotten angezogen hatte, ging er in die Küche, öffnete den Kühlschrank und entnahm ihm eine eiskalte Dose Heineken. Befriedigt nahm er zur Kenntnis, dass während seiner Abwesenheit ein *bodel* in der Wohnung gewesen und den Kühlschrank aufgefüllt hatte.

Im Wohnzimmer stillte er als Erstes seinen Durst. Dann zündete er sich eine Marlboro an und griff nach der Fernbedienung. Er drückte einen Knopf, und aus der Unterhaltungskonsole stieg langsam ein großer Plasmabildschirm auf. Über diesen Bildschirm lief die

Hauptkommunikation mit dem Büro. Die Informationen waren, wie in jedem anderen Geheimdienst der Welt auch, hierarchisch geordnet. Zugriff auf grundsätzlich alle Informationen hatte nur der *memuneh*, seine beiden Stellvertreter, der Chef der Operationsabteilung und die *katsas*. Der Rest der Organisation erhielt, abgestuft nach dem jeweiligen Rang, nur das, was für die jeweilige Arbeit relevant war.

Der Tagesbericht für die Führung und deren Offiziere konnte leicht zwanzig Seiten umfassen.

Halon fand die aktuellen Informationen über seine eigene Operation erst auf Seite 13 des Berichts. Bis Seite 13 und darüber hinaus lasen nur die Wenigsten. Das war aber auch nicht weiter verwunderlich. Jeder wusste, dass die Anstrengungen des Iran, eine Atombombe zu bauen, den Großteil der Ressourcen des Büros banden. Deshalb hatten alle Operationen, die sich aktuell gegen den Iran richteten beziehungsweise sich noch in der Planungsphase befanden, absolute Priorität. Demzufolge fanden sich diese Informationen auch auf den ersten Seiten des Berichts. Der Iran bedrohte die Sicherheit Israels maximal. Da war der Bombenanschlag auf Yonah Melman eher ein Nebenkriegsschauplatz.

Der *memuneh* hatte praktisch an seinem ersten Arbeitstag, dem 6. Januar 2016, zusätzlich zu dem normalen Tagesgeschäft, das hauptsächlich darin bestand, Anschläge auf Juden und Israelis weltweit zu verhindern, den Schwerpunkt des Büros auf drei Themen gelenkt: Behinderung des iranischen Atomprogramms mit allen Mitteln, Weiterentwicklung der

Cyberabwehr und Kooperation mit so vielen arabischen Staaten wie möglich auf dem Gebiet der Sicherheit. Die meisten arabischen Staaten waren durchaus offen für die Zusammenarbeit, denn angesichts der Gefahr, die das Mullah-Regime nicht nur für Israel, sondern auch für die sunnitisch-arabische Welt darstellte, traten die jahrhundertealten Animositäten zwischen Arabern und Juden deutlich in den Hintergrund.

Interessant war das Thema auf der ersten Seite des Tagesberichts: Der *memuneh* war heute Morgen in die USA geflogen und diskutierte zur Stunde in Langley mit der Direktorin der CIA über den Fall Jeffrey Epstein. So wie die Dinge aktuell standen, würde der New Yorker Bezirksrichter Richard Berman nicht auf die angebotene Kaution in Höhe von 100 Millionen Dollar eingehen. Der Richter schätzte das Fluchtrisiko als hoch ein. Außerdem stellte Epstein nach Ansicht des Richters eine Gefahr für die Allgemeinheit dar. Käme es aber zu einem Prozess, dann würde sich die Sache todsicher zu einer echten Bombe für das Büro entwickeln. Ein Prozess musste deshalb unter allen Umständen verhindert werden.

Halon war wirklich auf das Ergebnis der Unterredung der beiden Geheimdienstchefs gespannt. Er las noch die zweite Seite. Darin ging es um die Anstrengungen Chinas, im Iran Fuß zu fassen.

Die restlichen Seiten des Berichts überflog er nur.

Er musste jetzt mit Ben-Zvi sprechen und ihn auf den aktuellsten Stand bringen. Den Weg über Ben-Zvis Sekretärin sparte er sich. Er kontaktierte den Chef der Operationsabteilung direkt auf einem seiner fünf Handys.

Ben-Zvi nahm den Anruf sofort entgegen. *»Shalom, Avi.«*

»Shalom.«

»Bevor du mit deinem Bericht beginnst, kurz zur Info: Die Observationsteams sind aus Zürich kommend in Valletta eingetroffen. Sie sind gerade auf dem Weg zu unserem sicheren Haus in Valletta.«

»Okay. Danke für die Info.«

»Und jetzt schieß los!«

»Ich komme gerade vom Lunch mit Alois Zwinger. Er hat mir ein Organigramm der Templer überreicht, frei aus dem Kopf gezeichnet. Er sagte, dieses Organigramm müsse nicht unbedingt richtig sein, aber es sei das, was er bis jetzt kennengelernt habe. Ein offizielles Organigramm habe er angeblich noch nie gesehen.«

»Hat der Verein Auslandsvertretungen?«

»Soviel ich weiß, nein. Der Kopf der Organisation heißt Bartholomé de Valloton.«

»Das hatte er bereits im Verhör gesagt.«

»Ich weiß. Zwinger vermutet aber, dass es oberhalb des Generaloberen noch jemanden gibt. Er glaubt, dass de Valloton dieser Person gegenüber rechenschaftspflichtig ist.«

»Wie kommt er darauf?«

»Er wurde zufällig Zeuge eines Telefonats zwischen de Valloton und dem Unbekannten. De Valloton erweckte bei Zwinger den Eindruck, ein Untergebener zu sein. Da die KI diesbezüglich aber nicht fündig wurde, gehe ich davon aus, dass die Kommunikation über ein nicht registriertes Tool erfolgte.«

»*Und über was soll sich de Valloton Rechenschaftspflicht erstrecken?*«

»Über die Verwendung der Gelder, die die Templer aus aktuell noch nicht bekannten Quellen beziehen.«

»*Geldwäsche?*«

»Müssen wir prüfen.«

»*Wer verwaltet die Gelder?*«

»Der Finanzchef der Organisation, Luigi Almoretti.«

»*Wie schreibt der sich?*«

»Ich schicke dir gleich das Organigramm. Da findest du auch alle anderen Namen.«

»*Okay. Wie wirst du jetzt mit Zwinger weitermachen?*«

»Er stellt mir bis zu unserem nächsten Treffen den Tagesablauf von de Valloton zusammen und besorgt mir die Baupläne des Ordenshauses.«

»*Sehr gut. Was noch?*«

»Zwinger hat mir ein aktuelles Foto von de Valloton besorgt. Schicke ich dir ebenfalls zu. Für die Akten.«

»*Okay. War's das?*«

»Nein, ich habe mir gerade den aktuellen Tagesbericht angeschaut.«

»*Und?*«

»Der *memuneh* ist in Langley.«

»*Klar, zwecks Gefahrenabwehr.*«

»Wird aber ein Reinfall werden, Aryeh.«

»*Ein Versuch ist's wert.*«

»Warum klärt Bibi die Angelegenheit nicht direkt mit Trump?«

»Weil der auch nicht ganz koscher ist.«

»Wie meinst du das?«

»Nun, ganz grundsätzlich ist er natürlich der beste US-Präsident, den die USA je hatten. Das ist völlig unstrittig. Und er ist auch der größte Freund, den Israel je hatte. Er hat uns alles gegeben, was wir von ihm verlangten. Eigentlich sollten wir ihn lieben.«

»Und was stört dich dann an ihm?«

»Du weißt doch, dass er im Büro nicht nur Freunde hat. Er bringt den internationalen Informationsaustausch regelmäßig in Gefahr, weil er ständig geheime Geheimdienstinformationen an Russland weitergibt. Er ist ein Hitzkopf und dringt oft in Situationen ein, ohne vorher richtig gebrieft worden zu sein, und damit verletzt er, natürlich unwissentlich, nicht nur unsere ungeschriebenen Verhaltenskodizes, sondern die aller anderen Geheimdienste auch.«

»Das wusste ich nicht.«

»Jetzt weißt du es.«

***

Halon zündete sich eine weitere Zigarette an und schaute dann auf die Uhr. Mit den beiden Observationsteams würde er erst gegen 18 Uhr zusammentreffen. Die verbleibende Zeit konnte er nutzen, um sich noch mal mit Christopher Morris zu treffen und wegen einiger Unklarheiten noch mal nachzuhaken. Morris hatte ihm nämlich erzählt, dass Zwinger sich auf der Party im Beisein vieler anderer Priester als Mitglied der Templer geoutet hatte. Er hoffte, dass Morris ihm die Namen aller damals anwesenden Priester nennen konnte.

Er griff nach seinem zivilen Handy und wählte Morris' Nummer, doch der Kontakt war tot.

Er zog seine Motorradkluft wieder an, klemmte sich den Helm unter den Arm und war drei Minuten später auf dem Weg nach Valetta.

***

Valletta – Neben dem Klingelknopf befand sich kein Namensschild, aber er erinnerte sich, dass die Wohnung des Priesters im zweiten Stock auf der rechten Seite lag. Folglich drückte er den dazu passenden Knopf. Er klingelte mehrmals, aber niemand reagierte.

Die Hausverwalterin, eine Frau mittleren Alters in einem geblümten Arbeitskittel, steckte ihren Kopf aus dem Fenster ihrer Wohnung und musterte den seltsamen Mann in der Motorradkluft misstrauisch.

»Zu wem wollen Sie?«

Halon nannte ihr Christopher Morris' Namen.

»Den habe ich schon seit Tagen nicht gesehen. Er ist bestimmt verreist.«

»Und er hat Ihnen vorher nicht gesagt, wie lange er wegbleiben wird?«

»Nein.«

»Kommt Ihnen das nicht komisch vor?«

Sie dachte nach. »Eigentlich schon.«

An ihrem Gesichtsausdruck ließ sich ablesen, dass sie sich plötzlich große Sorgen machte. Offensichtlich überlegte sie, was sie tun sollte.

»Warten Sie kurz«, sagte sie schließlich. »Ich hole den Schlüssel und lasse Sie rein.«

Die Haustür surrte, und Halon trat ins Treppenhaus.

Augenblicke später kam die Hausverwalterin mit einem Zweitschlüssel aus ihrer Wohnung. »Kommen Sie.«

Die Wohnung von Christopher Morris lag im zweiten Stock. Es gab keinen Aufzug, nur eine alte Holztreppe.

Die Hausverwalterin sperrte die Wohnungstür auf und rief den Namen des Priesters, bevor sie über die Schwelle trat. Als keine Antwort kam, gingen sie hinein. Die Vorhänge waren zugezogen, das Wohnzimmer lag im Halbdunkel.

»Father Christopher?«, rief sie noch einmal. »Sind Sie da? Father Christopher?«

Halon öffnete die Doppeltür zur Küche. Christopher Morris' Abendessen stand unberührt auf dem Tisch. Er ging den Flur entlang und blieb nur kurz stehen, um einen Blick in das leere Bad zu werfen. Die Schlafzimmertür war abgesperrt. Halon hämmerte mit der Faust dagegen und rief den Namen des Priesters. Keine Antwort.

Die Hausverwalterin erschien an seiner Seite. Sie wechselten einen Blick, dann nickte sie. Halon packte die Klinke mit beiden Händen und rammte die Tür mit der Schulter ein. Holz splitterte, und er taumelte ins Schlafzimmer.

Wie im Wohnzimmer waren auch hier die Vorhänge zugezogen. Halon tastete die Wand neben dem Türrahmen ab, bis er den Lichtschalter fand. Eine kleine Deckenleuchte warf ihren gedämpften Schein auf die Gestalt auf dem Bett.

Die Hausverwalterin schnappte erschrocken nach Luft.

Halon trat einige Schritte vor. Christopher Morris' Kopf steckte in einem durchsichtigen Plastikbeutel, der um den Hals mit einer goldfarbenen Litze zugeschnürt war. Seine Augen starrten Halon durch den innen beschlagenen großen Klarsichtbeutel an.

»Ich rufe die Polizei«, sagte die Hausverwalterin und eilte in ihre Wohnung zurück. Als sie zwanzig Minuten später mit zwei Polizeibeamten in die Wohnung von Christopher Morris zurückkehrte, war Halon verschwunden.

***

Valletta – »Ich muss Sie dringend sprechen, Monsignor Bartholomé.«

»Wie dringend?«, fragte der Generalobere.

»Äußerst dringend.«

»Dann komm jetzt in mein Büro.«

Der junge Priester hieß Josef Ammann. Seine Soutane raschelte, als er umgehend in das Büro von Bartholomé de Valloton eilte, das sich im zweiten Stock der *Villa Papst Pius XII.* befand.

Er klopfte an.

»Herein«, erklang eine dunkle Stimme von innen.

Josef Ammann drückte mit zitternden Händen die vergoldete Türlinke herunter und betrat dann mit weichen Knien das prächtig ausgestattete Büro des Generaloberen.

»Nun, was gibt es so Wichtiges, dass du es wagst, mich mitten in meinem Gebet zu stören?« Der fast zwei

Meter große Bartholomé de Valloton erhob sich von seinem Ledersessel und fixierte seinen Besucher mit dem stechenden Blick seiner tiefgrünen Augen. Er war von beeindruckender Statur und wirkte in seiner schwarzen Soutane geradezu imposant.

»Ich habe Ihnen eine wichtige Mitteilung zu machen, Monsignor Bartholomé. Ich habe soeben beobachtet, wie Bruder Alfons die Baupläne unseres Ordenshauses fotografiert hat.«

De Valloton zeigte keine Anzeichen irgendeiner Emotion. »Hast du ihn gefragt, wofür er die Pläne braucht?«, fragte er mit ruhiger Stimme.

»Ja.«

»Und?«

»Er sagte, dass die Sache geheim sei und dass ich es keinem Menschen erzählen dürfe.«

»Wie hast du reagiert?«

»Ich habe ihm gesagt, dass ich schweigen werde wie ein Grab.«

»Interessant. Sonst noch etwas?«

»Nein. Ich habe Sie sofort angerufen.«

»Du hast richtig gehandelt, Bruder Josef. Du bist auf dem richtigen Weg, und wenn du auf diesem ehrenvollen Weg verharrst, bringst du es eines Tages zur Bischofswürde.«

»Danke, hochverehrter Monsignor Bartholomé.«

»Du kannst jetzt gehen.«

De Valloton wartete, bis sich die Tür hinter dem Priester geschlossen hatte. Er zog die unterste Schublade seines prachtvollen Louis-Quatorze-Schreibtisches auf und entnahm ihr ein in schwarzes Leder gebundenes Notizbuch, das auf der Vorderseite seine mit Gold geprägten Initialen zierte: *BdV.*

Er schlug es auf. Sein dürrer Zeigefinger glitt langsam die Zeilen hinunter und suchte nach der richtigen Nummer.

Es war eine lange Nummer. Und sie befand sich nicht in den Telefonverzeichnissen seiner beiden Handys. Der Iraner hatte ihm streng verboten, diese Nummer irgendwo einzuspeichern. Weder in sein normales Handy noch in das andere, von dem niemand etwas wusste.

De Valloton nahm sein nicht registriertes und abhörsicheres Kommunikationsmodul zur Hand und tippte die dreizehnstellige Nummer aus seinem Notizbuch sorgfältig ab.

Sein Anruf wurde nach dreimaligem Klingeln entgegengenommen.

»Wir haben möglicherweise ein Problem«, sagte de Valloton.

»Ich höre.«

De Valloton schilderte seinem Kontakt, was soeben vorgefallen war.

Nach kurzem Zögern sagte der Kontakt: *»Geben Sie mir bitte die Handynummer dieses Priesters. Wie war noch mal gleich sein Name?«*

»Alfons Zwinger.« De Valloton blätterte in seinem Telefonverzeichnis und nannte seinem Gesprächspartner schließlich Zwingers Handynummer.

Der Iraner wiederholte die Nummer. Es durfte ihnen jetzt kein Fehler unterlaufen.

***

Hauptkommissar Sergio Camilleri wunderte sich in keiner Weise über den Anruf, den er soeben von Mister Rajavi erhalten hatte. Seitdem sich der zwielichtige Israeli in Valletta aufhielt, passierten hier seltsame Dinge.

Camilleri saß hinter seinem Schreibtisch und nippte an seinem heißen Kaffee. Bevor er Kommissar Bickle ins Vertrauen ziehen würde, dachte er kurz über das soeben geführte Telefonat nach. Er hatte Mister Rajavi schon des Öfteren eine Gefälligkeit erwiesen, und Mister Rajavi hatte sich für jede der bisher geleisteten Gefälligkeiten immer auf eine sehr großzügige Weise erkenntlich gezeigt. Er wusste, wie die Welt funktionierte, Korruption im höheren Dienst war völlig normal, und er, Hauptkommissar Sergio Camilleri, verheiratet und Vater dreier Töchter, die alle studierten, bildete da keine Ausnahme.

Das Abhören des Telefons eines Verdächtigen gehörte sozusagen zum Tagesgeschäft. Das direkte Weiterleiten der gewonnenen Informationen an einen zahlungskräftigen Kunden gehörte allerdings nicht dazu.

»Und um wen handelt es sich bei diesem Mann, wenn ich fragen darf?«

»Es handelt sich um jenen Priester, den Sie in Ihrem Kommissariat bereits verhört haben.«

»Alfons Zwinger?«

»Ja, er bewegt sich gerade deutlich jenseits seiner Berufung.«

»Verstehe. Aber wenn ich Sie ein klein bisschen korrigieren darf, Mister Rajavi: Wir haben ihn gar nicht verhört. Wir durften ihn gar nicht verhören. Der Befehl kam direkt aus dem Innenministerium. Verhört hat ihn dieser verrückte Israeli.«

***

Statt nach Sliema zu fahren und in die sichere Wohnung zurückzukehren, fuhr Halon direkt zum sicheren Haus, wo ihn die beiden Observationsteams bereits erwarteten: Aaron Baruch und Meira Reuveni sowie Liam Cohen und Yael Kochavi. Die Aufteilung der beiden Paare war bereits in Tel Aviv entschieden worden. Sie waren gestern direkt mit einer El-Al-Maschine und gefälschten israelischen Pässen in die Schweiz geflogen, hatten dort in einem sicheren Haus übernachtet, ihre Identität gewechselt und waren dann heute mit AirMalta und Schweizer Pässen nach Valletta geflogen. Am Flughafen hatte sie ein *sayan* mit einem Kleinbus erwartet. Am späten Nachmittag waren sie in das sichere Haus in Valetta eingezogen. Sie waren alle knapp unter dreißig und körperlich ausgesprochen fit. Halon hatte diese vier Agenten persönlich ausgewählt. Sie hatten alle schon auf der internationalen Bühne gearbeitet und sich in der Zusammenarbeit mit ihm mehrfach bewährt.

Anders als die meisten sicheren Häuser in den europäischen Großstädten, wo es ständig etwas zu tun gab, stand das sichere Haus in Valletta die meiste Zeit leer. Wie alle anderen Häuser war es aber stets bereit für den Einsatz. Ein Techniker der *jahalomim*, ein Mitglied der Mossad-Einheit, zu deren Aufgaben es gehört, in den sicheren Häusern abhörsichere Nachrichtenwege zu schaffen, hatte diese Haus erst vor zwei Wochen vollständig durchgecheckt und technisch auf den neuesten Stand gebracht.

Als Halon eintraf, standen die zwei Frauen in der Küche und bereiteten gerade das Abendessen zu. Nach der Begrüßung sagte Halon: »Für mich bitte auch eine Portion. Ich habe einen Bärenhunger.«

»Mach dir keine Sorgen, Avi, es ist genug für jeden da«, sagte Yael. Im selben Moment fiel ihr Blick durch das Küchenfenster. Drei Fahrzeuge fuhren vor. »Das sind wahrscheinlich unsere Mietwagen.«

Halon drehte sich zum Fenster um. »Einen Moment noch.« Er wartete, bis sich die Fahrer der beiden ersten Fahrzeuge durch das Herunterlassen ihrer Wagenfenster zu erkennen gaben. Es waren die Brüder Walter und Bernie Nadler, Eigentümer einer renommierten Autovermietung und seit vielen Jahren *sayanim*. Halon hatte die Fotos der beiden gestern aus Tel Aviv erhalten.

Aaron kam mit der Fernbedienung aus dem Wohnzimmer und stellte sich neben Halon.

»Du kannst ihnen aufmachen«, sagte der *katsa*.

Aaron drückte einen Knopf, und das stählerne Tor rollte lautlos zur Seite.

Walter und Bernie Nadler fuhren die Fahrzeuge, einen weißen Toyota Camry und einen silbernen Honda Civic, beide mit verdunkelten Scheiben, auf den betonierten Innenhof, der Platz für mehrere Fahrzeuge bot. Sobald sie die Fahrzeuge zum Stehen gebracht hatten, schloss sich das Tor wieder.

Halon kam aus dem Haus, ging zu ihnen und begrüßte sie per Handschlag. Die Gebrüder Nadler wussten nicht, wofür die beiden vollgetankten Fahrzeuge benötigt würden. Sie wussten aber, dass jetzt keine Dokumente unterschrieben würden und dass sie auch keine Fragen stellen durften, noch nicht einmal die Frage, wann sie die beiden Fahrzeuge zurückerhalten würden.

Nach der Übergabe der Schlüssel wurden die *sayanim* höflich verabschiedet. Sie verließen das Grundstück durch das Gartentor und setzten sich in das dritte Fahrzeug, dessen Fahrer sie zurück in die Firma brachte.

Nach dem Abendessen setzte man sich ins Wohnzimmer, und Halon klärte seine vier Agenten in Grundzügen auf, was jetzt zu tun war. Nach dem Mord an Christopher Morris war die Wahrscheinlichkeit groß, dass er trotz aller Vorsichtsmaßnahmen aufgeflogen war und als Nächster auf der Liquidationsliste stand. Wenn sie nicht davor zurückschreckten, einen dermaßen harmlosen Mann wie Christopher Morris zu ermorden, dann würden Alfons Zwinger und er selbst die nächsten Opfer sein.

»Wie haben sie dich hier aufgespürt?«, fragte Meira.

»Keine Ahnung. Auf jeden Fall stehen wir jetzt unter großem Zeitdruck. Ich kann nicht warten, bis mir meine Quelle sämtliche Informationen besorgt hat, die ich normalerweise für die sorgfältige Ausarbeitung eines Plans benötige. Diese Leute sind bereits gewarnt. Sie werden also auf jedes Fahrzeug achten, das sich länger als fünf Minuten in der Nähe ihrer Residenz aufhält.«

»Was schlägst du stattdessen vor?«, fragt Aaron.

»Eine Überwachung aus der Ferne mittels *mikrobotim*.«

Mikrobotim war der hebräische Ausdruck für Mikro-roboter, die mittels Joystick an ihr Ziel geführt wurden.

»Du weißt, dass wir intensiv an den *mikrobotim* aus-gebildet wurden. Die Frage ist bloß, wo kriegen wir welche her?«

»Schau im Safe nach.«

Aaron sprang auf und ging zu dem zwei Meter hohen Safe in einer Ecke des Wohnzimmers.

»Kombination?«, fragte er.

Halon nannte sie ihm.

Der junge Mann öffnete die schwere Stahltür und verschaffte sich einen raschen Überblick. Der Safe enthielt das übliche Equipment, wie man es in allen sicheren Häusern überall auf der Welt vorfand: Hand-feuerwaffen, Munition, diverse Gifte, Handschellen, präparierte Laptops und Handys mit spezieller Kom-munikationssoftware, gefälschte Pässe und ein gan-zes Arsenal ausgereifter technischer Spielzeuge mit allen erdenklichen Raffinessen.

Im untersten Fach lagerten in einer großen grauen Kunststoffbox fünfzehn *mikrobotim* zusammen mit vier Steuerungskonsolen, Akkus, Kopfhörer und vier Spezialbrillen, die zu jeder Tageszeit optimale Bilder lieferten.

»Neueste Technologie. Das sehe ich mit einem Blick«, sagte Aaron, während er die Box aus dem Safe nahm und auf dem Wohnzimmertisch abstellte.

Die anderen erhoben sich und starrten in die offene Box.

»Bis auf welche Distanz lassen sich die Dinger maximal steuern?«, fragte Halon.

»Maximal achtzig Meter.«

»Das reicht auf jeden Fall. Lass uns mal eins testen.« Halon griff vorsichtig in die Box und entnahm ihr einen Mikroroboter, der in Form, Farbgebung und Größe nicht von einer echten Libelle zu entscheiden war.

Die *mikrobotim*, über die das Büro aktuell verfügte, waren perfekte multifunktionale Nachbildungen der unterschiedlichsten Insektenarten: Fliegen, Wespen, Bienen, Käfer und Libellen. Alle verfügten über hochauflösende, miniaturisierte Kameras, miniaturisierte Mikrofone sowie eine Titannadel, die jederzeit ein hochwirksames Gift, welches in Sekundenschnelle zum Herzstillstand führte, in jede x-beliebige Zielperson injizieren konnte.

Meira entnahm der Box eine bläulich schimmernde Fliege mit großen rotbraunen Facettenaugen. Sie betrachtete das Insekt sorgfältig. »Unglaublich, wie echt sie wirkt. Sie sieht zwar extrem eklig aus, ist aber ein Meisterwerk. Von einer echten Fliege nicht zu unterscheiden. Schaut sie euch an, unsere Techniker haben sogar an die winzigen Härchen an den Beinen gedacht.«

»Was sollen wir jetzt testen, die Fliege oder die Libelle?«, fragte Aaron.

»Die Libelle«, erwiderte Halon.

»An der Bauchseite muss eine Nummer stehen«, sagte Aaron.

Halon drehte die Libelle um und nannte ihm die Nummer: »1303.« Dann legte er das künstliche Insekt auf den Tisch.

Aaron entnahm der Box die oberste Steuerungs-konsole und setzte sich zu den anderen zurück aufs Sofa. Er legte die Konsole auf seine Oberschenkel und drückte die ON-Taste. Ein Tastaturfeld leuchtete auf. Auf dem Display erschien die Aufforderung, die Nummer des Mikroroboters einzugeben.

Aaron tat es. *1303*.

Er umklammerte den Joystick. Die Libelle bewegte ihre Flügel. Sie erhob sie sich einige Zentimeter in die Höhe, verharrte dort einige Sekunden lang und setzte wieder zur Landung an.

»Diese Dinger sind absolut energieautark«, erklärte er. Sie bewegen sich mit eigenen Stromkreisen. Dies hier ist das neueste Modell. Es verfügt über extrem verbesserte Landefähigkeiten. Bei den ersten Modellen wurde noch photovoltaisches Material verwendet, das bei voller Sonneneinstrahlung nicht mehr als 7 Watt Energie erzeugte. Aber dieses hier ...«

»Wir proben jetzt mal den Ernstfall«, unterbrach Halon ihn in seinem Redefluss.

»Gern. Schlag was vor.«

Halon erhob sich, ging zum Wohnzimmerfenster und öffnete es einen Spaltbreit.

»Du steuerst die Libelle nach draußen, drehst ein paar Runden mit ihr, holst sie zurück und lässt sie auf meiner Zigarettenschachtel dort auf dem Tisch landen.«

»Kein Problem. Dafür brauche ich allerdings die Nachtsichtbrille. Alles, was die Libelle draußen sieht, sehe ich dann auch.«

»Und wenn ich das ebenfalls sehen möchte?«, fragte Halon.

»Dann musst du dir ebenfalls eine dieser Brillen aufsetzen.« Aaron reichte dem *katsa* ein Exemplar. »Ich schalte deine Brille mit meiner synchron.«

»Ich möchte aber auch hören, was die Libelle draußen hört.«

Aaron reichte dem *katsa* zwei Ohrstöpsel.

Halon steckte die Ohrstöpsel in seine Ohren und setzte sich die Brille auf, während Aaron mit ein paar Tastenklicks Halons Brille mit seiner eigenen Brille synchronisierte.

»Kann's losgehen?«, fragte Aaron.

»Ja.«

Das Insekt hob ab. Aaron steuerte es elegant durch den Fensterspalt nach draußen. Die Bilder, die die Libelle von dort lieferte, waren hell und gestochen scharf, obwohl die Dämmerung bereits in Nacht überging.

Aaron steuerte das Insekt virtuos ein Stück weit die Straße entlang.

Als zwei Jugendliche im Blickfeld seiner Brille auftauchten, sagte Halon: »Geh mal näher ran. Ich will hören, was sie sagen.«

Aaron führte die Libelle bis auf einen Meter an die beiden Jugendlichen heran. Ihre Unterhaltung war klar zu verstehen.

»Und jetzt wieder zu uns zurück«, befahl Halon.

Dreißig Sekunden später landete die Libelle punktgenau auf Halons Zigarettenschachtel.

Halon und Aaron nahmen ihre Brillen ab und legten sie zusammen mit den Ohrstöpseln auf den Wohnzimmertisch. Der Führungsoffizier reichte Aaron die

Libelle zurück, griff nach der Marlboro Schachtel und zog eine Zigarette heraus. Während sein Feuerzeug aufflammte, sagte er: »Genau so werden wir unser Problem anpacken. Morgen früh fahrt ihr erst mal ein oder zweimal an dem Ordenshaus der Templer vorbei und vermesst die Anlage.«

»Wo befinden sich die Vermessungsgeräte?«, fragte Aaron.

»Im Safe, wo sonst? Schau nach. Sobald ihr das Gebäude vermessen habt, schickt ihr die Daten sofort ans Büro, an die technische Abteilung. Die erzeugen uns das 3-D-Modell. Danach treffen wir uns wieder hier, um meinen Plan zu besprechen.«

Während Aaron aufstand, um nach den Vermessungsgeräten zu suchen, fragte Liam: »Grenzt das Haus an benachbarte Häuser?«

»Nein. Es steht vollkommen frei. Rund ums Gebäude befindet sich ausschließlich Rasen, der bis zum jeweiligen Straßenrand reicht.«

»Das heißt, wir können das Gebäude von allen vier Seiten vermessen?«

»Ja. Auf der Südseite stehen zwar einige Bäume, die bilden aber kein nennenswertes Hindernis. Und was das Dach betrifft, da lasse ich mir morgen die Daten von Ofeq 14 besorgen.«

»Gibt es dort Verkehrsampeln?«

»Nein. Und wenn ihr um sieben Uhr losfahrt, gibt es auch noch keine Verkehrskontrollen.«

»Über wie viele Stockwerke sprechen wir?«

»Über drei.« Halon nahm einen tiefen Zug von seiner Zigarette.

»Brauchen wir nicht auch Informationen aus dem Inneren?«, fragte Yael.

Ohne ihre Frage zu beantworten, sagte Halon: »Warte mal kurz, mir fällt da gerade was ein.« Er griff nach seinem zivilen Handy. Während er die Nummer anwählte, sagte er: »Kann mir mal jemand ein kaltes Bier holen?«

»Gern.« Meira sprang auf. »Möchte noch jemand eins?«

Alle Hände gingen hoch.

Als Meira mit mehreren Dosen Heineken zurückkam, telefonierte Halon gerade mit Alfons Zwinger. Das Gespräch war nach wenigen Sekunden beendet. Das nächste Treffen mit seinem Agenten wurde für den morgigen Abend vereinbart.

Jetzt summte Halons Bürohandy. Er bestätigte mit einer fünfstelligen Zahlenkombination, dass er der berechtigte Empfänger der Nachricht war.

Es war Aryeh Ben-Zvi, der Chef der Operationsabteilung.

»Shalom, Aryeh.«

»Shalom. Sitzt du schon mit den Teams zusammen?«

»Ja, wir planen gerade den morgigen Ablauf.«

»Gut. Ich habe leider keine guten Nachrichten für dich, Avi. Ich habe gerade mit Amos telefoniert. Yonahs Leben hängt am seidenen Faden. Ich habe deshalb angeordnet, dass mein Freund morgen in das Chaim Sheba Medical Center *verlegt wird. Falls er tatsächlich sterben sollte, möchte ich wenigstens, dass er in der Heimat stirbt.«*

***

Montag, 22. Juli. Mason Brookes, der Computerdoktor, saß gerade beim Frühstück. Sein Mobiltelefon, das auf der blütenweißen Tischdecke neben seinem Teller lag, gab einen leisen Brummton von sich. Bevor er es anfasste, griff er nach einer Papierserviette, um sich die Dotter seines Frühstückseis, die ihm gerade über die Finger gelaufen war, abzuwischen.

»Sie müssen einen Computer für mich abholen«, sagte die Stimme am anderen Ende der Leitung.

»Wann?«

»Heute Abend um zwanzig Uhr.«

»Wo?«

»In der Trattoria Don Miguel *in der* Saint Lucy Street *wird jener Gast zu Abend essen, der Ihnen bereits einen* Acer Predator 21 X *zur Reparatur gebracht hat.«*

Acer Predator – das Gesicht des Mannes, dessen Dossier er erst vor kurzem erhalten hatte, stand lebhaft vor ihm. Mason hatte nämlich ein brillantes Gedächtnis für Gesichter. »Ich habe aber im Moment nicht das passende Werkzeug für die Reparatur«, sagte er. »Es ging bei der letzten Reparatur verloren.«

»Ich kenne jemanden, der das passende Werkzeug für Sie bereithält.« Der Anrufer nannte ihm eine Adresse. *»Der Mann ist ein Vollprofi und äußerst diskret.«*

***

Noch vor Morgengrauen hatten die beiden Observationsteams die Leihwagen der Brüder Walter und Bernie Nadler, einen weißen Toyota Camry und einen silbernen Honda Civic, mit der erforderlichen Hochtechnologie ausgerüstet. Um 7 Uhr wollten sie losfahren. Halon hatte ihnen genau erklärt, wie sie zu fahren hatten. Da keine der vier Straßen, die an der Ordensvilla vorbeiführten, eine Einbahnstraße war, hatte er entschieden, dass das erste Team im Uhrzeigersinn und das zweite Team entgegen dem Uhrzeigersinn das Gebäude einmal umrunden sollten. Beide Teams sollten sich dann in unterschiedlichen Richtungen entfernen, nach einer halben Stunde zurückkehren und eine zweite Vermessung vornehmen. Danach sollten sie in das sichere Haus zurückkehren. Die aufgezeichneten Daten sollten dann über das abhörsichere Kommunikationsmodul im Wohnzimmer direkt ans Büro in Tel Aviv geschickt werden. Die technische Abteilung würde aus den gesammelten Daten in Sekundenschnelle ein digitales dreidimensionales Modell anfertigen.

Um Punkt 7 Uhr stiegen Aaron und Meira in den Toyota, Liam und Yael in den Honda. Im ersten Wagen befanden sich das Vermessungssystem und die Hochleistungskamera auf der Beifahrerseite, im zweiten Wagen befanden sie sich auf der Fahrerseite. Da beide Fahrzeuge über verdunkelte Scheiben verfügten, war von außen nicht zu erkennen, was sich hinter den Scheiben verbarg.

Halon öffnete ihnen das elektronische Rolltor und wünschte ihnen viel Glück. Nachdem sich das Tor wieder geschlossen hatte, ging er zurück ins Haus und machte sich einen Kaffee.

Er ging mit dem Kaffee ins Wohnzimmer, zündete sich eine Zigarette an und kontaktierte Ben-Zvi, der bereits seit zwei Stunden hinter seinem Schreibtisch saß.

»Hat sich der *memuneh* schon bei dir gemeldet?«, fragte Halon.

»Ja, aber er nannte noch keine Details. Wie nicht anders zu erwarten, klang er ziemlich besorgt. Es darf auf gar keinen Fall zu einem Epstein-Prozess kommen. Wenn das Arschloch auspackt, ist die Hölle los. Das weiß hier mittlerweile jeder. Vielleicht warten wir noch bis Anfang August, aber dann muss definitiv was passieren. Dieser beschissene Richter will dieses beschissene Arschloch nicht mal gegen eine Kaution von 100 Millionen Dollar freilassen. Das musst du dir mal vorstellen. Nicht mal für 100 Millionen Dollar!«

»Ich weiß.«

»Deshalb möchte ich, dass du den Fall in Valletta zügig abschließt, damit ich dich endlich nach New York schicken kann.«

»Aryeh, ich kann nicht zaubern, aber wir machen Fortschritte. Die beiden Teams sind gerade losgefahren, um das Anwesen der Templer zu vermessen.«

»Wenn du mich fragst, sitzen die Strippenzieher im Vatikan. Das sagt mir einfach die Erfahrung, die ich mit den Typen in all den Jahren gemacht habe.«

»Keine Ahnung, aber falls es so sein sollte, werden wir es herausfinden.« Halon nahm einen tiefen Zug von seiner Zigarette. »Was gibt's sonst Neues von der Front?«

»Steht doch alles im Tagesbericht, musst du nur lesen. Wir sammeln weiterhin Informationen über den Iran und decken täglich neue Geheimnisse auf. Die

Mullahs ahnen inzwischen, dass wir ihren gesamten Sicherheitsapparat infiltriert haben. Das untergräbt natürlich ihr Selbstvertrauen und ihre Arroganz. Jede Woche fliegt irgendwo im Iran eine Anlage in die Luft, die in irgendeiner Weise mit dem Atomprogramm in Verbindung steht, und jedes Mal vermuten die Mullahs uns dahinter. In Wirklichkeit gehen nicht mal achtzig Prozent der Anschläge auf unsere Kappe. Den Rest besorgen die Iraner selbst. Die Mehrheit des iranischen Volkes hat einen unglaublichen Hass auf das Mullah-Regime.«

»Ich weiß. Aber meines Erachtens sollten wir uns nicht nur auf die Anlagen konzentrieren. Der Iran hat noch ein paar hochkarätige Atomphysiker, die wir uns schon längst hätten vorknöpfen müssen.«

»Zum Beispiel?«

»Mohsen Fakhrizadeh.«

»Da gebe ich dir Recht. Der hätte schon längst eliminiert werden müssen. Aber den heben wir uns für später auf. Der Ministerpräsident wünscht, dass wir uns zuerst um die allerschlimmsten Massenmörder kümmern. Qasem Soleimani steht bei ihm auf Platz 1 der Hitliste.«

»Ist schon was in Planung?«

»Nein. Ron hat ihn gebremst.«

»Wieso?«

»Ron hat ihm gesagt, dass es für Israel viel zu gefährlich wäre, wenn wir den Job selbst ausführen würden. Klüger wäre es, wenn wir abwarten würden, bis Soleimani einen Anschlag auf irgendeine amerikanische Militäreinheit oder auf eine amerikanische Bot-

schaft ausführt. Danach würde sich Trump schon um ihn kümmern. Das Einzige, was wir tun sollten, wäre, Trump frühzeitig für diesen Namen zu sensibilisieren.«

»Macht durchaus Sinn.«

»Ja, macht es. Der Ministerpräsident hat Rons Vorschlag zähneknirschend akzeptiert. Er gab ihm aber auch zu verstehen, dass er höchstens noch ein halbes Jahr warten wird. Wenn die Amerikaner Soleimani bis dahin nicht aus dem Verkehr gezogen haben, werden wir es machen müssen. Liquidiert wird er also auf jeden Fall.«

»Soll ich dir meine ehrliche Meinung sagen?«

»Ich erwarte von dir nichts anderes als deine ehrliche Meinung.«

»Es wird Krieg geben mit dem Iran.«

»Natürlich wird es Krieg geben. Angesichts des Feuerrings, den der Iran um unser Land gelegt hat, bleibt uns gar keine andere Wahl. Unsere Militärs sprechen jetzt schon von dem Nordkrieg. Denn Krieg mit dem Iran bedeutet automatisch Krieg mit Libanon und Syrien. Und da du weißt, dass die Hisbollah über hundertfünfzigtausend Raketen verfügt, weißt du auch, dass wir nicht geduldig zuschauen werden, bis sie ihr gesamtes Raketenpotential gegen uns abgefeuert haben. Folglich werden wir präventiv agieren. Und zwar mit einer Härte, die der Libanon wahrscheinlich nicht überleben wird. Ein Militärschlag gegen die iranischen Atomanlagen ist absolut unvermeidlich. Wenn wir es nicht tun, tut es keiner. Die Welt ist nicht bereit zu handeln. Weder die NATO noch die USA. Alle ziehen es vor, die Augen zu schließen. Natürlich wird die Sache

kostspielig und nicht einfach, aber da es um die Ge-
währleistung der Sicherheit Israels geht, gibt es keine
Alternative.«

»So sehe ich das auch. Es geht nicht mehr um das Ob, sondern nur noch um das Wann.«

Die beiden Teams kehrten noch vor 8 Uhr zurück. Sie entfernten die Hightech-Ausrüstung aus ihren Fahrzeugen und trugen sie ins sichere Haus. Während sich Liam, Meira und Yael zum Frühstücken in die Küche begaben, ging Aaron direkt ins Wohnzimmer um die aufgezeichneten Daten zusammen mit den hochauflösenden Fotos umgehend an die technische Abteilung in Tel Aviv zu schicken. Die Spezialsoftware, die dort zum Einsatz kam, verarbeitete das Material innerhalb weniger Sekunden, erzeugte ein makelloses dreidimensionales Modell des Ordenshauses und schickte dieses Modell umgehend an Aaron zurück.

Halon war zufrieden, als ihm das Ergebnis präsentiert wurde. Mit diesem Modell ließe sich perfekt arbeiten. Und falls Alfons heute Abend auch noch die Pläne vom Inneren des Gebäudes mitbrächte, würden sie praktisch unter idealen Bedingungen arbeiten können.

***

Gegen 19 Uhr erschien Mason Brookes vor der Schneiderei, die ihm der Anrufer genannt hatte.

Er stieß die Tür auf und trat ein, begleitet vom Gebimmel eines Glöckchens. Aus einem Hinterzimmer tauchte ein etwa sechzigjähriger Mann auf. Er war spindeldürr, trug eine helle Gabardinehose und über der Hose ein taubenblaues Hemd mit Wellenmuster.

»Was kann ich für Sie tun?«

»Ich suche Mister Fabbri.«

Der Schneider nickte, als wollte er damit sagen, Mason habe den richtigen Mann gefunden. »Sie müssen der Computerdoktor sein«, sagte er und streckte ihm seine Hand entgegen.

Mason reichte ihm seine Hand nur widerwillig.

Der Schneider sperrte die Ladentür ab und hängte ein Schild hinter das Glas, auf dem stand, dass das Geschäft vorübergehend geschlossen sei. Dann führte er Mason in das Hinterzimmer und bedeutete ihm, auf der Couch Platz zu nehmen.

Mason warf einen missbilligenden Blick auf die Couch und blieb stehen.

Der Schneider setzte sich an seinen Schreibtisch. Der ganz in Schwarz gekleidete, muskulöse und tätowierte Computerdoktor mit seinem kurzgeschnittenen schwarzen Haarkranz machte ihn befangen. »Sie brauchen also eine Waffe«, sagte er. Er zog eine Schreibtischschublade auf, nahm einen dunklen Gegenstand heraus und legte ihn auf die Schreibtischunterlage. »Mit der hier werden Sie zufrieden sein.«

Mason streckte die Hand aus.

Fabbri reichte ihm die Pistole. »Wie Sie sehen, ist das eine Neun-Millimeter-Glock.« Er griff erneut in die offene Schublade und holte eine Schachtel Patronen heraus. »Brauchen Sie ein zweites Magazin?«

Als Mason nickte, erschien ein zweites Magazin auf

der Schreibunterlage. Mason riss die Schachtel auf und drückte die Patronen in die Magazine.

»Benötigen Sie auch einen Schalldämpfer?«

Ohne den Kopf zu heben, nickte der Computerdoktor.

»Er ist sehr wirkungsvoll. Damit ist die Waffe so leise wie ein Flüstern. Brauchen Sie sonst noch etwas?«

Der Besucher erinnerte Mister Fabbri daran, dass er ein Moped bestellt hatte.

»Ah, richtig, das Moped«, sagte Fabbri und hielt einen Schlüsselbund hoch. »Es steht in der Einfahrt neben dem Laden.«

Der Computerdoktor blickte auf seine Armbanduhr. Fabbri verstand den Wink und wandte sich wieder dem Schreibtisch zu. Er schrieb die Rechnung auf einen Stenoblock.

»Die Pistole ist sauber und nicht zurückzuverfolgen. Ich schlage vor, Sie werfen Sie ins Meer, wenn Sie fertig sind.«

»Und das Moped?«

»Gestohlen. Lassen Sie es einfach irgendwo mit dem Zündschlüssel im Schloss stehen. Ich bin mir sicher, dass es binnen Minuten einen neuen Besitzer gefunden hat.«

Fabbri machte einen Kringel um die Gesamtsumme und drehte den Block um, damit der Computerdoktor die Aufstellung sehen konnte.

»Ziemlich happig, finden Sie nicht auch, Mister Fabbri?«

Fabbri zuckte nur mit den Schultern und grinste.

Sein Kunde griff nach dem Schalldämpfer und

schraubte ihn sorgfältig auf den Pistolenlauf. »Dieser Posten hier«, fragte Mason, wobei er mit dem linken Zeigefinger auf eine Zahl tippte, »wofür ist der?«

»Das ist meine Maklergebühr.« Fabbri schaffte es, das mit völlig ungerührter Miene zu sagen.

»Sie knöpfen mir für die Glock das Dreifache des normalen Marktpreises ab. *Das*, Mister Fabbri, ist Ihre Maklergebühr.«

Der Schneider verschränkte trotzig die Arme. »Wollen Sie die Pistole oder nicht?«

»Ja, aber zu einem vernünftigen Preis.«

»Tut mir leid. Vielleicht sollten Sie lieber woanders einkaufen.« Fabbri streckte eine Hand aus. Sie zitterte. »Geben Sie mir bitte die Waffe zurück und verlassen Sie mein Geschäft.«

Der Computerdoktor seufzte. Mit einer raschen Bewegung rammte er ein Magazin in den Pistolengriff und zog den Schlitten zurück, um die erste Patrone in die Kammer zu befördern.

Fabbri riss abwehrend die Hände hoch. Die Geschosse trafen sein Gesicht.

Als Mason aus dem Büro schlüpfte, wurde ihm klar, dass der Schneider zumindest in einem Punkt die Wahrheit gesagt hatte: mit aufgesetztem Schalldämpfer war die Glock wirklich so leise wie ein Flüstern.

Er verließ den Laden und sperrte die Tür hinter sich ab. Er steckte den Schlüssel in das Zündschloss des Mopeds und ließ den Motor an.

***

Gegen 19.45 Uhr machte sich Alfons Zwinger gut-gelaunt auf den Weg zum heutigen Treffpunkt, der *Trattoria Don Miguel*. Er ging wie meistens zu Fuß. Die Fotos der Baupläne befanden sich in seinem Mo-biltelefon. Rafael würde begeistert sein und ihm wie schon bei ihrem letzten Gespräch einen Umschlag mit einem netten Sümmchen überreichen.

Er merkte nicht, dass er aus sicherer Entfernung von einem langsam fahrenden grünen Peugeot verfolgt wurde.

Er war noch ungefähr einhundertfünfzig Meter von der *Saint Lucy Street* entfernt, als der Peugeot sein Tempo plötzlich beschleunigte. Als der Wagen auf Höhe des Priesters angelangt war, sprangen zwei kräftige und maskierte Männer aus dem Wagen. Sie packten Zwinger fest an beiden Oberarmen und schleuderten ihn gewaltsam auf die Straße. Das Op-fer wurde von dieser Aktion dermaßen überrumpelt, dass es den schwarzen Mercedes, der mit hoher Ge-schwindigkeit heranraste, gar nicht mehr wahrnahm. Der Mercedes erfasste ihn frontal. Dabei entstand ein unnatürliches, dumpfes Geräusch. Zwinger war auf der Stelle tot. Bevor irgendjemand von den wenigen Pas-santen registriert hatte, was passiert war, waren beide Fahrzeuge in der Dämmerung verschwunden.

***

Halon war ebenfalls zu Fuß und erreichte den Treff-punkt plangemäß um 20.15 Uhr. Nachdem er die Trat-toria betreten hatte, schaute er sich unauffällig in ihr um. Das Lokal war ungefähr zu drei Vierteln besetzt, aber sein Agent befand sich nicht unter den Gästen. Nachdem er auch in den Toilettenräumen nachgeschaut und niemanden angetroffen hatte, tat er das, was das Büro in einem solchen Fall vorschrieb: sofort verschwinden.

Mason parkte das Moped einige Meter von der Trattoria entfernt. Er hatte seinen Helm noch nicht abgenommen, als er die Zielperson das Lokal verlassen sah. Er startete die Maschine erneut. Dann sah er, wie sich die Gestalt des Mannes ins Halbdunkel der *Old Bakery Street* entfernte. Er gab etwas Gas, ließ die Kupplung kommen und rollte langsam hinter dem anderen her.

Halon wich in eine andere Straße aus. Die Nacht war kälter geworden, und in der Straße war es sehr dunkel.

Die tiefe Stille wurde durch das insektenartige Surren eines Mopeds unterbrochen. Halon sah sich um, als das Moped um die Ecke kam. Dann beschleunigte es plötzlich und raste direkt auf ihn zu. Halon blieb stehen und nahm die Hände aus den Taschen seiner Lederjacke. Sollte er stehenbleiben oder flüchten? Die Entscheidung wurde ihm einige Sekunden später abgenommen, als der behelmte Mopedfahrer vorn in seine Jacke griff und eine Pistole mit Schalldämpfer herauszog.

Während die Pistole drei Flammenzungen spuckte, stürmte Halon in eine Seitengasse. Alle drei Schüsse gingen in die Mauer eines Eckhauses. Halon senkte den Kopf und begann zu rennen.

Das Moped war zu schnell, um in die Gasse einbiegen zu können. Es schlitterte an der Einmündung vorbei und beschrieb einen wackeligen Kreis, durch den Halon kostbare Sekunden gewann, in denen er den Abstand zu dem Angreifer vergrößern konnte. Er musste auf die Hauptstraße zurück, um in der Menge unterzutauchen.

Halon sah sich um. Das Moped war noch immer hinter ihm und verringerte seinen Abstand beängstigend schnell. Er sprintete los.

Ein zweites Motorrad bog direkt vor ihm in die Straße ein und kam schleudernd zum Stehen. Der behelmte Fahrer zog eine Schusswaffe. So würde es also enden – eine Falle, zwei Killer, keine Hoffnung auf Entkommen. Er würde einfach abgeknallt werden.

Der zweite Killer brachte seine Waffe in Anschlag, dann klappte er sein Helmvisier hoch.

Halon hörte den Klang seines eigenen Namens.

»Runter! Runter mit dir! *Avi!*«

Er erkannte Dinas Stimme.

Er warf sich auf die Straße.

Dinas Schüsse gingen über ihn hinweg, trafen das heranrasende Moped.

Das Moped geriet außer Kontrolle und knallte gegen eine Hauswand. Der Attentäter wurde über den Lenker geschleudert und blieb auf dem Pflaster liegen. Seine Pistole schlitterte bis auf eineinhalb Meter an Halon heran. Er griff danach.

»Nein, Avi! Lass sie liegen! *Beeil dich!*«

Halon blickte auf und sah, dass Dina ihm eine Hand hinstreckte. So schnell wie möglich schwang er sich hinter sie auf das Motorrad und hielt sich an ihr fest.

Die Maschine raste die *Old Theater Street* entlang in Richtung Sliema, sicheres Haus.

***

Sliema – Halon und Dina liebten sich mit einer aus der Todesangst geborenen Intensität. Erst danach fragte er sie, wie es ihr gelungen war, ihn zu finden.

»Aryeh rief mich an und bat mich, jetzt, da sich Yonah wieder in Israel befindet, dir den Rücken freizuhalten. Ich war natürlich sofort einverstanden. Ich habe halt ein sehr persönliches Interesse an deinem Weiterleben.«

»Danke.« Er fragte sich, wie ihm hatte entgehen können, dass er von Dina beschattet worden war.

»Also, wie gehen wir weiter vor?«, fragte Dina.

»*Wir?*«

»Ich habe Anweisung von Aryeh, dir Rückendeckung zu geben. Soll ich einen direkten Befehl des Chefs der Operationsabteilung verweigern?«

Halon lag nur da und streichelte ihr Haar. Eigentlich war das keine so schlechte Idee. Ein zweites Augenpaar konnte er gut gebrauchen.

Auf dem Nachttisch stand ein abhörsicheres Telefon. Halon griff danach. Zuerst informierte er Ben-Zvi über alles, was in den letzten Stunden vorgefallen war. Dann bedankte er sich ausdrücklich dafür, dass er ihm Dina als Rückendeckung geschickt hatte. Alfons Zwinger habe sich allerdings bis jetzt noch nicht bei ihm gemeldet. Also sei er entweder abgesprungen, aufgeflogen oder tot. Ben-Zvi versprach ihm, dass er das sofort überprüfen lassen werde.

Danach telefonierte Halon mit Aaron, der sich zusammen mit den anderen Teammitgliedern im sicheren Haus in Valletta aufhielt. Er gab ihnen letzte Anweisungen für den morgigen Tag.

***

Valletta – Die *Saint-Ursula-Street* war menschenleer. Der Computerdoktor hielt vor dem schmiedeeisernen Tor der Privatklinik und stellte den Motor seines Mopeds ab. Mit zitternder Hand drückte er auf den Klingelknopf unter der Gegensprechanlage. Eine junge Frau meldete sich und fragte, was er wünsche. Mason sagte, dass er Dr. Kinning sprechen müsse.

»Das ist leider nicht möglich. Rufen Sie bitte morgen früh an, um einen Termin zu vereinbaren.«

Der Computerdoktor ließ die Sprechtaste nicht los. »Ein Freund hat mich geschickt. Es handelt sich um einen Notfall.«

»Wie heißt dieser Mann?«

Der Computerdoktor beantwortete diese Frage wahrheitsgemäß.

Sekundenlanges Schweigen, dann: »Augenblick, ich mache Ihnen das Tor auf.«

Der Computerdoktor öffnete die Jacke und betastete vorsichtig den aufgeworfenen Rand der Schusswunde dicht unter seinem linken Schlüsselbein. Es floss nicht viel Blut, er verspürte nur ein starkes Pochen und ein durch Schock und Wundfieber ausgelöstes Frösteln. Er brauchte einen Arzt, der die Kugel herausholte und die Wunde gründlich säuberte, damit er keine Blutvergiftung bekam.

Das schmiedeeiserne Tor sprang auf und Mason trat ein.

Die junge Frau kam ihm einige Schritte entgegen, begrüßte ihn und führte ihn in das Büro von Dr. Michael Kinning.

Der junge Arzt, ein blasiert wirkender Engländer mit schwarzem, gegeltem Haar, saß hinter seinem Schreibtisch und telefonierte.

Als er den Verwundeten eintreten sah, erhob er sich und hielt ihm gleich den Hörer hin. »Für Sie.«

Der Computerdoktor ergriff den Hörer mit einer blutbefleckten Hand und hielt ihn an sein Ohr. Es war sein Auftraggeber.

Der Mann aus Genf fragte, was schiefgegangen sei.

»Sie haben mir nicht gesagt, dass die Zielperson beschützt wird. *Das* ist schiefgegangen.« Dann schilderte er das plötzliche Auftauchen eines zweiten Motorradfahrers.

Nach kurzem Schweigen erwiderte der Mann aus Genf in entschuldigendem Ton: »*In meiner Eile habe ich es versäumt, Ihnen eine wichtige Tatsache über die Zielperson mitzuteilen.*«

»Eine wichtige Tatsache? Welche denn?«

»*Die Zielperson gehörte früher dem israelischen Geheimdienst an. Nach den heutigen Ereignissen zu urteilen, bestehen diese Bindungen offenbar unvermindert weiter.*«

Mason war geschockt. In dem Dossier, das ihm überbracht worden war, hatte sich kein Wort darüber befunden. Ein israelischer Agent war keine Kleinigkeit. »Mein Honorar für diesen Auftrag hat sich soeben erhöht«, sagte er. »Und zwar ganz erheblich.«

»Damit habe ich gerechnet«, antwortete der Schwarze Monarch. *»Sie bekommen das Doppelte.«*

»Das Dreifache«, widersprach der Computerdoktor.

Nach kurzem Zögern stimmte der Mann aus Genf zu. *»Dr. Kinning kümmert sich jetzt um die fachgerechte Versorgung Ihrer Wunde. Versuchen Sie sich etwas auszuruhen.«*

***

Dienstag, 23. Juli. Kurz nach Sonnenaufgang stand der weiße Toyota Camry mit Aaron und Meira an Bord bereits unauffällig am Straßenrand hinter einem parkenden Lkw. Der Abstand zur Ordensvilla betrug rund siebzig Meter. Die Scheiben des Toyotas waren stark getönt, so dass niemand von außen sehen konnte, dass die Insassen seltsame Brillen trugen und von merkwürdiger Elektronik umgeben waren.

»Vielleicht haben wir Glück und finden sein Büro auf Anhieb«, sagte Aaron. Über sein Headset sprach er mit Liam und Meira, die mit ihrem silbernen Honda Civic in rund einhundert Meter Entfernung standen. »Ist bei euch alles startklar?«

»Alles startklar«, ertönte Liams Stimme in Aarons Headset.

»Bei uns auch. Ihr fliegt die Nord- und Ostseite ab, wir die Süd- und Westseite. *Mazal tov.«*

»Mazal tov.«

Yael öffnete die kleine Plastikbox, die auf ihrem Schoß lag und entnahm ihr die täuschend echt aussehende Fliege. Sie ließ das Seitenfenster des Toyotas ein Stückweit herunter und schaute zu Aaron rüber. »Fertig?«

»Fertig.«

Die Silikonflügel des Mikroroboters begannen leise zu surren. Das filigrane Meisterwerk erhob sich, und kaum war es nach draußen geschwirrt, schloss Yael das Fenster wieder.

Aaron konzentrierte sich auf das kristallklare Bild in seiner Spezialbrille, während er den winzigen Roboter in Richtung der imposanten Villa steuerte.

Yael öffnete das Handschuhfach, um eine Packung Kekse herauszuholen. Sie hatte noch nicht gefrühstückt und bekam Hunger. Das Handschuhfach war leer.

»Wo sind die Kekse, die ich hier gestern verstaut hatte?«, fragte sie.

»Die habe ich aufgegessen. Entschuldigung.«

»Egoist.«

Aaron begann mit dem Erdgeschoss, pausierte vor jedem Fenster und schaute sich systematisch jeden einzelnen Raum an. Das Gleiche machte er mit den anderen Stockwerken. Als er mit der Südseite fertig war, wandte er sich der Ostseite zu.

Diese Operation erforderte nicht nur ein Höchstmaß an Konzentration, sondern auch an Geduld. Geduld hatten diese Agenten im Übermaß. Denn wer über keine Geduld verfügte, hielt es in einem Observationsteam nicht lange aus.

In der Datenbank des Steuerungsmoduls befand sich auch ein Foto des Generaloberen, das von Zwinger geliefert worden war. Die Gesichtserkennungssoftware würde sofort reagieren, wenn das Gesicht de Vallotons im Blickfeld des Mikroroboters erschiene.

Die Aufnahmen, die die stecknadelkopfgroße Videokamera lieferte, wurden direkt in das sichere Haus gesandt, wo Halon bereits vor dem großen Plasmabildschirm saß und sie erwartete. Im sicheren Haus befand sich auch das System, welches das dreidimensionale Modell, das Tel Aviv geliefert hatte, mit den Videoaufzeichnungen verknüpfte. Halon konnte das digitale Modell der Ordensvilla mit den zusätzlich gewonnenen Informationen in jede beliebige Richtung drehen und aufgrund der unterschiedlichen Raumgröße und Raumausstattung ungefähr abschätzen, wo sich das Büro von Bartholomé de Valloton befand. Nach sorgfältiger Prüfung der von den *mikrobotim* gelieferten Daten, glaubte er zu wissen, wo sich das Büro des Generaloberen befand. Es war der große Raum im zweiten Stock auf der Nordseite. Allerdings befand sich zum Zeitpunkt der Videoaufzeichnung niemand in diesem Raum.

Er hatte sich gerade eine Zigarette angezündet, als sein Handy summte. Er griff danach und gab den fünfstelligen Berechtigungscode ein.

Es war Ben-Zvi.

»Shalom«, begrüßte ihn der Chef der Operationsabteilung.

»Shalom.«

»Dein Agent ist tot.«

»Ich habe es geahnt.«

»Er wurde von einem Mercedes überfahren und war auf der Stelle tot. Der Fahrer beging Fahrerflucht. Wir ermitteln gerade das Fahrzeug.«

»Wäre das nicht Aufgabe der Polizei?«

»Wir operieren auf Malta, nicht in Israel.«

»Verstehe.« Halon lachte.

Ben-Zvi hustete rau. *»Wie läuft's bei dir?«*

»Konkrete Ergebnisse kann ich dir noch nicht liefern. Die Bilder, die die *mikrobotim* liefern, sind allerdings sehr gut.«

»Wann macht ihr weiter?«

»Ich erwarte die Teams jeden Augenblick zum Frühstück. Um zehn Uhr starten wir den nächsten Versuch.«

»Okay.«

Halon holte sich Kaffee aus der Küche und schaltete den Fernseher ein.

Die Nachricht ging als *Breaking News* durch alle Kanäle. Zwei weitere liberale Kardinäle waren tot: Der sechsundsiebzigjährige belgische Kardinal Léon Elseborn war heute Morgen von einer Ordensschwester tot aufgefunden worden. Er war nicht zur Frühmesse erschienen. Daraufhin hatte sie mehrmals an seiner Schlafzimmertür geklopft, um ihn aufzuwecken. Als keinerlei Reaktion kam, hatte sie die Tür vorsichtig geöffnet und sofort gesehen, dass Seine Eminenz leblos im Bett lag. Ein Herzinfarkt hatte ihn in der Nacht ereilt.

Bei dem zweiten Toten handelte es sich um den achtundfünfzigjährigen brasilianischen Kardinal José Ferreira. Bei ihm ging man ebenfalls von einer natürlichen Todesursache aus. Das behaupteten zumindest die beiden Prostituierten, deren Dienste Seine Eminenz in einem Luxusbordell in Anspruch genommen hatte.

Die beiden Operationsteams kehrten in das sichere Haus zurück. Halon zeigte sich hochzufrieden mit ihrer Arbeit.

»Glückwunsch. Absolute Präzisionsarbeit. Die Ergebnisse präsentiere ich euch nach dem Frühstück.«

***

Rom – Reza Rajavi schnippte mit den Fingern. Die Blondine zu seiner Linken zog eine Phiole aus ihrem Täschchen und klopfte etwas weißes Pulver auf einen Spiegel. Sie säbelte es mit einer goldenen Rasierklinge in vier Lines und legte es vor Rajavi hin. Rajavi rollte einen Schein zu einem festen Halm und zog durch jedes Nasenloch eine Line hoch. Die Blondine zu seiner Linken zog sich die dritte Line, die Blondine zu seiner Rechten nahm sich die verbliebene Line.

Als Rajavis Handy summte, verfinsterte sich seine Miene umgehend. Trotzdem nahm er den Anruf entgegen.

Die Blondine zu seiner Linken saß nah genug am Ohr ihres Freiers, um die Worte des Anrufers mitzuhören: *»Wo befinden Sie sich aktuell, Reza?«*, fragte der Mann aus Genf.

»In bin in Italien. Der Leiter der Residentur hatte mir geraten, für eine Weile in Deckung zu gehen.«

»Ich habe gerade mit dem Leiter der Residentur telefoniert. Er möchte, dass Sie Ihren Koffer packen und

umgehend nach Valletta zurückkehren. Er wird Ihnen das heute auch noch persönlich mitteilen. Eine wichtige Aufgabe wartet auf Sie.«

»Worum geht es?«

Der Mann aus Genf nannte ihm den Grund.

»Verstanden«, sagte Rajavi.

Die Blondine verzog keine Miene. Sie war eine gute Fotze und mit ganzem Herzen Hure. Es hatte sie nicht zu interessieren, in welche Geschäfte ihr Freier verwickelt war. Als das Telefonat beendet war, kraulte sie ihm zärtlich den Nacken.

Die andere Blondine hatte sich bereits vollständig entkleidet und war auf dem Weg ins Schlafzimmer.

***

Valletta – Halon hatte recht gehabt. Das Büro des Generaloberen befand sich im zweiten Stock auf der Nordseite der Ordensvilla. Die beiden Mikroroboter, die bewegungslos vor der großen Fensterfront schwebten, hatten die Person hinter dem pompösen Schreibtisch eindeutig als Bartholomé de Valloton identifiziert.

Aaron sprach mit seinem Führungsoffizier, der die Operation vom sicheren Haus aus verfolgte. »Du hattest recht mit deiner Vermutung. Es ist tatsächlich das Büro der Zielperson.«

»Jetzt müsst ihr die *mikrobotim* nur noch in sein Büro bekommen«, antwortete Halon.

»Geht nicht. Die Fenster sind alle geschlossen. Wir müssen es später noch mal versuchen.«

»Nein. Lasst euch was einfallen, aber kriegt diesen verdammten Hurensohn endlich dazu, dass er sein Fenster öffnet.«

»Wie stellst du dir das vor?«, fragte Aaron. »Wir können doch keine Schießerei auf offener Straße anfangen.« Er hielt plötzlich inne. »Stopp! Es tut sich was.«

»Was?«

»Die Zielperson greift nach ihrem Handy.«

»Ich will mithören!«

Eine leichte Bewegung mit dem Joystick, und die beiden Roboterfliegen hefteten sich umgehend an die Fensterscheibe. In dieser Position würden ihre feinen Mikrofone auch die leisesten akustischen Schwingungen registrieren.

De Valloton nahm den Anruf entgegen.

»Es freut mich, so schnell wieder etwas von Ihnen zu hören. Was kann ich für Sie tun?«

»Sie können gar nichts für mich tun, Monsignor. Ich tue ständig etwas für Sie, haben Sie das vergessen?«

»Wie könnte ich das vergessen.«

»Es gibt eine Sache, die ich mit Ihnen besprechen muss.«

»Gern. Am Telefon?«

»Nein, es ist besser, wenn wir uns persönlich treffen.«

»Kein Problem. Es wäre mir eine große Ehre, Sie hier willkommen heißen zu dürfen.«

»Ich setze keinen Fuß in Ihre Villa.«

»Wie Sie wünschen.«

»Ich werde morgen früh nach Valletta zurückkehren. Kennen Sie das Café Jubilee?«

»Wer kennt es nicht?«

»Dort treffen wir uns morgen um fünfzehn Uhr drei-ßig.«

Der Generalobere zögerte mit seiner Antwort.

»Entschuldigen Sie bitte meine Irritation, aber ist es nicht riskant, wenn man uns dort zusammen sieht?«

Der Anrufer lachte. *»Monsignor! Dies ist meine Stadt. Das sollten Sie doch inzwischen begriffen haben. Wenn man uns in aller Öffentlichkeit zusammen sieht, kommt es Ihnen zugute, nicht mir.«*

Tel Aviv – Die Mikroroboter zeichneten jedes gesprochene Wort des in Englisch geführten Telefonats auf und leiteten es nicht nur an die beiden Observationsteams in ihren Fahrzeugen weiter, sondern auch an Halon im sicheren Haus und an die technische Abteilung in Tel Aviv. Dort kümmerte sich bereits die zweiundzwanzigjährige Technikerin Nirit Sharon um die Identifikation des Stimmabdruckes des Anrufers.

Nirit saß in einem Glaskasten in einem hell erleuchteten Saal mit endlosen Reihen von Computerarbeitsplätzen. Vor jedem Bildschirm saß ein Techniker, von denen keiner älter als fünfundzwanzig war. Sie alle führten einen unsichtbaren Krieg gegen den Terrorismus. Den Feind sahen sie allerdings nie. Für sie war der Feind nichts weiter als ein elektrisches Knistern in einem Kupferkabel oder ein Wispern in der Atmosphäre.

Jeder Techniker hatte sein Spezialgebiet. Nirit sprach neben ihrer hebräischen Muttersprache fließend Farsi, Arabisch und Englisch und hatte den Auftrag, jegliche Kommunikation zwischen der iranischen Regierung und ihren Proxys im Irak, in Syrien und im Libanon zu überwachen. Die Hauptarbeit wurde dabei natürlich von einer künstlichen Intelligenz geleistet.

Wenige Mausklicks genügten, und Nirit hatte Klarheit. Die beiden Tonspektrogramme, die auf ihrem Bildschirm erschienen, überlagerten sich nahtlos. Das erste Tonspektrogramm war das der eingespielten fremden Stimme, das zweite Tonspektrogramm stammte aus der Datenbank des Büros.

Ich habe dich.

Selbstbewusst drückte sie eine Taste, um das Ergebnis Ben-Zvi zu präsentieren.

Zehava Landsman, Ben-Zvis langjährige Sekretärin, nahm ihren Anruf entgegen. *»Worum geht's, Nirit?«*, fragte sie.

»Es geht um die Operation, die gerade in Valletta läuft. Ich habe einen Namen identifiziert, den ich dem Chef präsentieren muss.«

»Gedulde dich noch einen Moment. Der Chef telefoniert gerade mit Avi Halon. Wahrscheinlich geht es um dieselbe Sache ... Ah, ich sehe gerade, dass er frei ist. Einen Moment, ich stelle dich zu ihm durch.«

Der Chef der Operationsabteilung meldete sich. *»Ja?«*

»Ich habe den Mann identifiziert, mit dem die Zielperson gerade telefoniert hat«, sagte Nirit.

»Ich höre.«

»Er heißt Reza Rajavi und wurde am 18. Juli 1979 in Teheran geboren. Dank sehr guter Beziehungen seiner Eltern zum Regime ging er direkt nach seinem Studium in den Staatsdienst. Seit vier Jahren ist er an der iranischen Botschaft in Rom akkreditiert. Die meiste Zeit treibt er sich allerdings in Valletta herum. Er steht auf Luxus, schnelle Autos und leichte Mädchen. Bisher ist er uns aber nicht sonderlich aufgefallen.«

»Das heißt, wir hatten ihn nie richtig auf dem Schirm«, stellte Ben-Zvi fest.

»Nein, nie. Er hat sich aber auch nie etwas zuschulden kommen lassen. Deshalb gab es bei ihm nur eine Low Level Überwachung.«

»Wieso haben wir dann seinen Stimmabdruck gespeichert?«

»Weil er im Dienst des iranischen Regimes steht.«

»Und wieso treibt er sich ständig in Valletta herum?«

»Diese Frage kann ich Ihnen nicht beantworten, Sir.«

»Haben wir ein Foto von dem Mann?«

»Haben wir.«

»Dann schick mir sein Foto und alles, was ihr sonst noch über ihn habt. Und schick die Sachen auch an Avi.«

»Geht sofort raus, Sir.«

Aryeh Ben-Zvi ließ sich umgehend einen Termin beim Generaldirektor geben, um ihn über den aktuellen Stand der Operation ins Bild zu setzen.

***

Rom – Mittwoch, 24. Juli. Ihr letztes Treffen hatte erst vor fünf Tagen, am 19. Juli, stattgefunden, und unter normalen Umständen hätten sie sich erst wieder am 16. August versammelt, da sie sich gemäß einer im Jahre 2013 getroffenen Vereinbarung immer am dritten Freitag eines Monats treffen wollten.

Unter normalen Umständen – aber aktuell waren die Umstände alles andere als normal. Deshalb hatten sie sich am letzten Freitag darauf geeinigt, sich in fünf Tagen erneut zu treffen.

Um Punkt 9 Uhr an diesem Mittwochmorgen traf sich der achtzigjährige italienische Multimilliardär Enrico Staro mit seinen zwölf Mitstreitern, die wie er mit der Entwicklung der Welt ganz und gar nicht einverstanden waren, im Besprechungsraum des Superbunkers, etliche Stockwerke unterhalb der ehemaligen Prachtvilla Licio Gellis am Ostufer des Tibers.

Nur ganz selten hatte es in den letzten sechs Jahren unter diesen Männern einen telefonischen Austausch gegeben, noch nie hatten sie bei der Anreise zu ihrem Treffpunkt ihre Handys dabei gehabt, und noch nie waren sie mit ihrem eigenen Chauffeur oder mit ihren Privatautos angereist. Alle benutzten ausschließlich Flugzeuge und Taxis. Schriftliche Aufzeichnungen waren nicht erlaubt.

Seit ihrem letzten Treffen am vergangenen Freitag war weltpolitisch wieder einiges passiert, was im Kreise dieser Runde neu bewertet werden musste, aber das Hauptthema an diesem Mittwochmorgen – das war jedem in dieser Runde klar – war wieder der katastrophale Bombenanschlag auf das *Institut für interreligiösen Dialog* in Valletta vor zehn Tagen. Was zum Teufel hatte sich der sechsundsiebzigjährige CIA-Veteran Bruce Sheppard bloß dabei gedacht, den Mordauftrag an einen Kontaktmann beim Ku Klux Klan zu delegieren, einem inzwischen zu globaler Größe angewachsenen Konzern, von dem jeder wusste, dass er nicht nur militant antikatholisch, sondern auch antisemitisch war. Der Auftrag hatte gelautet, den Freimaurer und Erzbischof Karl Maria Wegener aus dem Weg zu räumen und nicht zusätzlich drei Israelis.

»Meine Quellen sagen, dass der Mossad bereits intensive Nachforschungen betreibt«, sagte Staro. »Wenn er sich bis zu uns durchgräbt, wissen Sie, was uns blüht. Die reißen uns den Arsch bis zum Hals auf. Deshalb sollten wir uns schleunigst überlegen, wie wir das verhindern können. Hier, an diesem Tisch, sitzen sechs CIA-Veteranen mit jahrzehntelanger Erfahrung. Sie wissen alle, wie Geheimdienste arbeiten und wie man Geheimdienste täuschen kann. Ich erwarte Ihre Vorschläge, meine Herren.«

»Wir werden eine Lösung finden«, versicherte ihm Bruce Sheppard, dem vollkommen klar war, dass er die Sache mit Erzbischof Wegener verbockt hatte.

Staro würdigte ihn keines Blickes. Stattdessen lobte er die brillante Ausführung der beiden jüngsten Morde an dem sechsundsiebzigjährigen belgischen Kardinal Léon Elseborn und dem achtundfünfzigjährigen brasilianischen Kardinal José Ferreira. Beide Kandidaten aus dem reformistischen Lager waren mit einem nicht nachweisbaren Gift ins Jenseits befördert worden.

»Haben Sie das von der CIA erledigen lassen?«, fragte Staro. Seine Frage richtete sich an John Buchanan.

»Nein, die Agency wäre der denkbar schlechteste Weg gewesen.«

»Warum?«

»Weil sie total vom Mossad infiltriert ist.«

»Wer war es dann?«

Buchanan schmunzelte. »Ich bin mir sicher, dass Sie das gar nicht so genau wissen wollen, Enrico.«

»Hm.« Staro war anzusehen, dass ihm diese Antwort gar nicht passte. »Okay, vielleicht ist es auch besser so«, sagte er schließlich. »Hauptsache, die beiden Kommunisten sind weg. Was ist mit Kardinal Le Chambon? Der war doch eigentlich der Nächste auf der Liste.«

Auch diese Frage richtete sich an den sechsundachtzigjährigen John Buchanan.

»Bei Kardinal Le Chambon ergab sich noch keine passende Gelegenheit. Wir müssen in dieser Angelegenheit äußerst flexibel sein. Wichtig ist doch nur, dass uns keiner durch die Lappen geht.«

»Das sehe ich auch so«, sagte das Neumitglied Steve Groman.

»Nun gut. Ich akzeptiere das«, sagte Staro. »Nun zu Ihnen, Eminenz. Was gibt's Neues aus dem Vatikan?«

Der berühmte Kardinal Stefano Di Maggi, den Papst Franziskus gerade erst kaltgestellt hatte, ergriff das Wort: »Ich möchte Ihnen noch mal ins Gedächtnis rufen, dass wir einen heiligen Auftrag haben, meine Herren. Die Lehren unserer heiligen Mutter Kirche werden gerade in Stücke gerissen, genauso wie vor zweitausend Jahren, als die Lehren unseres Herrn auf Erden durch diejenigen Pharisäer zerrissen wurden, die dachten, dass sie das Wort des ewigen Vaters besser kennen würden als sein eingeborener Sohn. Die Freimaurer im Vatikan schlafen nicht. Sie arbeiten an abscheulichen Dingen, an wirklich furchterregenden

Dingen. Sie wollen das unfehlbare Lehramt der Kirche untergraben. Dies soll durch die Einführung von Gesetzen erfolgen, die auf zwei Dinge hinauslaufen werden: die Abschaffung der Sakramente und die Abschaffung der Sünde.

»Wenn ich mal kurz unterbrechen darf, Eminenz. Welche Gesetze sind in Planung?«

»Die neuen freimaurerischen Gesetze, sowohl auf staatlicher als auch auf kirchlicher Ebene, sind alle an demselben Begriff ausgerichtet: Toleranz. Sie schließen Abtreibung, Euthanasie und gleichgeschlechtliche Ehen mit ein. Die Kirchen sollen gezwungen werden, gleichgeschlechtliche Ehen zu erlauben, und die Priester sollen gezwungen werden, diese Ehen zu segnen.«

»Das ist ja furchtbar. Die nächsten Schritte sind dann Schwarze Messen und die Schändung der hochheiligen Hostie.«

»Es ist noch viel schlimmer, Enrico. Sie planen bereits Messen, in denen die Gegenwart des Herrn gar nicht mehr vorhanden sein wird. Furchterregend. Alles absolut furchterregend. Die Gläubigen werden dann nicht mehr im Stande sein, aus den Sakramenten Nutzen zu ziehen. Sie planen die Einführung von Gesetzen, mit denen alle Todsünden legalisiert werden sollen, und wehe denjenigen, die dagegen protestieren. Sie werden uns erzählen, dass diese Gesetze die Schwachen schützen sollen, während in Wirklichkeit alles, was sie tun, darauf hinausläuft, Mord, Abtreibung, gleichgeschlechtliche Ehe und die Verehrung von falschen Göttern zu legalisieren. Sie werden die Verfolgung der Armen stillschweigend dulden und werden sie hinaus auf die Straßen verbannen, um Bettler aus ihnen zu machen. Sie werden Gesetze erlassen, um uns dazu zu zwingen, mit der Ausübung unserer Religion aufzuhören. Durch das Ausüben unserer Religion werden wir dann automatisch das Gesetz übertreten, was in ihren Augen eine Sünde ist. Die Welt, die sie für uns planen, ist so voller Unwahrheiten, dass das Gute als böse und das Böse als gut dargestellt wird.«

»Und alles im Namen der Toleranz.«

»Natürlich. Aber das Tolerieren der Sünde ist die größte aller Sünden! Die sogenannte Toleranz ist eine schlaue Lüge, die vom König der Lügen, Satan, in den Geist der Menschen eingepflanzt wurde. Die Toleranz ist nur eine Methode, um die Sünde zu rechtfertigen und der Schwäche des Menschen, der Versuchung Satans nachzugeben, entgegenzukommen. Aber um ins Paradies einzugehen, müssen wir frei von der Sünde sein! Und um frei von der Sünde zu werden, müssen wir sie bereuen!«

Enrico Staro stand das Entsetzen ins Gesicht geschrieben. »Wenn wir diese verbrecherische Clique nicht aufhalten, obwohl wir es können, stehen wir am Ende unserer Tage mit leeren Händen vor Jesus.«

»So ist es«, bestätigte ihn Kardinal Di Maggi. »Erlauben Sie mir an dieser Stelle noch einen kleinen Hinweis. Am Schluss unserer Konferenz stehe ich Ihnen selbstverständlich wie immer als Beichtvater zur Verfügung.«

»Danke, Eminenz.«

**

Valletta – Auf dem Weg zum Café ließ Halon doppelte Vorsicht walten. Er wusste, dass man hinter ihm her war. Erst als er sich absolut sicher war, dass ihm niemand folgte, stieß er die Tür zum *Café Jubilee* auf und trat ein.

Er war von Natur aus ein stiller, ruhiger Mensch, der nicht gern lange herumsaß und wertvolle Zeit vergeudete, und schon gar nicht jemand, der sich nachmittags in ein Café begab, um einen Kaffee zu trinken und Kuchen zu essen. Und *dieses* Café behagte ihm schon mal gar nicht, obwohl es zu den besten und teuersten der Stadt gehörte. Es war im Jugendstil eingerichtet und mit kitschiger Kunst regelrecht überladen. Die Wände waren mit Bildern unterschiedlichster Größe geradezu zugenagelt.

Wenn sich de Valloton und der Iraner an ihre telefonische Vereinbarung halten würden, dann würden sie in ungefähr fünfzehn Minuten hier eintreffen. Da er vermeiden wollte, dass sie frontal auf ihn zuliefen und sich womöglich sein Gesicht einprägten, überlegte er, an welchem Tisch die beiden Herren wahrscheinlich Platz nehmen würden. Eigentlich kamen nur zwei Tische infrage. An einen der beiden würden sie sich höchstwahrscheinlich setzen. Also wählte er für sich einen Tisch in unmittelbarer Nähe der beiden anderen Tische, setzte sich aber so, dass es keinen direkten Augenkontakt mit den Männern geben würde. Für den Fall, dass seine Spekulation nicht aufginge, besorgte er sich vorsichtshalber eine Zeitung.

Er setzte sich, schlug ein Exemplar von *Malta Today* auf und überflog die Meldungen. Die Berichterstattung über den Bombenanschlag auf das *Institut für interreligiösen Dialog* nahm weiterhin breiten Raum ein. Der Innenminister erhoffte sich endlich Verhaftungen, aber die Polizei tappte im Dunkeln.

Er bestellte sich einen Kaffee.

De Valloton traf kurz darauf ein. Wie von Halon richtig vorausgesehen, wählte er einen der infrage kommenden Tische. Nachdem er Platz genommen hatte, schweifte sein Blick nervös umher und streifte auch kurz den Rücken des Mannes, der in die *Malta Today* vertieft war. Halon konnte seinen Blick spüren.

Die Tür öffnete sich erneut. Zwei Männer traten ein. Der eine war ein elegant gekleideter, schlanker Mann mit nahöstlichen Gesichtszügen und schwarzem, nach hinten gegeltem Haar. Er trat festen Schrittes auf den Generaloberen zu und reichte ihm zur Begrüßung die Hand. Es war ohne jeden Zweifel Reza Rajavi. Der andere Mann war untersetzt und grobschlächtig und war höchstwahrscheinlich Rajavis Leibwächter. Sein links oben leicht ausgebeultes Jackett ließ darauf schließen, dass er eine Pistole in einem Schulterhalfter trug. Er setzte sich an den übernächsten Tisch.

Halon zwang sich in seine Zeitung zu sehen. In seiner Nähe gab es keinen Spiegel, in dem er das Geschehen hinter seinem Rücken unauffällig beobachten konnte. Sein Mobiltelefon hatte er inzwischen so auf dem Tisch positioniert, dass das eingearbeitete Hochleistungsmikrophon direkt auf den Tisch mit den beiden Männern gerichtet war. Die Transkription des Gesprächs, das in englischer Sprache geführt wurde, erschien nahezu zeitgleich auf Nirits großem Plasmabildschirm am King Saul Boulevard auf Hebräisch, wo auch Ben-Zvi die Unterhaltung interessiert verfolgte.

Der Kaffee wurde auf einem Silbertablett mit einem Glas Eiswasser serviert. Halon bedankte sich, ließ aber keinen Blick von der Zeitung. Die Männer sprachen sehr gedämpft, Halon konnte kein Wort verstehen. Er würde also warten müssen, bis Ben-Zvi ihm den Inhalt des Gesprächs mitteilen würde.

Die Männer saßen ungefähr eine halbe Stunde zusammen. Dann bekam Halon mit, dass de Valloton sich von Rajavi verabschiedete und gemeinsam mit Rajavis Leibwächter das Café verließ. Rajavi blieb sitzen und bestellte sich einen weiteren Kaffee.

Nach einer weiteren Viertelstunde ließ sich der Iraner die Rechnung bringen. Beim Verlassen des Cafés kam er Halon dermaßen nahe, dass dieser sein Mobiltelefon klonen konnte. Der *katsa* hatte ab jetzt die Möglichkeit, sämtliche Gespräche, die mit Rajavis Handy geführt wurden, mitzuhören.

Kaum hatte sich die Tür hinter Rajavi geschlossen, griff Halon nach seinem abhörsicheren Handy und ließ sich mit der technischen Abteilung am King Saul Boulevard verbinden. In knappen Sätzen und in einer mossadinternen Terminologie, die kein zufällig Mithörender verstehen konnte, teilte er Nirit mit, dass er ihr jetzt die geklonten Daten von Rajavis Mobiltelefon übermitteln werde. Die Zielperson erhielt ab sofort die höchste Observationsstufe. Kurz darauf bestätigte Nirit den Empfang der Daten.

Der Amerikaner, der die ganze Zeit an der Bar ge-
hockt hatte, verließ das Café, nachdem auch Halon
gegangen war. Er beobachtete noch, wie der Israeli in
einer Seitenstraße verschwand. Dann wandte er sich
ab und ging in die Gegenrichtung davon. Ein interes-
santer Nachmittag.

Die US-Botschaft lag einen längeren Fußmarsch
entfernt, aber der Amerikaner fand, dies sei ein guter
Nachmittag, um zu Fuß zu gehen. Er war gern in Valletta zu Fuß unterwegs. Seit frühester Jugend hatte er
Spion werden wollen. Seit frühester Jugend hatte er
sich für den Nahen und Mittleren Osten interessiert.
Und nachdem er schließlich in Harvard bei den klügs-
ten Köpfen Nahostpolitik studiert und sein Abschluss-
examen in der Tasche hatte, hatte ihn die Central Intelligence Agency mit offenen Armen aufgenommen.

Der Amerikaner machte vor dem imposanten Sicher-
heitsportal halt. Der wachhabende Marineinfanterist
kontrollierte seinen Dienstausweis, bevor er ihn einließ.

Mit dem Aufzug fuhr er hinunter, wo er vor einer Tür
mit einem Irisscanner stehenblieb. Dahinter lag das
Nervenzentrum der CIA-Residentur Valletta. Der Amerikaner setzte sich an einen Computer, loggte sich ein
und tippte eine kurze Nachricht an die Zentrale. Gerichtet war sie an einen Mann namens Anderson, den
stellvertretenden Direktor der Operationsabteilung. Anderson hasste geschwätzige Mitteilungen. Er hatte den
Amerikaner angewiesen, ihm eine einzige Information
zu beschaffen. Genau das hatte der Amerikaner getan.

***

»Wo fahren Sie mich hin?«, fragte de Valloton. »Zum Ordenshaus geht es dort entlang.« Er wies mit seiner Hand nach links.

Rajavis Leibwächter reagierte nicht auf die Frage. Er starrte nur schweigend geradeaus.

De Valloton wurde unruhig. Auch nach einem weiteren Versuch, den Fahrer auf seinen Irrtum hinzuweisen, zeigte dieser keinerlei Reaktion.

Valletta hatten sie längst verlassen. Der Leibwächter fuhr Richtung Qormi und dann aufs freie Land hinaus. Als sie nur noch von Wildnis und einem kleinen Wäldchen umgeben waren, ließ er den Wagen ausrollen und brachte ihn schließlich zum Stehen.

»Was zum Teufel machen wir hier mitten im Wald?«, fragte de Valloton.

»Aussteigen!« Es war das erste Mal, dass Rajavis Leibwächter den Mund aufmachte.

»Auf keinen Fall!«, protestierte de Valloton. »Ich bleibe hier sitzen, und Sie bringen mich auf der Stelle zurück nach Valletta.«

Der Leibwächter stieg aus, ging auf die andere Seite des Wagens und riss die Beifahrertür auf. »Aussteigen!«

Als de Valloton keine Anstalten machte, den Wagen zu verlassen, packte ihn der Leibwächter mit seinen kräftigen Armen an den Schultern und zog ihn brutal aus dem Auto. Der Geistliche wehrte sich. Der Leibwächter riss abwehrend die Arme hoch und fing seinen Schlag ab. Dann traf er ihn mit einem kräftigen Tritt an der Innenseite des rechten Knies. De Valloton schrie vor Schmerzen auf und holte zu einem gewaltigen Rundschlag auf. Der Leibwächter duckte sich und wich ihm mühelos aus, wobei er darauf achtete, nicht auf dem glitschigen Waldboden auszurutschen. Sein Gegner war zwar einen ganzen Kopf größer als er, aber dafür wenigstens zwanzig Kilo leichter. De Valloton holte erneut aus und streifte das Kinn des Leibwächters. Dabei geriet er aus dem Gleichgewicht und taumelte nach links. Der Leibwächter reagierte umgehend. Er packte seinen Arm und trat vor. Er zog seinen Ellbogen zurück und rammte ihn zweimal gegen den Wangenknochen des Geistlichen. De Valloton sackte zusammen. Er verlor das Bewusstsein und blieb auf dem Rücken liegen. Der Leibwächter nahm seine Pistole aus dem Halfter und schraubte sorgfältig den Schalldämpfer auf den Pistolenlauf. Er entsicherte die Pistole, zielte und drückte dreimal ab. Der Kopf des Generaloberen platzte auseinander wie ein Kürbis.

Der Leibwächter öffnete den Kofferraum seines Fahrzeugs und holte einen Feldspaten heraus. Er musste die Leiche vor Einbruch der Dunkelheit unter die Erde gebracht haben.

***

Halon kehrte in das sichere Haus zurück. Dina Kelman, die von Ben-Zvi zur Unterstützung für Halon abgestellt worden war, und die vier Observationsagenten hatten sich um den Wohnzimmertisch versammelt und hörten sich das aufgezeichnete Gespräch zwischen Rajavi und de Valloton an, das ihnen soeben aus Tel Aviv eingespielt worden war. Die Stimmen der beiden

Männer, die sich im *Café Jubilee* getroffen hatten, waren klar zu verstehen.

Halon holte sich zuerst ein kaltes Heineken aus dem Kühlschrank und setzte sich dann zu den anderen ins Wohnzimmer.

Fünf Paar Augen sahen ihn neugierig an.

»Was ist? Was starrt ihr mich so an?«, fragte er. »Ich habe von dem Gespräch nichts mitgekriegt. War zu laut da.«

Dina drückte auf STOPP. »Dann mach dich auf was gefasst.« Sie setzte die Sprachnachricht auf den Anfang zurück.

Halon riss den Verschluss seiner Heineken-Dose auf.

Von der Begrüßung zwischen de Valloton und Rajavi war nichts zu hören, weil Halon sein Richtmikrophon erst nach der Begrüßung eingeschaltet hatte. Die Aufzeichnung begann mit der Stimme des Iraners:

Ich wollte mich mit Ihnen treffen, um mich mal von Angesicht zu Angesicht bei Ihnen für die für mich geleisteten Dienste zu bedanken. Bis auf ein einziges Mal vor einem Jahr geschah das bisher ja nur telefonisch.«

»*Keine Ursache*«, war de Valloton zu vernehmen. *Eine Hand wäscht die andere. Schön, dass wir mal persönlich einen Kaffee zusammen trinken können.*«

»*Wie Sie wissen, gab es einen bedauerlichen Zwischenfall mit einem Ihrer Mitstreiter, Monsignor.*«

»*Sie sprechen von Alfons Zwinger.*«

»*Ja. Zwinger war eigentlich ein guter Mann, er war gebildet, er war zuvorkommend. Aber leider war er nicht ohne Schwachpunkte. Schwachpunkte, die in unseren Kreisen absolut intolerabel sind. Wer so schnell einem israelischen Agenten auf den Leim geht, stellt für uns ein großes Sicherheitsrisiko da. Sie dürfen nicht vergessen, dass der Mossad an allen großen Dingen, die in den letzten Jahren passiert sind, beteiligt war. Ich habe die Verpflichtung, uns beide zu schützen, Monsignor.«*

Es trat eine längere Pause ein. Dann war wieder die Stimme von de Valloton zu hören.

»Erlauben Sie mir eine Frage: Wir stehen seit einem Jahr miteinander in Kontakt. Als wir uns das erste Mal, das war im Juli 2018, begegneten, baten Sie mich, Sie über alles zu informieren, was in dieser Stadt geschieht. Die kleinste Kleinigkeit wollten Sie von mir wissen, sagten Sie. Im Gegenzug würden Sie den Templern regelmäßig finanzielle Unterstützungen zukommen lassen. Und als ich Sie darüber informierte, dass sich Erzbischof Wegener am 15. Juli im Institut für interreligiösen Dialog mit Rabbi Melman treffen würde, zeigten Sie sich für diese Information ebenfalls finanziell erkenntlich. Ich frage Sie deshalb: Stehen Sie in irgendeiner Verbindung mit diesem furchtbaren Terroranschlag?«

»Wo denken Sie hin, Monsignor. Natürlich nicht. Ich mache weder Sie noch mich dafür verantwortlich. Aber wer weiß schon, wem Zwinger noch alles von diesem interreligiösen Treffen am 15. Juli erzählt hat. Sie müssen kein schlechtes Gewissen haben, und ich habe auch keins. Andererseits kann ich Ihnen nicht verschweigen, dass wir uns im Krieg mit dem zionisti-

schen Geschwür befinden. Mein Volk leidet sehr un-
ter den Sanktionen, die der amerikanische Präsident,
diese zionistische Marionette, gegen uns verhängt
hat. Mein Volk hungert. Aber es wird niemals vor den
Zionisten kapitulieren. Niemals. Niemand kann das
iranische Atomprogramm stoppen. Zurzeit wird der
Krieg gegen die Zionisten noch im Schatten ausge-
fochten, aber bald tritt er ans Licht.«

***

Rajavi saß bei einer Flasche eisgekühltem Chablis in
seinem mit kostbarstem Mobiliar ausgestatteten Lu-
xusapartment und durchstöberte das Telefonverzeichnis seines Handys. Er suchte die Nummer der kleinen
Blondine, mit der er letzte Woche seinen vierzigsten
Geburtstag gefeiert hatte. Leider hatte er ihren Namen
vergessen.

Der große Flachbildfernseher im Hintergrund lief
ohne Ton. In Endlosschleife wurde über den plötzli-
chen Tod eines weiteren hohen katholischen Würden-
trägers berichtet: Der dreiundfünfzigjährige französische Kardinal Patrice Le Chambon hatte am Steuer
seines Renaults einen Herzinfarkt erlitten und war mit
voller Wucht gegen einen Betonpfeiler gekracht. Ein
sofort eingeleiteter Wiederbelebungsversuch war gescheitert.

Rajavis Handy summte. Es war sein Bodyguard. Rajavi hatte auf diesen Anruf gewartet. Der Leibwächter
bestätigte ihm, dass er den *»Deal sauber abgeschlossen«* hatte. Dass es zuvor einen kleinen Kampf mit

dem Geistlichen gegeben hatte, bevor dieser von ihm getötet und im Wald verscharrt worden war, erzählte er seinem Chef nicht.

Rajavi bedankte sich und lehnte sich auf seiner cremefarbenen Ledercouch selbstgefällig zurück. Bis jetzt war alles nach Plan verlaufen. Sein einzigartiges Kontakt- und Informationsnetz auf Malta hatte sich in jeder Hinsicht ausgezahlt. Jetzt musste nur noch Hauptkommissar Camilleri sein Honorar erhalten, dann war die Luft in Valletta wieder sauber. Früher oder später würde alles in Vergessenheit geraten. Er war halt ein genialer Operationschef. Kein Geheimdienst der Welt, nicht einmal der Mossad, würde diesen Fall jemals aufdecken, dafür war er einfach zu gerissen vorgegangen. Wahrscheinlich wusste der Mossad noch nicht einmal, dass für den Bombenanschlag ein völlig neuartiger Sprengstoff verwendet worden war, den kein Detektor der Welt entdecken konnte. Dass der Iran überhaupt willens gewesen war, hundert Gramm dieses ultrageheimen Sprengstoffs für den Anschlag zur Verfügung zu stellen, war nicht nur seinem Verhandlungsgeschick zu verdanken, sondern vor allem der eigentlichen Gegenleistung: Der Schwarze Monarch hatte dem Iran nicht nur die Baupläne der neuesten amerikanischen Drohnentechnologie besorgt, sondern auch die neueste Software für den Cyberkrieg – beides von unschätzbarem Vorteil für den Krieg mit dem zionistischen Geschwür. Bei der Übergabe hatte der Schwarze Monarch hinzugefügt: *»Lassen Sie die Software von Ihren Spezialisten in der Revolutionsgarde prüfen. Ihre Fachleute werden fest-*

stellen, dass nur wenige Modifikationen genügen, um die nächsten US-Wahlen in Ihrem Sinne zu beeinflussen. Mit dieser Cyberwaffe bewegen Sie sich auf dem gleichen Niveau wie Russland, China und Nordkorea.« Dem Iran waren die Pläne und die Cybersoftware 200 Millionen Dollar wert gewesen. Der iranische Führungsoffizier hatte allerdings auf einer Bedingung bestanden: *»Den neuen Sprengstoff stellen wir zwar zur Verfügung, aber wir geben ihn nicht aus den Händen. Deshalb wird der Anschlag von uns ausgeführt, nicht von Ihren Leuten.«* Der Schwarze Monarch hatte eingewilligt.

Über sein abhörsicheres Burstsystem kontaktierte Rajavi die Iranische Botschaft in Rom, wo der iranische Auslandsgeheimdienst MOIS im Keller der Botschaft eine Residentur unterhielt.

Der Leiter der Residentur nahm seinen Anruf persönlich entgegen.

Ohne sich groß auf Details einzulassen, meldete Rajavi, dass die Luft in Valletta wieder rein sein.

»Jetzt kommen Sie mal wieder auf den Boden der Tatsachen zurück, Reza«, sagte der Leiter der Residentur. *»Die Gefahr besteht unverändert. Die Israelis sind gerade äußerst aktiv.«*

»Sprechen Sie von Halon? Ich dachte, der Schwarze Monarch hätte die Sache inzwischen erledigen lassen.«

»Da sind Sie leider nicht auf dem neuesten Stand. Der Mann, der die Sache für den Schwarzen Monarchen erledigen sollte, hat versagt. Halon hat inzwischen Verstärkung aus Tel Aviv erhalten.«

»Also geht der Auftrag wieder an mich.«

»Nein. Wir haben Informationen, dass Sie maximal gefährdet sind. Und wenn Sie gefährdet sind, dann ist unsere Zusammenarbeit mit dem Schwarzen Monarchen ebenfalls gefährdet. Brechen Sie Ihre Zelte in Valletta sofort ab. Verstecken Sie sich eine Zeitlang im Iran. Wir stellen Sie dort unter den Schutz der Revolutionsgarde.«

***

Die Agenten hatten sich die gesamten dreißig Minuten des aufgezeichneten Gesprächs zwischen Rajavi und de Valloton angehört. Als Halon am King Saul Boulevard anrief und den Chef der Operationsabteilung verlangte, gab es eine Überraschung.

»Hast du die Sprachmitteilung aus dem Café Jubilee abgehört?«, fragte Ben-Zvi.

»Ja.«

»Dann weißt du jetzt, wie der Hase läuft. Das persönliche Treffen zwischen Rajavi und de Valloton war nur ein letzter zynischer Schachzug, um einen Mitwisser auszuschalten. De Valloton wurde, kurz nachdem er das Café verlassen hatte, von Rajavis Leibwächter ermordet.«

»De Valloton ist tot?«

»Ja. Und danke noch mal, dass es dir gelungen ist, Rajavis Handy zu klonen. Das Burstsystem, das er benutzt, nützt ihm jetzt nichts mehr. Wir hören jedes Telefonat, das er führt, mit. Und falls du es noch nicht weißt: Heute ist ein weiterer liberaler Kardinal in

eine bessere Welt befördert worden. Nach Wegener, Elseborn und Ferreira ist Kardinal Le Chambon die Nummer vier.«

»Und keine weiteren Juden? Das heißt, Yonah war möglicherweise ein Zufallsopfer.«

»Glaube ich nicht. Rajavi hat gerade mit der Iranischen Botschaft in Rom telefoniert. Wir haben alles mitgehört und aufgezeichnet. Einiges deutet darauf hin, dass der Iran in den Anschlag in Valletta involviert ist. Sie machen sich Sorgen, weil wir in Valletta aktiv sind. Des Weiteren haben wir erfahren, dass der Mann, der dich gejagt hat, im Auftrag einer Person gehandelt hat, die sie den Schwarzen Monarchen nennen. Der iranische Geheimdienst ahnt, dass wir hinter Rajavi her sind und hat ihm geraten, sich schnell in den Iran abzusetzen.«

»Du weißt, was uns Meir Dagan gesagt hat, als er im Jahre 2002 unser neuer *memuneh* wurde: *Hört auf zu reden, es geht hier um Taten, nicht ums Reden.* Acht Jahre lang hat er uns auf klare handlungsorientierte Operationen ausgerichtet. Und er hat uns jeden Tag gesagt: Der Hauptgegner ist der Iran.«

»Das stimmt. Dagan sagte aber auch: Alle Wege führen nach Rom.«

»Schick mir die Aufzeichnungen der beiden Telefonate. Ich möchte im Original hören, was Rajavi sowohl mit seinem Leibwächter als auch mit der Iranischen Botschaft besprochen hat.«

***

Genf – Donnerstag, 25. Juli. Urs Reusser von Reusser & Hürsch, Zürich, traf an diesem Donnerstagmorgen am Internationalen Flughafen Genf ein. Sein wichtigster Kunde ließ ihn wie immer von seinem Chauffeur abholen. Reusser mochte diesen Kunden nicht. Er machte sich auch keine Illusionen bezüglich der Herkunft seines Vermögens, aber damit musste man als Schweizer Privatbankier leben. In der Welt der Züricher Banken war Urs Reusser für absolute Diskretion bekannt. Allein aus diesem Grund war ihm das Konto anvertraut worden.

Zwanzig Minuten später hielt der Wagen vor einer Villa aus grauem Sandstein.

Der Chauffeur drückte zweimal kurz auf die Hupe, und einige Sekunden später öffnete sich langsam das schmiedeeiserne Tor. Als die Limousine vor der Villa vorfuhr, trat ein Mann von Mitte Dreißig aus der Haustür und kam die wenigen Stufen hinunter.

Der Mann hielt Reusser die Autotür auf und führte ihn in die Eingangshalle. Dort bat er den Bankier wie üblich, seinen Aktenkoffer zu öffnen, dann musste er seine Arme und Beine spreizen, damit er ihn mit einem Magnetometer absuchen konnte.

Reusser wurde in einen großen Salon geführt. Es war der Salon eines Mannes, der Geld und Geschmack besaß.

Luis Salandri, so hieß der Kunde, erhob sich langsam und streckte dem Bankier die Rechte entgegen. Die beiden waren ein ungleiches Paar: Salandri groß, weißhaarig mit leuchtendblauen Augen, Reusser klein und kahlköpfig, aber mit kosmopolitischer Selbstsicherheit, die er der Vielfalt seiner Klientel verdankte. Salandri ließ seine Hand los und wies ihm einen Sessel an. Reusser nahm Platz und zog ein Laptop aus seinem Aktenkoffer. Während der Rechner hochfuhr, blickte ihn der Kunde ernst an.

»Nach dem Stand von heute Morgen«, sagte Reusser schließlich, »beläuft sich der Gesamtwert des Kontos auf rund zwei Milliarden Dollar. Rund eine Milliarde davon ist – je zur Hälfte in Dollar und Euro – in bar verfügbar. Das restliche Geld ist in Aktien, in Gold und in Immobilien angelegt.«

»Welcher Betrag steht zur Auszahlung an?«

»Eine Viertelmilliarde Dollar.«

»Ein schöner Batzen Geld. Und dazu kommt Ihr Anteil.«

»Der Anteil der Bank beträgt hundert Millionen Dollar, zahlbar nach Verteilung der Gelder.«

»Hundert Millionen Dollar, dazu alle Gebühren, die Sie im Laufe der Jahre kassiert haben. Dieses Konto hat Sie zu einem sehr reichen Mann gemacht, Monsieur Reusser. Für wann ist die Auszahlung der Gelder geplant.«

»Für Donnerstag, den 1. August.« Der Bankier setzte eine betroffene Miene auf. »Ich habe mich an die schwierige Aufgabe gemacht, sämtliche Personen zu ermitteln, denen Zahlungen zustehen. Wie Sie wissen, sind diese über den Nahen Osten, Europa und Südamerika verstreut. Es hat allerdings leider einige unerwartete Komplikationen gegeben.«

»Komplikationen welcher Art?«

»In letzter Zeit sind mehrfach Leute, die Geld erhalten sollten, unter geheimnisvollen Umständen aus dem Leben geschieden.«

»Wie bedauerlich.«

»Als Kontoinhaber und Besitzer der Geheimzahl behalten natürlich Sie die Verfügungsgewalt über alles Kapital, das nicht verteilt werden kann.«

»Ein wahres Glück für mich.«

Reusser klappte den Rechner zu und legte ihn zurück in seinen Aktenkoffer.

»Entschuldigen Sie, aber ich habe eine Formalität vergessen. Bei Gesprächen über das Konto müssen Sie mir die Kontonummer nennen. Nur der Ordnung halber, Monsieur Salandri.«

»Ja, natürlich. Fünf, drei, vier, sieben, neun, zwei, sechs.«

»Und die Geheimzahl?«

»Null, fünf, null, sieben.«

»Danke, Monsieur Salandri.«

Eine Viertelstunde später hielt der Wagen des Bankiers vor dem *Four Seasons Hotel des Bergues*. »Warten Sie bitte hier«, bat Reusser den Chauffeur. »Ich brauche nur ein paar Minuten.«

Er durchquerte die Hotelhalle und fuhr mit dem Aufzug in den vierten Stock hinauf. Ein großgewachsener Amerikaner empfing ihn in Zimmer 401. Er bot Reusser einen Drink an, den der Bankier ablehnte, dann eine Zigarette, die der Schweizer ebenfalls nicht annahm.

Der Amerikaner streckte die Hand nach dem Aktenkoffer aus. Reusser übergab ihn wortlos. Der Amerikaner klappte ihn auf, löste die Innenverkleidung und legte das winzige Tonbandgerät frei. Dann nahm er die Minikassette heraus und steckte sie in ein kleines Wiedergabegerät. Während das Band zurückspulte, sagte er mit einem Lächeln: »Manchmal sind diese fossilen Methoden der Informationsbeschaffung doch die besseren.« Dann ließ er es ablaufen.

»*Nur der Ordnung halber, Monsieur Salandri.*«

»*Ja, natürlich. Fünf, drei, vier, sieben, neun, zwei, sechs.*«

»*Und die Geheimzahl?*«

»*Null, fünf, null, sieben.*«

»*Danke, Monsieur Salandri.*«

STOPP.

Der Amerikaner blickte auf und lächelte. »Danke, Herr Reusser. Wir sind Ihnen sehr zu Dank verpflichtet.«

***

Rom – Ein Angehöriger der Israelischen Botschaft hatte Halon gegen 11 Uhr vom Flughafen Fiumicino abgeholt. Bevor der Fahrer in die *Via Michele Mercati*, keine drei Kilometer nordöstlich der Vatikanstadt einbog, klingelte das Mobiltelefon des Fahrers: »Wo bleibt ihr denn?«, fragte ein Stimme auf Hebräisch.

»Zwei Minuten noch«, lautete die knappe Antwort des Fahrers. Kurz darauf passierte der Wagen die scharfen Kontrollen und fuhr hinunter in die Tiefgarage. Von dort waren es nur wenige Meter bis zu den unterirdischen Räumen der römischen Residentur des Mossad.

Zev Yadlin, ein mittelgroßer Mann mit schwarzem Haar und breiten Schultern, war der in Rom residierende *katsa* für Südeuropa. Er bekleidete den Rang eines Obersten und war dreiunddreißig Jahre alt. Yadlin begrüßte Halon per Handschlag.

»Shalom, Avi.«

»Shalom, Zev.«

»Aryeh und Gideon sind schon vor einer halben Stunde eingetroffen.«

Gideon Landau war der *katsa* für den Vatikan und hatte aus der Sicht des Mossad eine der wichtigsten Positionen überhaupt inne. Landau war einer der Nachfolger des legendären *katsas* Eli Lazaroff, der seinerzeit im engen Austausch mit dem noch legendäreren Erzbischof Luigi Poggi gestanden hatte. Landau hatte die Fünfzig bereits überschritten. Er war blond und blauäugig, hatte eine rosige Gesichtsfarbe und gepflegte Hände wie ein Bischof. Er sprach ein fast akzentfreies Italienisch, verfügte über sehr viel Erfahrung auf dem diplomatischen Parkett und über genau jenes Maß an Gelassenheit, das man nur erwirbt, wenn man sich in der Welt wirklicher Macht bewegt. Die Informationen, die er lieferte, landeten so gut wie nie auf Ben-Zvis Schreibtisch, sondern nur auf dem des Generaldirektors und seinen beiden Stellvertretern und gelegentlich auch in der politischen Abteilung.

Halon und Yadlin liefen den Flur entlang, grüßten die bei offenen Türen arbeitenden Techniker und traten dann in die hell erleuchtete Küche, die gleichzeitig als Besprechungsraum genutzt wurde.

»Shalom«, begrüßte er die Anwesenden. Er zog ein

Päckchen Marlboro aus seiner Hemdtasche, entnahm ihm eine Zigarette und zündete sie an.

Ben-Zvi saß mit aufgekrempelten Ärmeln am Kopfende des rechteckigen Tisches und knabberte an einem Begele, einem mit Sesamkörnern bestreuten Brotring. Der dreiunddreißigjährige Zev Yadlin stand zwei Meter von ihm entfernt. Er hatte eine Kaffeepott in der Hand und lehnte sich gegen die Küchenspüle.

»Shalom, Avi«, kam es zurück.

»Begeles schmecken erst dann richtig gut, wenn sie mit *za'atar* bestreut sind«, sagte Halon und reichte Ben-Zvi und Yadlin die Hand.

Za'atar war der arabische Name für wilden Thymian.

»Ich weiß«, sagte Ben-Zvi. »Zev schaut jetzt erst mal in den Küchenregalen nach. Vielleicht findet er das Gewürz.«

»Zev gibt uns jetzt erst mal eine Runde Kaffee aus«, sagte Halon, während er neben Ben-Zvi Platz nahm.

»Die Kanne steht direkt vor dir. Eine Tasse auch«, erwiderte Yadlin.

Halon griff danach und schenkte sich eine Tasse brühend heißen Kaffee ein. »Möchte noch jemand Kaffee?«

»Später.«

Nachdem Ben-Zvi seinen Begele aufgegessen und die Finger an einer Papierserviette abgeputzt hatte, eröffnete er die Sitzung.

»Die Besprechung ist hiermit eröffnet. Zuerst die gute Nachricht. Kaum liegt Yonah im *Chaim Sheba Medical Center* und wird von den besten Ärzten Israels betreut, geht es ihm auch schon besser. Die Verletzungen, die er erlitten hat, sind so gravierend, dass er nie wieder der alte sein wird. Aber wahrscheinlich kommt er durch.«

»Das ist wirklich eine gute Nachricht«, stimmte Yadlin ihm zu.

Jetzt gab der Chef der Operationsabteilung seinen Leuten einen zehnminütigen Überblick über den aktuellen Stand der Ermittlungen im Zusammenhang mit dem Terroranschlag auf das *Institut für interreligiösen Dialog*. Danach nannte er ihnen auch den Grund, weshalb er ein Treffen in der römischen Residentur einberufen hatte. »Es gibt zwei Punkte, bei denen wir weitergraben müssen«, fuhr er fort, während er sich eine seiner übelriechenden türkischen Zigaretten anzündete. »Der erste ist Reza Rajavi. Für ihn habe ich inzwischen die höchste Observationsstufe angeordnet. Rajavis Kommunikation wird rund um die Uhr überwacht. Falls er tatsächlich versuchen sollte, im Iran unterzutauchen, schnappen wir ihn uns vorher. Dina Kelman und zwei Observationsteams behalten ihn im Auge. Ich scheiße auf seine diplomatische Immunität. Der zweite Punkt betrifft den ermordeten Generaloberen der Templer, Bartholomé de Valloton. Ich bin mir ziemlich sicher, dass es da jemanden im Vatikan gibt, der von dieser Organisation weiß.«

»Hm.« Gideon Landau, der für den Vatikan zuständige Führungsoffizier, rieb sich das Kinn. »Was für eine seltsame Kombination. Iran und Vatikan. Wie kommst du darauf?«

»Wie du weißt, ist Yonahs Institut nicht aus sich selbst heraus explodiert, Gideon. Es wurde ein neuartiger Sprengstoff verwendet. Dieser Sprengstoff explodierte *im* Gebäude, nicht *vor* dem Gebäude. Wir wissen aber weder, welcher Sprengstoff verwendet wurde, noch wie er an den Detektoren vorbei ins Gebäude geschmuggelt werden konnte. Also frage ich mich: Könnte es sich bei diesem Sprengstoff um eine Neuentwicklung des Iran handeln?«

»Nun, es ist ja nichts Neues, dass ein proliferationsrelevanter Staat wie der Iran ständig bestrebt ist, sein konventionelles Waffenarsenal durch die Produktion oder ständige Modernisierung von Massenvernichtungswaffen zu erweitern«, sagte Landau. »Wir wissen zum Beispiel vom schwedischen Sicherheitsdienst, dass der Iran aktuell schwedische Technologie für sein Atomwaffenprogramm sucht. Außerdem betreibt er in Schweden massiv Industriespionage, die sich vor allem gegen die schwedische Hightech-Industrie und schwedische Produkte richtet, die in Atomwaffenprogrammen verwendet werden können.«

»Ja, das ist uns allen bekannt«, meinte Ben-Zvi. »Der Haken an der Sache ist nur, dass sich Schweden in keiner Weise auf die Entwicklung neuartiger Sprengstoffe konzentriert.«

»Vielleicht hat der Iran nur als Sprengstofflieferant gedient, vielleicht auch als ausführendes Organ, und der eigentliche Auftraggeber ist ganz woanders zu suchen«, sagte Halon.

»Was führt dich zu diesem Schluss?«, fragte Landau.

»Weil es da ganz offensichtlich noch jemanden gibt, von dem wir bis jetzt nicht wissen, wer er ist. In dem Telefonat, das Rajavi mit der Iranischen Botschaft in

Rom geführt hat, war von einem *Schwarzen Monarchen* die Rede. Dem Telefonat war klar zu entnehmen, dass dies der Mann ist, der mir vor drei Tagen den Motorradkiller auf den Hals gehetzt hat.« Halon nahm einen tiefen Zug von seiner Zigarette. »Hast du schon mal gehört, dass der iranische Geheimdienst, die Revolutionsgarde oder die Al-Quds-Brigaden jemanden aus den eigenen Reihen als Schwarzen Monarchen betitelt haben? Niemals.«

Die Al-Quds-Brigaden waren eine Spezialeinheit der Revolutionsgarde für Spionage und Terror.

»Da gebe ich dir recht«, meinte Landau. »Aryeh hat gerade gesagt, dass du Rajavis Mobiltelefon geklont hast.«

»Ja, habe ich.«

»Aber dann haben wir doch seine Kontakte.«

»Ja, haben wir«, mischte Ben-Zvi sich ein. »Vierhundertsechsundachtzig, um genau zu sein. Die KI hat sie bereits alle überprüft. Bei der Hälfte handelt es sich um die Mitglieder seiner Familie, die alle im Iran leben. Der Rest verteilt sich auf Europa mit den Schwerpunkten Italien und Malta. Es sind auch viele Edelnutten darunter.«

»Und nichts Auffälliges bei den italienischen Kontakten?«, fragte Landau.

»Nichts.«

»Kann nicht sein. Rajavi ist doch hier in Rom akkreditiert.«

»Wenn ich sage ›nichts‹, dann meine ich ›nichts‹.«

»Erinnert ihr euch an den Fall von vor fünf oder sechs Jahren, hier in Rom, als wir anfangs auch nicht weiterkamen?«, fragte Landau.

»Natürlich«, sagte Yadlin. »Luigi Spadolini.«

»Richtig. Der Saubermann versteckte sich hinter einem genialen System von Tarnfirmen, die alle im Internet zu finden waren. Erst als wir knietief einstiegen, stellten wir fest, dass die meisten dieser Gesellschaften in ihrer Buchführung vieles zu wünschen übrig ließen. Erst durch diesen Mangel wurde das System Spadolini zu einem empfehlenswerten Operationsziel für uns.«

»Und du meinst, hier könnte ein ähnlich gelagerter Fall vorliegen?«, fragte Halon.

»Weiß ich nicht. Spadolini hatte damals jedenfalls mehrere Schienen aktiviert. Für seine Geschäfte mit der Hisbollah hatte er eine gigantische Fassade aufgebaut, eine riesige Tarnorganisation, die ihm erst die physische Basis lieferte, um selbst uns an der Nase herumzuführen.«

»Auf jeden Fall sind die Italiener die geborenen Mafiosi«, meinte Ben-Zvi. »Man braucht sehr viel Erfahrung und ein sehr unkonventionelles Denken, wenn man ihnen auf die Schliche kommen will. Und aus Erfahrung weiß ich, dass alle wichtigen italienischen Player auf die eine oder andere Art und Weise mit dem Vatikan verbandelt sind. Stimmt's Gideon?«

»Da kann ich dir leider nicht widersprechen, Aryeh.«

»Die gemeinsame Geschichte zwischen uns und dem Vatikan würde eine Bibliothek füllen.«

Gideon schmunzelte. »Stimmt. Aber sie wird niemals das Licht der Öffentlichkeit erblicken.«

***

Valletta – Reza Rajavi saß gerade in einem der besten Fischrestaurants, das die maltesische Hauptstadt zu bieten hatte, als auf dem Display seines Handys eine Nummer mit Schweizer Vorwahl erschien. Der Mann aus Genf meldete sich selten bei ihm, aber wenn er anrief, war es immer wichtig.

Rajavi legte sein Besteck zur Seite und nahm den Anruf entgegen. Dann sagte er: »Ich kann gerade nicht offen sprechen, aber ich höre Ihnen zu.« Er sprach diese Worte sehr leise.

»Dann hören Sie gut zu. Ich muss Sie persönlich sprechen. Sie nehmen morgen früh die erste Maschine nach Genf. Mein Chauffeur holt Sie vom Flughafen ab.«

Rajavi passte diese Nachricht gar nicht. »Die Residentur riet mir dringend, meine Familie in der Heimat zu besuchen.«

»Haben Sie schon gebucht?«

»Nein, bis jetzt noch nicht. Ich habe hier in Valletta noch etwas zu erledigen.«

»Das können Sie auf übermorgen verschieben.«

Rajavi wusste, dass er es sich mit dem Schwarzen Monarchen nicht verscherzen durfte. Die Nutten konnten warten. »Gut. Ich werde da sein. Aber geben Sie mir bitte ein Stichwort, warum mein Besuch in Genf so wichtig ist.«

»Die Überweisung Ihres Anteils.«

***

Rom – Gideon Landau schnorrte sich bei Halon eine Zigarette und lehnte sich dann zurück. »Wie soll ich euch das erklären? Die Beziehung zwischen Israel und dem Vatikan ist so wie zwischen zwei Eheleuten, die seit Jahrzehnten verheiratet sind. Wenn man sie fragt, was sie von ihrer Ehe halten, dann werden sie höchstwahrscheinlich antworten: *Mit ihm geht's nicht, aber ohne ihn geht es auch nicht.* Das Erste, was man wissen muss, wenn man mit dem Heiligen Stuhl zu tun hat: Dieser Menschenschlag ist in einer ganz anderen Zeitphase fokussiert ist. Der *memuneh* brachte das mal wie folgt auf den Punkt: ›*Für das, was wir in vier Wochen durchziehen, braucht der Vatikan ein Jahrzehnt‹.* Diesen Satz könnt ihr dreimal unterstreichen.«

»Wenn ich mal kurz unterbrechen darf«, warf Yadlin ein. »Wie bist du überhaupt darauf gekommen, dich für den Vatikan zu interessieren? Ich kenne keinen Israeli, der sich für diesen Verein interessiert.«

»Ich wollte einfach dahinterkommen, was der Grund für die plötzliche und völlig gewaltlose Auflösung des Ostblocks in den Jahren 1989 bis 1991 war. In den Medien fand ich damals alle möglichen Theorien, aber keine befriedigte mich. Ich bin Jahrgang 1968. Zum Mossad kam ich 1991. Das war das Jahr, in dem die Sowjetunion aufgelöst wurde. Drei Jahre später erhielt ich von Shabtai Shavit, unserem damaligen *memuneh*, die Erlaubnis, auf die Datenbank des Büros zuzugreifen.«

»Und dort fandst du alles, was du wissen wolltest.«

»Einiges.« Landau nahm einen tiefen Zug von seiner Zigarette. »Wo war ich stehengeblieben?«

»Beim Zeitverständnis, mit dem der Vatikan arbeitet.«

»Ah ja. Was unser Verhältnis zum Vatikan beziehungsweise zur katholischen Kirche betrifft, können wir ganz grob drei Zeitphasen unterscheiden. In der ersten Phase ging es ausschließlich um die Aufarbeitung der Schoah und die Rolle der Kirche. Ich spreche hier vom Pontifikat Pius' XII. In der zweiten Phase – sie begann während des Pontifikats von Johannes Paul II. – hatten wir unseren Durchbruch in der Zusammenarbeit mit dem Heiligen Stuhl. Die Dinge änderten sich ganz grundsätzlich. Aktuell befinden wir uns in der dritten Phase. Sie begann 2013 mit dem Pontifikat von Franziskus. Für alle drei Phasen gilt: Der Vatikan betreibt Realpolitik. 1994 ging der Vatikan als einer der ersten Global Player ins Internet. Das erleichterte uns einiges, aber die wichtigsten Informationen erhielten wir nach wie vor über *Humint*. Und so ist es bis auf den heutigen Tag.«

Als *Humint* (Human Intelligence) wird die Gewinnung von Erkenntnissen durch menschliche Quellen bezeichnet.

»Kannst du uns die einzelnen Phasen kurz schildern? Nur das Wichtigste, bitte«, sagte Yadlin.

»Klar«, sagte Landau, während er Halon mit einer hastigen Geste um eine weitere Zigarette bat. »Ich weiß nicht, ob ihr das mitgekriegt habt, aber am 4. März gab Papst Franziskus bekannt, dass er die Archive des Vatikans über Papst Pius XII. öffnen lassen will.«

»Wann soll das sein?«, fragte Ben-Zvi.

»Das hat er nicht gesagt. Aber nach dem im Vatikan geltenden Zeitmaß gehe ich von mindestens einem Jahr aus.«

Ben-Zvi zündete sich nun ebenfalls eine Zigarette an. »Die alles entscheidende Frage lautet doch: Hat Pius wirklich alles getan oder hätte er mehr tun können?«

»Nein«, korrigierte Landau den Chef der Operationsabteilung. »Die entscheidende Frage lautet: Wann erfuhr Pius XII. zum ersten Mal von der Vernichtung der Juden? Präsident Roosevelt erhielt im September 1942 einen Brief von der Jewish Agency. Dieser Brief enthielt Informationen über den Massenmord an Juden in Polen und in der Ukraine. Der Heilige Stuhl erhielt ebenfalls Informationen von zwei Männern, die nur aussagten, dass sich der Inhalt des Briefes der Jewish Agency mit dem deckt, was sie gehört hätten. Sie könnten die Informationen aber nicht bestätigen, weil sie es nicht mit eigenen Augen gesehen hätten. Und dann gab es einen Berater des Papstes. Er hieß Monsignor Angelo Dell'Acqua. Dell'Acqua machte diese Informationen umgehend lächerlich: ›Die Juden übertreiben immer. Wir sollten keine Partei ergreifen‹. Deshalb hielt sich Pius zurück. Pius brach sein Schweigen erst bei der Weihnachtsmesse 1942. Aber dort verurteilte er die Verfolgung anderer Ethnien nur ganz allgemein, ohne die Juden besonders zu erwähnen. Während des Krieges erhielt der Papst Tausende Briefe von Juden aus den verschiedensten Ländern, die alle über die Gräueltaten schrieben und alle um Hilfe baten. Der Papst sah den Holocaust also nicht in abstrakten Zahlen, sondern in konkreten individuellen Geschichten. Andererseits können wir den Yad-Vashem-Archiven entnehmen, dass nach der Besetzung Roms durch die Nazis am 16. Oktober 1943 viertausendsiebenhundertfünfzehn römische Juden Schutz fanden im Vatikan und anderen katholischen Institutionen. Damals lebten rund zehntausend Juden in Rom. Der Papst hätte also mehr römische Juden vor der Deportation retten können. Tausende unschuldiger Menschen wurden nach Auschwitz gebracht. Der Papst hatte die Wahl zwischen Aktion und Diplomatie. Er entschied sich für die Diplomatie.«

»Daraus sollte der Vatikan gelernt haben, dass es keine Alternative zu Transparenz gibt«, meinte Halon.

»Avi, auch der Lernprozess des Vatikans unterliegt einem ganz anderen Zeitmaß.«

»Okay. Und die zweite Phase?«, fragte Yadlin.

»Mit dem Tod Pius' XII. im Oktober 1958 begann die zweite Phase noch nicht. Zuerst kam so etwas wie eine Zwischenphase. Pius' Nachfolger, Johannes XXIII., eröffnete 1962 das Zweite Vatikanische Konzil. Das war so etwas wie eine grundlegende Kirchenreform. Es kam zwar zu einer grundsätzlichen Klärung des Verhältnisses zwischen Kirche und Juden, aber die Aufnahme diplomatischer Beziehungen zum Staat Israel war noch absolute Zukunftsmusik. Das änderte sich auch nicht, als Johannes' Nachfolger, Paul VI., im Januar 1963 Golda Meir eine kleine Privataudienz gewährte und im Januar 1964 Israel besuchte. Paul VI. starb nach einem fünfzehn Jahre währenden Pontifikat im Sommer 1978, ohne dass es im Verhältnis zwischen uns und dem Heiligen Stuhl zu wirklich substantiellen Verbesserungen gekommen wäre. Dann kam der Hoffnungsträger: Johannes Paul I. ...«

»Das war doch dieser zerbrechliche Albino Luciani«, warf Yadlin ein.

»Richtig. Der 33-Tage-Papst.«

»Warum wurde er eigentlich ermordet?«

»Der Hauptgrund war, dass er diplomatische Beziehungen zu Israel aufnehmen wollte. Sein Tod führte im Oktober 1978 zur Wahl des polnischen Kardinals Karol Wojtyla, Papst Johannes Paul II. In den ersten fünf Jahren seines Pontifikats blieb die Tür für Israel so gut wie verschlossen. Stattdessen hielt der Vatikan an seinen Bindungen zur PLO fest. Johannes Paul hatte mehrere Male Yasser Arafat und dessen wichtigste Mitarbeiter zu längeren Privataudienzen empfangen, bei denen er stets das Heimatrecht der Palästinenser hervorhob. Unter seinem Pontifikat war auch der Fachbereich Naher Osten beim Vatikan stark erweitert worden. Die päpstlichen Nuntien, die Botschafter des Vatikans, wurden angewiesen, sich dafür einzusetzen, dass die Regierungen, bei denen sie akkreditiert waren, den Anspruch der PLO auf einen eigenen Staat unterstützten, während unseren Regierungsvertretern immer nur Audienzen von wenigen Minuten gewährt wurden. Aber nachdem am 13. Mai 1981 ein Attentat auf Johannes Paul II. verübt worden war, wollte er in seinen langen Monaten der Genesung unbedingt wissen, wer das Attentat befohlen hatte. Er studierte damals intensiv die Ermittlungsakten der Polizei, der CIA, des BND und der Geheimdienste der Türkei und Österreichs. Aber niemand kannte die Antwort. Erst Erzbischof Luigi Poggi, der päpstliche Nuntius mit Spezialauftrag, lieferte ihm die Antwort. Poggi unterhielt viele Monate lang streng geheime Kontakte mit uns. Die Treffen zwischen unserem *katsa* Eli Lazaroff und ihm fanden in Wien, Paris, Warschau und Sofia statt. Im November 1983 kehrte Poggi mit der richtigen Antwort in den Vatikan zurück. Wir lieferten dem Papst den klaren Nachweis, dass das Attentat auf ihn von Ayatollah Khomeini befohlen worden war. Das Komplott war in Teheran vorbereitet worden, mit voller Billigung von Ayatollah Ruhollah Khomeini. Den Papst zu töten sollte der erste Schritt in einem Dschihad sein, einem heiligen Krieg gegen den Westen und seine dekadenten Werte, die von der größten christlichen Kirche gebilligt würden.«

»Wie wurde der Nachweis erbracht?«, fragte Halon.

»Zum einen durch unser extrem dichtes Informantennetz, zum anderen durch unsere Sprachprogramme. Der Papstattentäter, der Türke Mehmet Ali Agca, war nämlich viel zu ungebildet, um auf Formulierungen wie ›*Kommandant Kreuzritter*‹ zu kommen. Unsere Sprachprogramme fanden damals heraus, dass dies typische Formulierungen waren, die Ayatollah Khomeini früher des Öfteren gebraucht hatte ... Poggi und Eli waren vom selben Kaliber. Beide beherrschten viele Sprachen fließend und konnten schnelle und fundierte Urteile fällen – eine Fähigkeit, die selbst unter Diplomaten selten ist. Wir suchten damals einen Weg in den Vatikan, deshalb beschloss unser damaliger *memuneh*, Nahum Admoni, wir sollten auf eigene Faust ermitteln. Damals war es unvorstellbar schwierig, an den Vatikan heranzukommen. Der Papst hatte damals nur ein Ohr für den CIA Station Chief in Rom.«

»Das heißt, dies war im Grunde der Moment, wo sich der Vatikan uns gegenüber öffnete«, sagte Yadlin.

»Ja. Die Änderung der Haltung des Vatikans gegenüber dem Islam und gegenüber Israel erfolgte ungefähr ab 1984. In jenem Jahr erklärte Johannes Paul II. seinen Mitarbeitern, dass der wahre kommende Konflikt nicht zwischen Ost und West, zwischen der Sowjetunion und den Vereinigten Staaten ausgefochten werde, sondern zwischen dem islamischen Fundamentalismus und dem Christentum. Diesbezüglich war er also extrem weitblickend.«

»In anderer Hinsicht war er aber total blind«, sagte Ben-Zvi. »Er hatte zum Beispiel ein total falsches Bild von dem Massenmörder Yasser Arafat.«

»Ja, das stimmt. Aber zumindest hatten ihn das Attentat und dessen Auftraggeber wachgerüttelt. Im April 1986 besuchte er dann als erster Papst überhaupt eine Synagoge, und im Dezember 1993 wurde der Grundlagenvertrag zwischen Israel und dem Heiligen Stuhl unterzeichnet. Diplomatische Beziehungen unterhalten wir seit 1994.«

»Gideon, du sagtest, dass Paul VI. im Januar 1964 Israel besuchte. Könnte man eine solche Geste nicht durchaus als eine indirekte Anerkennung Israels interpretieren?«, fragte Yadin.

»Ja, könnte man«, sagte Landau. »Als Golda Meir ein Jahr zuvor ihre Privataudienz bei ihm hatte, war sie auch auf das Thema Aufnahme diplomatischer Beziehungen zwischen dem Vatikan und Israel zu sprechen gekommen. Paul VI. hatte aber nur geseufzt und gesagt, dafür sei die Zeit noch nicht reif. Beim Verlassen des Vatikans hatte Gold Meir daraufhin zu unserem damaligen *memuneh*, Zvi Zamir, gesagt: ›*Im Vatikan scheinen die Uhren anders zu gehen als sonst auf der Welt*‹. Was ja auch stimmt.«

»Okay«, meinte Yadlin. »Kommen wir nun, bevor wir dann rauf in die Kantine gehen, zur dritten und vorläufig letzten Phase, dem Pontifikat von Franziskus.«

***

Valletta – Die Schusswunde unter seinem linken Schlüsselbein schmerzte nicht mehr so stark. Doktor Kinning hatte sie fachgerecht versorgt und ihm geraten, sich in den nächsten Tagen nur auszuruhen.

Was er auch getan hatte.

Der Computerdoktor saß in seinem Wohnzimmer vor dem Fernseher und wartete darauf, dass die Thunfischpizza, die er in den Ofen geschoben hatte, gar wurde. Auf dem Wohnzimmertisch standen drei leere Bierdosen. Er wollte gerade eine vierte Dose aus dem Kühlschrank holen, als sein Mobiltelefon summte.

Widerwillig nahm er den Anruf entgegen.

»*Sind Sie wieder okay?*«, fragte der Mann aus Genf.

»Ich befinde mich auf dem Weg der Genesung.«

»*Sehr gut, denn Sie müssen einen Computer für mich abholen.*«

»Wann?«

»*Morgen.*«

»Wo?«

»*Am Genfer Flughafen. Der Kunde heißt Reza Rajavi. Es ist der vorletzte Kunde in Ihrer Kundenkartei. Er landet morgen früh um 8 Uhr 20. Deshalb müssen Sie bereits heute nach Genf kommen. Auf Ihren Namen ist ein Sitz in der Business Class reserviert. Sie übernachten im Swissôtel. Dort ist ebenfalls ein Zimmer auf Ihren Namen reserviert.«*

»Wenn ich fliege, kann ich das Werkzeug, das ich für die Reparatur brauche, nicht mitnehmen. Jemand muss es mir in Genf zur Verfügung stellen.«

»Am Sixt-Schalter wurde bereits eine Mercedeslimousine für Sie reserviert. Das Werkzeug befindet sich unter dem Beifahrersitz im Erste-Hilfe-Kasten.«

Als das Gespräch beendet war, holte Mason die Pizza aus dem Ofen. Das Dossier über die Zielperson inklusive ihres Fotos befand sich schon seit mehreren Tagen in seinem Besitz, aber erst jetzt war der Einsatzbefehl gekommen.

Plötzlich beschlich ihn ein komisches Gefühl. Er musste an den Bombenanschlag auf das *Institut für interreligiösen Dialog* denken. Zehn Tage waren seitdem vergangen. Direkt in den Anschlag verwickelt war er nicht. Bis jetzt wusste er auch nicht, wer den Anschlag geplant, geschweige denn, wer ihn ausgeführt hatte. Der Mann aus Genf hatte ihm nur gesagt, dass er den Juden, der dieses Institut leitete, mehrere Tage lang unauffällig observieren sollte. Am 15. Juli sollte er sich um Punkt 10 Uhr zum Ende der Gasse begeben und das Geschehen beobachten. Dann hatte er nur noch den roten Feuerball gesehen und die fürchterliche Explosion gehört.

***

Tel Aviv – Die Entwicklung der Künstlichen Intelligenz verlief in drei Wellen. Die erste Welle, von den 1950er bis zu den 2000er Jahren, legte die Regeln fest, die auch heute noch verwendet werden, wenngleich »Intelligenz« auf eine ziemlich einfache Weise gesammelt wurde. Die zweite Welle, von 2000 bis 2019, beschäftigte sich mit maschinellem Lernen und statistischer Intelligenz, aber die Maschine war nicht in der Lage zu erklären, wie sie zu einem Zusammenhang oder einer Antwort kam. Jetzt begann die dritte Welle, in der die Geheimdienste und die Militärs wollten, dass die Maschine die Regeln erklärte, die sie zur Entscheidungsfindung verwendete.

Die zuständigen Techniker am King Saul Boulevard und deren hochmoderne Computersysteme hatten das erste Telefonat mitgehört. Die Zielperson war um 12.06 Uhr von einer Genfer Nummer angerufen worden. Die KI konzentrierte sich umgehend auf den Anrufer aus Genf, während Ofeq 14, der extrem leistungsfähige Spionagesatellit des Mossad, hochauflösende Live-Bilder von dessen Anwesen am Genfer See auf Nirits Flachbildschirm sendete.

Die KI hatte sofort den Gesamtzusammenhang erfasst. Die Genfer Telefonnummer war die wichtigere.

Um 12.15 Uhr registrierten die Systeme, dass die Genfer Telefonnummer eine weitere Nummer in Valletta kontaktierte. Diese war auf den Besitzer eines Ladens für Computerreparaturen zugelassen.

Nirit von der technischen Abteilung sandte alle relevanten Informationen mit einem *high-alert-signal* an die römische Residentur.

***

Rom — Das Kommunikationstool im Besprechungs-raum der römischen Residentur blinkte rot. Zev Yadlin drückte einen Knopf auf der vor ihm liegenden Fern-bedienung. Nirits Gesicht erschien auf dem Flach-bildschirm. Sie informierte die Herren, dass sie ihnen die Aufzeichnung der beiden auf Englisch geführten Telefonate geschickt habe, inklusive der Kurzanalyse der KI.

»Bevor ihr euch jetzt die beiden Telefonate anhört«, begann Nirit, »habe ich noch eine KI-Info zum zweiten Telefonat von 12 Uhr 15. Ich denke, das ist wichtig. Der Mann, der angerufen wurde, heißt Mason Brookes. Er ist fünfunddreißig Jahre alt, unverheiratet und besitzt in Valletta einen Laden für Computerreparaturen. Die KI hat sein Bewegungsprofil der letzten sechs Monate analysiert. Dabei ergab sich, dass sich Ort und Zeit-punkt seines jeweiligen Aufenthalts exakt decken mit Morden in Beirut, Amman, Frankfurt, Mailand und Ciu-dad del Este.«

»Das heißt, dass wir es mit einem Auftragskiller zu tun haben«, schloss Halon.

»Ja, das ist äußerst wahrscheinlich, und vielleicht ist es derselbe Mann, der auch auf dich angesetzt war«, sagte Nirit.

Nachdem sich Ben-Zvi und die drei *katsas* die Tele-fonate angehört hatten, sagte der Chef der Opera-tionsabteilung: »Dafür brauche ich keine KI. Die Sache ist sonnenklar. Wie viele sichere Häuser haben wir in Genf?«

»Sieben«, erwiderte Halon.

»Du wirst einen zweiten *kidon* brauchen.«

200

»Dina?«

»Nein, Dina muss in Valletta bleiben. Zev muss dich unterstützen.« Ben-Zvi schaute Zev Yadlin an.

Der nickte bloß.

Nur wenige Geheimdienstler verstanden mehr von rascher Planung und schnellem Eingreifen als der Chef der Operationsabteilung.

»Rajavi fliegt also morgen früh in die Schweiz«, fuhr Ben-Zvi fort. »Der Auftragskiller fliegt heute Abend schon ein und soll Rajavi dort morgen liquidieren. Das heißt, Zev und Avi fliegen noch heute Abend nach Genf und werden die beiden morgen früh noch am Genfer Flughafen in Empfang nehmen. Unsere Observationsteams in Valletta bleiben so lange an Rajavi dran, bis er morgen früh durch die Passkontrolle gegangen ist. Danach gibt Aaron Dina grünes Licht, dass sie in Rajavis Apartment eindringen kann. Ihr zwei habt wie immer freie Hand. Das heißt, ihr prügelt so lange auf Rajavi und den Auftragskiller ein, bis sie euch alles erzählen. Bei der Planung eurer Fluchtrouten werdet ihr von unserem Satelliten und der KI unterstützt.«

»Was ist, wenn Rajavi mit seinem Leibwächter anreist?«

»Ich verlasse mich auf eure Kreativität. Noch irgendwelche Fragen?«

»Ich habe allmählich Hunger. Gehen wir rauf in die Kantine?«, fragte Halon.

Nach dem Mittagessen zogen sich Halon und Yadlin in einen separaten Besprechungsraum zurück, um den bevorstehenden Einsatz zu planen. Die Datenbanken am King Saul Boulevard lieferten in Sekunden, was sie für ihren Einsatz benötigten: Adressen und Pläne der sicheren Häuser in Genf, detaillierte Pläne des Genfer Flughafens sowie des gesamten Areals zwischen dem Flughafen und dem *Swissôtel*, Kontaktdaten und Tätigkeitsfelder der Genfer *sayanim*, Bereitstellung von Fahrzeugen mit gefälschten Nummernschildern, Entwurf mehrerer optimaler Fluchtrouten. Darüber hinaus mussten die Genfer *bodlim* umgehend dafür sorgen, dass die Kühlschränke in den sicheren Häusern gefüllt waren.

Ben-Zvi und Landau gingen zurück in die als Besprechungsraum genutzte Küche und nahmen dort wieder ihre alten Plätze ein. Ben-Zvi zündete sich eine Zigarette an und reichte die Schachtel und das Feuerzeug an den *katsa* weiter. »Du weißt, warum ich dich noch mal sprechen wollte?«, fragte er.

»Ich denke schon. Ich kenne dich seit dreißig Jahren, Aryeh. Du warst einer meiner besten Ausbilder, und ich weiß genau, wie du tickst. Du traust dem Vatikan absolut alles zu, und damit liegst du gar nicht mal so falsch. Aber da du dein ganzes Leben lang nur mit der Terrorabwehr und dem Schutz von Juden und Israelis auf der ganzen Welt beschäftigt warst, lief die hohe Politik immer an dir vorbei. Und der Vatikan *ist* hohe Politik.« Landau lehnte sich zurück und nahm einen tiefen Zug von seiner Zigarette. »Du weißt, dass ich als der für den Vatikan zuständige *katsa* nur an den *memuneh* und seine beiden Stellvertreter berichten darf und in Ausnahmefällen auch an die politische Abteilung, aber ich mache gern eine Ausnahme, wenn dich die Informationen weiterbringen.«

»Wir haben jede Menge Leute, weltweit, die mit Priestern und Nonnen zusammenarbeiten und sie regelmäßig aushorchen. Aber das reicht natürlich nicht. Unser eigentliches Ziel ist, immer Zugang zu jenen Informationen zu bekommen, die das vatikanische Staatssekretariat mit seinem mächtigen Apparat sammelt. Ich weiß, dass Ron diese Informationen regelmäßig von dir erhält, aber *ich* erhalte sie nicht. Den ganz groben Kurs der Franziskus-Kirche glaube ich verstanden zu haben, aber ich brauche echte Insiderinformationen. Und die hast nur du, Gideon.«

»Ich hoffe, dass ich sie habe.«

»Du hoffst es nur?«

»Nun, der Vatikan ist voller Lügner, Betrüger und Menschen, die sexuell unmoralisch sind. Es ist nicht leicht, dort jemanden zu rekrutieren, der einen mit wahren Informationen füttert.«

Ben-Zvi musste lachen. »Das erinnert mich an einen Satz, den ich mal von Ron hörte.«

»Was sagte er denn?«

»*Wenn es die Möglichkeit gäbe, die Bastarde in Rom wegen Zeitverschwendung dranzukriegen, wäre ich sofort mit von der Partie. Wir müssen jede Meldung überprüfen, die sie in die Medien lancieren.*«

Landau lachte nun ebenfalls. »Das stimmt zweifellos. Aber was einem wirklich den letzten Nerv raubt, ist die Art, wie sie dort arbeiten. Die haben alle Zeit der Welt. Daran werde ich mich niemals gewöhnen.«

»Keine Änderung unter Franziskus?«

»Änderungen im Kurs schon. Aber keine Änderung in der Arbeitsweise. Und die Machtkämpfe innerhalb der Kurie haben eher zu- statt abgenommen. Benedikt war von diesen Machtkämpfen völlig überfordert gewesen, jetzt muss Franziskus sie austragen.«

»Ist Benedikt wirklich nur wegen Überforderung abgetreten?«

»Nein. Benedikt war völlig isoliert. Das wusste er auch. Er dachte, dass sein Rücktritt das kleinere Übel wäre. Das größere Übel wäre ein Schisma innerhalb der Kirche. Und das wollte er unter allen Umständen verhindern. Er hat sich sozusagen geopfert. Dabei ist ein Schisma unter dem neuen Kurs von Franziskus viel wahrscheinlicher geworden.«

»Erkläre es mir.«

»Traditionalisten gegen Reformer.«

»War das nicht immer schon so?«

»Ja, schon, aber nicht in dieser krassen Form. Franziskus ist der höchste Freimaurer im Vatikan. Es geht ihm nicht um ein paar kleine Reformen, es geht ihm um eine völlig neue Kirche. Wenn er sich gegen die Traditionalisten durchsetzt, wird das Spirituelle völlig verschwinden. Was ihm vorschwebt, ist eine humanistische Organisation, mit anderen Worten eine NGO. Die Freimaurerwerte Menschlichkeit, Brüderlichkeit, Toleranz, Friedensliebe und soziale Gerechtigkeit werden die Werte der neuen Franziskus-Kirche.«

»Wie alt ist er eigentlich?«

»Zweiundachtzig.«

»Dann wird er es ja nicht mehr allzu lange machen.«

»Er hat mit entsprechenden Weichenstellungen vorgesorgt. Mit seiner Auswahl der neuen Kardinäle nimmt er Einfluss auf die Zukunft der Kirche. Er stärkt die Gruppe der Kirchenmänner, für die die römische Kurie nicht der Nabel der katholischen Welt ist. Für das Konklave, das den nächsten Papst bestimmt, zeichnet sich damit immer mehr ein Wahlgremium *made by Franziskus* ab. Offiziell gilt im Vatikan zwar die Linie: mit Kardinalskreierungen wird keine Kirchenpolitik betrieben. De facto aber werden mit jeder Ernennung die Kräfteverhältnisse unter den wahlberechtigten Kardinälen neu justiert, und damit wird potentiell der Ausgang des nächsten Konklaves beeinflusst. Und diesmal könnte es da besonders hart zugehen. Das nächste Konklave wird bereits im Vorfeld ein Kampf mit harten Bandagen sein zwischen der konservativen Front und denjenigen, die die Linie der Reformen fortsetzen wollen. Mit den neuen Kardinalsernennungen steigt die Zahl der künftigen Papstwähler auf 128. Mehr als die Hälfte von ihnen, nämlich 76, ist dann von Franziskus ernannt.«

»Es sei denn, die aktuelle Sterbewelle unter den progressiven Kardinälen geht weiter.«

»Das stimmt natürlich. Aber noch betrachte ich das alles als Zufall.«

»Wie sieht es mit antisemitischen Tendenzen aktuell in der Kirche aus?«

Landau blies einen großen Rauchkringel in die Luft und dachte nach. »Die Geschichte des Antisemitismus ist lang, und die Rolle der Kirche bei seiner Aufrechterhaltung ist unbestreitbar – von der Diaspora über die Gründung des Staates Israel bis zum heutigen Tag. Die Gründung des Staates Israel schuf allerdings eine neue Realität, in der das Judentum die Mehrheitsreligion und das Christentum zu einer Randgruppe wurde. Die Staatsgründung demonstrierte die Vitalität des Judentums und forderte dadurch natürlich die traditionellen christlichen Behauptungen heraus, dass das andauernde Exil des jüdischen Volkes ein Beweis für seine Bestrafung durch Gott sei, weil es versäumt habe, Jesus als den Messias zu akzeptieren. Die Kirche hat Recht, wenn sie ihre Rolle bei der Ausbreitung des Hasses anerkennt, aber um dessen heutige Ausbreitung wirksam zu bekämpfen, muss sich die Kirche mit ihrem aktuellen antizionistischen Narrativ auseinandersetzen. Der von der Kirche gewählte Weg des sozialen Aktivismus ist ihr Vorrecht, aber der Weg, den sie gewählt hat, diktiert leider einen pro-palästinensischen, antizionistischen Standpunkt, der den Kampf gegen antijüdische Gefühle behindern könnte. Ich habe hier in den letzten Jahren ein ziemlich umfassendes Informantennetz aufgebaut, das nicht nur das vatikanische Staatssekretariat, sondern jede Kongregation erfasst. Deshalb weiß ich schon ziemlich genau, wohin die Kirche steuert.«

»Wer ist dein Hauptinformant?«

»Kardinal Stefano Di Maggi. Ein sehr intelligenter, humorvoller und gebildeter Mann. Er wurde erst vor kurzem von Franziskus kaltgestellt.«

»Weil er ihm zu konservativ war?«

»Klar. Franziskus stellt jeden kalt, der seinen Kurs kritisiert.«

Ben-Zvi zündete sich eine weitere Zigarette an und reichte auch Landau eine. Während er seine nächste

Frage überlegte, kam Landau ihm zuvor: »Darf ich dir jetzt mal eine Frage stellen, Aryeh?«

»Bitte.«

»Wird es Krieg geben mit dem Iran?«

Ben-Zvi war von diesem abrupten Themenwechsel völlig überrascht. »Wir und *zahal* sind auf jedes Szenario vorbereitet, aber solange Trump Präsident ist, wird nichts passieren.«

»Im nächsten Jahr sind Wahlen in den USA. Wie schätzt du seine Chancen ein?«

»Trump ist der beliebteste und erfolgreichste Präsident aller Zeiten. Das Gros der Amerikaner weiß das auch. Wenn er sich bis zum Wahltag im November 2020 keine wirklich groben Schnitzer leistet, wird er auch wiedergewählt.«

»Und falls nicht, haben wir ein kleines Problem, denn die Demokraten haben sich nie für den Nahen Osten interessiert.«

Ben-Zvi lachte. »Nicht *wir* haben dann ein Problem, sondern die Welt hat dann ein Problem. Und zwar ein ziemlich großes. Denn der Nahe Osten hat etwas ganz Besonderes an sich: Wenn man nicht zum Nahen Osten kommt, kommt der Nahe Osten zu einem. Also hoffen wir mal, dass Trump zwei Amtszeiten macht.«

»Wann wurde er eigentlich ausgewählt?«

»Keine Ahnung, wie viele Jahre das schon her ist. Auf jeden Fall vor 2012. Damals entschied ein kleiner Kreis von sehr mächtigen Männern, dass Trump möglicherweise ein Kandidat für das Präsidentenamt wäre. Sie schickten einen ihrer besten Unterhändler, einen überzeugten Zionisten, nach New York zu einem Treffen mit ihm. Der Unterhändler sagte nur einen einzigen Satz: ›*Wir werden Ihre Rechnungen bezahlen, wenn Sie uns die Kontrolle über Ihre Nahostpolitik einräumen*‹. Und Trump reagierte natürlich genau so, wie man ihn eingeschätzt hatte. Er sagte: ›*Ich verspreche Ihnen, Israel alle mögliche Unterstützung zu geben*‹. Daraufhin erhielt er erst mal einen großen Scheck für seine Bewerbungskampagne, gleichzeitig stellte man ihm weitere Zuwendungen in Aussicht.«

»Und was ist, wenn die Demokraten die Präsidentschaftswahlen fälschen? Wäre ja schließlich nicht das erste Mal. Jeder weiß, dass die Wahlen von 2012 gefälscht wurden. Der tatsächlich Sieger war damals Mitt Romney von den Republikanern.«

»Stimmt, und soviel ich weiß, entschied sich Trump noch in der Wahlnacht, in der Mitt Romney gegen Barack Obama verlor, für die Wahlen 2016 zu kandidieren. Also, um deine Frage zu beantworten: Wenn Trump die Wahlen im nächsten Jahr verliert, ist der Nordkrieg, also der Krieg mit Iran, Libanon und Syrien, keine Frage mehr des Ob, sondern nur noch des Wann. Aber bis es soweit ist, tun wir alles, um unseren größten Feind auf allen Ebenen zu schwächen. Leider glaubt der Ministerpräsident, der Mossad sollte in letzter Instanz von seinem Büro aus gesteuert werden. Du weißt, dass das niemals funktionieren könnte. Wir tun lautlos das, was getan werden muss, auch ohne ihn jedes Mal über jede einzelne Operation zu informieren. Neulich hat er zu Ron gesagt: ›*Eine Sache, die ich an der Organisation und an dir, Ron, im Besonderen bewundere, ist die ständige Bereitschaft, die Initiative zu ergreifen und den Stier bei den Hörnern zu packen, wobei der Stier den Iran meint. Als ich dir sagte, dass es deine oberste Mission sei, das Rennen des Irans um eine Atombombe mit allen Mitteln zu blockieren und aufzuhalten, habe ich dich gedrängt und du hast den Vorstoß fortgesetzt‹.«*

»Und was hat der *memuneh* ihm geantwortet?«

»Er hat schlicht und ergreifend die Wahrheit gesagt: *›Ich kann nicht alles verraten, was wir tun, um der Drohung des Ayatollah-Regimes, uns zu vernichten, entgegenzuwirken. Es ist besser, die Angelegenheiten der verdeckten Welt im Schatten zu lassen‹.«*

Landau lachte. »Sehr gute Antwort.«

»Wobei man sich natürlich immer vor Augen halten muss, dass das für Ron ein Tanz auf dem Drahtseil ist«, fuhr Ben-Zvi fort. »Auf der einen Seite muss er ein guter *memuneh* sein, auf der anderen Seite muss er ein guter Freund des Premierministers sein, dem er schließlich seinen Job verdankt.«

»Das sehe ich genauso. Kein Geheimdienst der Welt darf einen Politiker restlos über alles informieren, was seine Leute tun. Dadurch brächte er sich nur selbst in Gefahr.«

»Genau! Und ich sage dir noch was. Der einzige Grund, weshalb wir so extrem erfolgreich und deutlich effektiver als andere Dienste sind, ist dieses ganz bestimmte Gefühl, das es nur im Mossad gibt und das man nur schwer mit Worten beschreiben kann. Es ist dieses Gefühl, dass man alles tun kann, was man will, mit wem auch immer und wie lange auch immer, weil man die Macht dazu hat. Wir haben Recht, also ist es Recht, wie auch immer es aussieht. Dazu gehören die bewusste Desinformation von Politikern und die Rechtfertigung jeglicher Form von Gewalt und Unmenschlichkeit. Und wer das anders sieht, hat im Mossad nichts verloren. Wir wissen, was tatsächlich in der Welt passiert. Wir wissen von den ungeheuerlichen Verbrechen, die überall begangen werden. Egal ob in New York, in Rabat oder in Dhaka. Aber wir haben nur eine einzige Aufgabe: Juden und Israelis überall auf der Welt zu schützen. Egal wie. Dafür reichen diplomatische Initiativen, obwohl sie natürlich auch sehr wichtig sind, nicht aus. Um dieser Aufgabe wirksam nachzukommen, muss einem jedes Mittel recht sein. Wenn alle in einem Netzwerk von Korruption hängen, bedienen wir uns, aber ohne uns direkt daran zu beteiligen. Jede Nation schafft sich den Geheimdienst, den sie braucht. Wir setzen unsere Aktionen mit dem Überleben des Landes gleich. Das ist es, was uns von anderen Geheimdiensten unterscheidet. Neunzig Prozent meiner Arbeitszeit gehen drauf für die Operationen, die wir aktuell im Iran laufen haben. Dass ich heute hier in Rom mit dir zusammensitze, Gideon, ist ein Luxus, den ich mir eigentlich gar nicht leisten kann. Den Grund kennst du: Yonah ist einer meiner engsten Freunde.«

»Jeder im Büro weiß das, Aryeh. Ich erinnere mich auch noch gut an die Unterrichtseinheiten, die ich vor fast dreißig Jahren bei ihm erhalten habe. Kann ich bitte noch eine Zigarette haben?«

Ben-Zvi reichte ihm die Schachtel wortlos.

»Danke.« Landau zündete sich eine weitere Zigarette

an. Dann sagte er: »Du erwähntest gerade unsere Initiativen auf diplomatischem Gebiet.«

»Nun ja, die diplomatischen Initiativen sind Rons Sache, nicht meine, und seine Pläne bespricht er ausschließlich mit dem Ministerpräsidenten. Ich erfahre nur einen Bruchteil. Dreh- und Angelpunkt ist natürlich Saudi-Arabien, denn wenn die Saudis mit im Boot sind, öffnet uns das die Tore zu den anderen sunnitischen Staaten. Du kennst die arabische Mentalität. Sie sind stolz, doppelzüngig und immer sofort gekränkt und gedemütigt. Aber letzten Endes ist es völlig egal, was uns von unseren arabischen Nachbarn unterscheidet – wenn es um den Iran geht, stehen wir alle auf derselben Seite, denn es ist einfach keine größere Gefahr denkbar als die Verbindung von militantem Islam mit Nuklearwaffen. Die Saudis haben das auch begriffen. Und seit dem Besuch des saudischen Kronprinzen in Tel Aviv im September 2017 läuft es eigentlich recht gut für uns. Der Kronprinz hat uns sozusagen den Weg geebnet. Sein Besuch bei uns war ein großer Sprung nach vorn, und jetzt, fast zwei Jahre später, kommt richtig Schwung in die Sache. Rons Plan bestand von Anfang an darin, zuerst die Saudis zu überzeugen und erst dann die anderen Länder mit ins Boot zu holen, damit es sich wie eine Welle aufbauen würde. Wobei wir natürlich nicht vergessen dürfen, dass Ron nicht der erste *memuneh* ist, der sich mit der höheren Diplomatie befasste. Schließlich waren *wir* es, die seinerzeit den Friedensvertrag zwischen Ägypten und Israel ausgehandelt haben und nicht das Außenministerium. Meir Dagan hat ebenfalls viel diplomatische Vorarbeit zwischen uns und den arabischen Staaten geleistet. Wir machen so lange weiter, bis es auch der Letzte begriffen hat: Der gemeinsame Feind heißt Iran.«

»Weißt du zufällig, wie weit die mit ihrer Urananreicherung sind?«

»Die Anlage in Natanz ist gerade dabei, den Reinheitsgrad des Urans auf über sechzig Prozent zu steigern. Das ist nahe genug an dem Waffengrad, um geschätzte drei oder fünf Atomsprengköpfe zu betreiben. Es ist uns zwar gelungen, ihr Rennen um eine Atomwaffe an mehreren Punkten deutlich zu verlangsamen, dennoch erholen sie sich immer wieder und kommen ihrem Ziel immer näher. Aber es geht ja nicht nur um die Urananreicherung. Es geht um den Schattenkrieg, in den uns das Ayatollah-Regime gezwungen hat, ein Krieg, der gerade an vielen verschiedenen Orten gleichzeitig stattfindet: in den Gewässern rund um die Straße von Hormuz, auf der arabischen Halbinsel und am Suezkanal, in Syrien, im Libanon und natürlich im Iran selbst. Für uns geht es vor allem um drei Dinge: zu verhindern, dass der Iran die internationalen Sanktionen umgeht und Öl verkauft beziehungsweise an seine Verbündeten liefert. Zu verhindern, dass der Iran die Hisbollah im Libanon aufrüstet und sich in Syrien festsetzt, um das Land zu einem weiteren Aufmarschgebiet für seine Vernichtungspläne zu machen. Und zu verhindern, dass der Iran sein Atomprogramm weitertreiben und an der Entwicklung einer Atombombe arbeiten kann, sei es durch Anschläge auf Atomwissenschaftler, sei es durch Angriffe auf Atomanlagen. Einer der größten Fehler des *Gemein-*

samen Umfassenden Aktionsplans von 2015 war, dass er das iranische Atomprogramm lediglich verzögerte, anstatt es zu stoppen. Ein weiterer Nachteil ist, dass er den Iran mit einer Finanzspritze belohnte, die nicht für die Linderung der wirtschaftlichen Not im eigenen Land, sondern für die Bewaffnung und Mobilisierung der vom Iran gesponserten Terrororganisationen auf der ganzen Welt verwendet wurde.«

»In erster Linie für die Bewaffnung der Hisbollah.«

»Natürlich. Die Hisbollah und die vom Iran unterstützten Milizen bauen ja schließlich keine Bildungseinrichtungen in der Region. Sie errichten auch keine Bibliotheken oder Bücherregale, die mit intellektuellen Inhalten gefüllt sind. Das Einzige, was sie tun, ist ihre Kassen mit Geld zu füllen, das sie zuvor aus den Ländern gestohlen haben, die sie in den Ruin getrieben haben, wie den Irak, Syrien, den Libanon und den Jemen. Und das gestohlene Geld ersetzen sie dann durch Munition, die zur Destabilisierung eingesetzt wird, und durch Waffen, die zum Morden verwendet werden.«

»Und genau deshalb brauchen wir den *memuneh* für eine zweite Amtszeit. Ich bin mir sicher, dass er nach unserem Coup vom 31. Januar 2018, wo wir in einer Nacht- und Nebelaktion das gesamte iranische Atomarchiv geklaut haben, einen Status beim Ministerpräsidenten hat, wie ihn noch kein *memuneh* vor ihm hatte. Ich gehe fest davon aus, dass er eine zweite Amtszeit bekommt.«

»Meines Erachtens war es ein großer Fehler, der Weltöffentlichkeit mitzuteilen, dass wir in jener Nacht tatsächlich das gesamte iranische Atomarchiv geklaut hatten. Es hätte vollkommen gereicht, wenn wir diese Information nur mit der CIA oder dem MI6 geteilt hätten. Aber Bibi wollte unbedingt, dass es die ganze Welt erfährt. Leider weiß es der Iran jetzt auch. Und was Rons zweite Amtszeit betrifft: Da bin ich mir absolut nicht sicher.«

»Wieso?«

»Aus eben jenen Gründen, die ich dir gerade genannt habe. Ron ist derjenige, der die eigentliche israelische Außenpolitik macht. Trotz der vielen Differenzen, die wir mit den arabischen Staaten haben, zieht er einen arabischen Staat nach dem anderen auf unsere Seite. Er macht ihren Regierungen klar, dass wir alle denselben Feind haben, den Iran. Und das macht er deutlich professioneller als unser Ministerpräsident. Du weißt, dass Bibi es nicht ertragen kann, wenn der Stern eines Anderen heller leuchtet als sein eigener. Bibi weiß auch, dass Ron eigentlich für Höheres berufen ist. Das weiß er spätestens seit Rons Rede auf der Herzliya Konferenz vor drei Wochen. Deshalb halte ich es für ziemlich wahrscheinlich, dass er Rons Amtszeit 2021 beenden wird.«

»Du machst Witze, Aryeh. Und wer soll sein Nachfolger werden?«

Ben-Zvi lachte. »Derjenige, der am wenigsten mit Bibi streitet.«

Die Tür wurde aufgerissen.

Halon und Yadlin traten ein.

»Das nächste Mal klopft ihr an«, sagte Ben-Zvi, ohne sich zu ihnen umzudrehen.

»Zev und ich haben alles geklärt«, sagte Halon. »Unser Flug geht in einer Stunde. Wir wollen uns nur verabschieden.«

Ben-Zvi erhob seinen massigen Körper und reichte seinen *katsas* zum Abschied die Hand. »*Mazal tov!*«

***

Genf – Mason Brookes hatte sich für den Flug nach Genf für den späten Nachmittag entschieden, weil er unbedingt vor Einbruch der Dunkelheit im *Swissôtel* sein wollte. Direkt nach der Landung ging er zum Sixt-Schalter und zeigte der gutaussehenden Blondine hinter dem Tresen seine Ausweise. Die junge Dame kontrollierte seine Papiere sorgfältig und händigte ihm dann den Vertrag für eine Mercedes-Maybach S560 Limousine aus.

»Ihr Fahrzeug steht auf Parkdeck D 101«, sagte sie. »Das Navigationsgerät wurde bereits mit allen Adressen, die Sie in Genf benötigen, programmiert. Ich wünsche Ihnen eine gute Fahrt!«

Der Computerdoktor faltete den Vertrag sorgfältig zusammen und ließ ihn dann in der linken Seitentasche seines Jacketts verschwinden. Er bedankte sich und machte sich auf den Weg zu seinem Mietfahrzeug auf Parkdeck D.

Als er auf dem weichen Ledersitz in der Luxuskarosse Platz nahm, atmete er einmal tief durch. Das Fahrzeug, mit dem er die Zielperson morgen früh vom Flughafen abholen würde, strahlte Macht, Eleganz und Reichtum aus. Am liebsten hätte er jetzt unter dem

Beifahrersitz nachgesehen, um zu prüfen, ob sich das Werkzeug, das er für die morgige Reparatur benötigen würde, auch tatsächlich im Erste-Hilfe-Kasten befand. Aber er wollte keine unnötigen Risiken eingehen. Die Parkdecks des Genfer Flughafens waren mit Kameras geradezu zugekleistert. Deshalb entschied er, die Inspektion des Werkzeugs erst später vorzunehmen.

Er startete den Wagen. Der warme, geradezu erhabene Wohlklang des Motors überraschte ihn. Gleichzeitig meldete sich das Navigationsgerät mit einer sanften Frauenstimme: *Swissôtel*.

Er verließ das Parkhaus.

Die Frauenstimme führte ihn zielsicher auf die E25 und sagte ihm, dass er nach sechshundert Metern auf die *Route de Meyrin* abbiegen müsse.

Mason hielt sich exakt an die Geschwindigkeitsbegrenzung.

Wie aus dem Nichts tauchte plötzlich ein gelbblaues Fahrzeug mit Blaulicht hinter ihm auf.

Die Schweizer Kantonspolizei. Die hat mir gerade noch gefehlt.

Mason verlangsamte sein Tempo und fuhr an den rechten Seitenstreifen, wo er das Fahrzeug schließlich zum Stehen brachte.

Der Mercedes der Schweizer Kantonspolizei hielt mit zehn Metern Abstand hinter ihm. Zwei uniformierte Beamte stiegen aus und näherten sich langsam seiner Limousine.

Mason ließ die Scheibe an der Fahrerseite herunter.

Ein junger Beamter baute sich neben ihm auf und hielt eine Bananenschale hoch. In französischer Sprache, aber mit einem deutlichen Schweizer Akzent, fragte er: »Entschuldigen Sie, ist das Ihre Bananenschale?«

»Ich verstehe leider kein Französisch, Monsieur«, sagte Mason auf Englisch.

Der Beamte wiederholte seine Frage auf Englisch.

»Nein, das ist nicht meine Bananenschale«, antwortete Mason wahrheitsgemäß. »Wie kommen Sie darauf?«

»Wir haben beobachtet, wie Sie die Bananenschale aus dem Fenster geworfen haben. Ihre Papiere bitte.«

»Ich schwöre Ihnen, dass ich keine Bananenschale aus dem Fenster geworfen habe.«

»Mein Kollege ist Zeuge.« Der Beamte nickte in die Richtung seines älteren Kollegen, der neben der Beifahrertür stand.

Als Mason seinen Kopf leicht senkte, um in die Richtung der Beifahrerseite zu schauen, verpasste Yadlin ihm einen brutalen Schlag gegen die linke Schläfe. Mason verlor auf der Stelle das Bewusstsein. Sein Kopf fiel dumpf aufs Lenkrad.

***

Von den sieben sicheren Häusern, die der Mossad im Großraum Genf besaß, lag eines außerhalb der Stadt. Es war hinter hohen Mauern verborgen. Niemand, der zufällig an dem abgelegenen Haus vorbeifuhr, sah auch nur eine Spur von dem Mercedes-Maybach oder dem Fahrzeug der Schweizer Kantonspolizei.

Der Computerdoktor fand sich auf einem Stuhl gefesselt in einem halbdunklen Raum wieder. Sein ganzer Körper schmerzte. Die Plastikfesseln, mit denen er an Händen und Füßen gefesselt war, erlaubten ihm nicht den geringsten Spielraum. Halon hatte sie sehr stramm gezogen, so dass sie das Blut abschnürten und ziemliche Schmerzen verursachten.

Das Erste, was Mason realisierte, war seine völlige Nacktheit. Dann erkannte er das Gesicht des Mannes mit der furchteinflößenden Gesichtsnarbe wieder. Der Mann stand direkt vor ihm und rauchte. Seine Polizeiuniform hatte er gegen zivile Kleidung getauscht. Das war eindeutig der Mann, den er vor drei Tagen hatte töten sollen. Wahrscheinlich war er vom Mossad. Den jüngeren Mann hatte er noch nie gesehen. Möglicherweise war dies der Mann, der wie aus dem Nichts auf dem zweiten Motorrad aufgetaucht war und ihm die Schusswunde beigebracht hatte. Schon eine kleine Bewegung ließ seine verwundete Schulter brennend pulsieren.

Als Halon merkte, dass der Mann sein Bewusstsein wiedererlangte, stülpte er ihm einen Jutesack über den Kopf. Ein winziges Mikrofon würde den Inhalt des nun folgenden Verhörs direkt nach Rom übertragen, wo es von Ben-Zvi und Gideon Landau mitverfolgt würde.

»Jetzt fühlst du dich wohl, nicht wahr?«, machte sich Halon über den nackten, gefesselten und blinden Mann lustig. »Jetzt können wir anfangen zu reden.«

Mason reagierte nicht.

»Dein Name?«, fragte Halon.

»Mason Brookes.«

»Wie alt bist du?«

»Fünfunddreißig.«

»Wo wohnst du?«

»In Valletta, Malta.«

»Was machst du beruflich?«

»Ich repariere Computer.«

»Auch in Genf?«

Masons Redefluss setzte für einen Moment aus, weil er sich eine Lüge überlegen wollte. Dafür erhielt er von Halon umgehend einen Schlag in den Magen. Er stöhnte vor Schmerzen, und die Rasierklingen an seinen Handfesseln schnitten sich ruckartig in seine Haut.

Halon riss ihm wütend den Jutesack vom Kopf.

Mason blickte jetzt direkt in das Messer, dass der *katsa* in der Hand hielt.

Halon sah die Panik in Masons Augen. »Ich schwöre dir, ich schneide dir die Eier ab, wenn du mich anlügst.« Dann stülpte er ihm den Sack erneut über den Kopf. »Du bist nach Genf geflogen, um einen iranischen Diplomaten umzulegen.«

Mason nickte.

»Ich habe dich nicht verstanden!«, brüllte Halon. *»Ja oder nein?«*

»Ja.«

»Der Iraner ist nicht der Erste auf deiner Liste. Die Morde in Beirut, Amman, Frankfurt, Mailand und Ciudad del Este gehen ebenfalls auf dein Konto.«

»Ja.«

»Und ich stehe ebenfalls auf deiner Liste.«

»Ja.«

»Ebenso Christopher Morris in Valletta.«

»Wer soll das sein? Den Namen habe ich noch nie gehört.«

»Das war ein Priester.«

»Damit habe ich nichts zu tun.«

»Und Alfons Zwinger. Ebenfalls Priester.«

»Kenne ich auch nicht.«

Halon trat zur Seite, um seine Zigarette im Aschenbecher auszudrücken. Die Antworten des Auftragskillers waren bis jetzt glaubhaft. Mason Brookes mordete ausschließlich mit der Pistole. Christopher Morris hingegen war mit einer Plastiktüte erstickt worden. Und Alfons Zwinger hatte man direkt vor ein mit hoher Geschwindigkeit heranbrausendes Fahrzeug geworfen.

»Für wen arbeitest du?«, fragte er. »Wer bezahlt dich?«

Mason wusste, dass er diesen Raum nicht lebend verlassen würde. Er entschied sich, dem Israeli alles zu erzählen, was er wissen wollte. Hauptsache, es würden ihm keine weiteren Schmerzen zugefügt.

»Mein Auftraggeber lebt in Genf«, stöhnte er. »Er ist sehr reich, sehr einflussreich. Für mich ist er nur ›der Schwarze Monarch‹ oder ›der Mann aus Genf‹. Seinen wahren Namen kenne ich nicht. Wenn ich einen Auftrag zu erledigen habe, erhalte ich einige Tage vorher ein kurzes Dossier über die Zielperson. Ich studiere es, einige mich mit dem Schwarzen Monarchen über mein Honorar und die Spesen und mache mich dann an die Arbeit.«

»Was hast du mit dem Bombenanschlag auf das *Institut* zu tun?«

»Ich war nur Beobachter. Eine Woche vor dem Anschlag ließ mir der Schwarze Monarch ein Foto des Mannes zukommen, der später bei dem Anschlag schwer verletzt wurde. Ich sollte diesen Mann eine Woche lang unauffällig beschatten und mir sein Bewegungsmuster notieren. Am Tag vor dem Anschlag rief mich der Schwarze Monarch erneut an. Er befahl mir, mich am nächsten Tag um Punkt zehn Uhr zum Ende der *Magdalene Lane* zu begeben und das Institut zu beobachten. Nur beobachten. Sonst nichts. Ich sollte warten, bis ein UPS-Wagen vorfahren und ein Paket für das Institut abgeben würde. Danach sollte ich mich sofort entfernen. In den ersten zehn Minuten passierte gar nichts. Dann fuhr ein schwarzer Fiat vor. Zwei Geistliche stiegen aus, klingelten und wurden kurz darauf eingelassen. Der Fiat fuhr weiter. Gegen zwanzig nach zehn fuhr der braune UPS-Wagen vor. Der Fahrer stieg aus, öffnete die Heckklappe, holte ein Paket aus dem Wagen und gab es im Institut ab. Wenig später ging der Fahrer zu seinem Fahrzeug zurück und fuhr wieder weg. Daraufhin entfernte ich mich ebenfalls. Kurz darauf hörte ich diese fürchterliche Explosion.«

»Das war alles?«

»Das war absolut alles. Anschließend rief ich den Schwarzen Monarchen an und berichtete ihm. Ich schwöre, dass dies die Wahrheit ist. Mehr weiß ich nicht.«

»Weißt du, wer den Anschlag geplant hat?«

»Nein. Aber es ist doch offensichtlich, dass ihn der Schwarze Monarch in Auftrag gegeben hat.«

»Weißt du, wie der Sprengstoff in das Institut gelangt ist?«

»Nein.«

»Was sagt dir der Name Bartholomé de Valloton?«

»Der Name sagt mir nichts.«

Halon und Yadlin zogen sich zur Beratung in einen benachbarten Raum zurück. Sie unterhielten sich auf Hebräisch, was Mason nicht verstand. Fünf Minuten später hatten sie einen Entschluss gefasst.

Halon griff nach seinem Handy und rief Ben-Zvi in Rom an. »Hast du alles mitgehört?«, fragte er.

»*Ja.*«

»Was hältst du von dem Mann?«

»*Der Mann sagt die Wahrheit*«, sagte Ben-Zvi. »*Schickt ihn in eine bessere Welt.*«

»Okay. Bis später. Ich rufe jetzt Dina an.«

Dina nahm seinen Anruf sofort entgegen.

»*Shalom, Avi.*«

»Shalom, Dina. Was gibt's Neues?«

»*Die Observationsteams überwachen Rajavi rund um die Uhr. Bis jetzt nichts Auffälliges. Sobald er morgen früh durch die Passkontrolle gegangen ist, schaue ich mir sein Apartment mal etwas genauer an. Noch bevor er in Genf gelandet ist, hast du von mir die aktuellsten Infos.*«

»Danke.«

Halon erhob sich und ging zurück in den Raum mit dem Gefangenen. Er zog ihm den Jutesack vom Kopf und durchtrennte seine Plastikfesseln.

Der Nackte sah den *katsa* ungläubig an.

»Zieh dich an!«, befahl Halon.

Mason erhob sich mit schmerzverzerrtem Gesicht von seinem Stuhl. Er raffte seine Sachen zusammen und kleidete sich an. Als er damit fertig war, schaute er Halon unsicher an.

»Fahr zu deinem Hotel«, sagte dieser. »Mein Kollege öffnet dir das Tor.«

»Sie lassen mich frei?« Er konnte immer noch nicht an seine wiedergewonnene Freiheit glauben.

»Verpiss dich. Und komm mir nicht noch einmal unter die Augen.«

Yadlin begleitete den Computerdoktor nach draußen. Er wartete, bis er in die Limousine gestiegen war und den Startknopf gedrückt hatte. Das elektronische Tor glitt lautlos zur Seite, und der Wagen verließ das Grundstück. Yadlin sah dem schwarzen Mercedes-Maybach noch eine Minute hinterher, dann schloss er das Tor und ging ins sichere Haus zurück.

Nach weiteren vier Minuten erschien ein riesiger Feuerball am Himmel. Eine schwere Explosion erschütterte die abendliche Stille. Yadlin hatte noch in der Nacht den Wagen so programmiert, dass die Bombe, die er unter dem Fahrersitz angebracht hatte, fünf Minuten nach dem Starten des Wagens explodierte.

Wenig später hörte man aus der Ferne Polizeisirenen.

Yadlin ging in die Küche, öffnete den Kühlschrank und entnahm ihm eine Dose Heineken. »Willst du auch ein Bier?«, rief er zu Halon hinüber, der im Wohnzimmer saß und die Liste mit den Genfer *sayanim* studierte.

»Auch gerne zwei«, kam es zurück.

Yadlin ging mit vier Bierdosen ins Wohnzimmer und setzte sich zu Halon an den Tisch.

»Hier. Das ist unser Mann«, sagte Halon. »Yves Eisenberg. Er hat eine Autovermietung.«

»Frag ihn aber auch, ob er so etwas wie eine Chauffeuruniform inklusive Schirmmütze hat.«

Halon wählte die Nummer der Autovermietung.

Kurz darauf hatte er den *sayan* in der Leitung.

»*Eine Chauffeuruniform habe ich nicht*«, sagte der Mann am anderen Ende der Leitung. »*Auch keine Schirmmütze, aber ich weiß, wo ich Ihnen die Sachen besorgen kann. Es wäre vielleicht ganz sinnvoll, wenn Sie mir noch Ihre Körpermaße durchgäben.*«

»Eins fünfundachtzig«, sagte Yadlin, der das Telefonat mitverfolgte. »Breite Schultern. Durchtrainiert.«

»*Ist notiert. Ich kümmere mich darum. In zirka einer Stunde haben Sie sowohl den Bentley als auch die passende Uniform.*«

Luis Salandri, der Schwarze Monarch, verspürte eine leichte Unruhe, nachdem er vergeblich mehrere Versuche unternommen hatte, den Computerdoktor zu erreichen. Und nachdem ihm sein Kontakt im *Swissôtel* diskret versichert hatte, dass der Gast noch immer nicht eingecheckt hatte, befürchtete er das Schlimmste. Er rief nach seinem Sekretär, Gaspar Fournier.

Der dreiunddreißigjährige Fournier, der seinem Herrn nicht nur als Sekretär, sondern auch als Leibwächter diente, stand wenig später in der Tür zum großen Salon.

»Sie wünschen, Monsieur?«

»Packen Sie mir unverzüglich meinen Koffer, Gaspar. Und buchen Sie mir die nächste Maschine nach Shanghai. Ich habe einen wichtigen Geschäftstermin.«

»Sehr wohl, Monsieur.«

»Noch was. Holen Sie mir das Zweithandy, das ich noch nie benutzt habe, aus dem Safe. Und *dieses* Handy«, er reichte ihm sein Mobiltelefon, »schließen Sie weg. Ich werde eine Zeitlang nicht erreichbar sein.«

***

Valletta – Freitag, 26. Juli. Dina saß gerade im sicheren Haus bei ihrer dritten Tasse Kaffee, als sie um 5.40 Uhr einen Anruf von Aaron erhielt. Der Observationsagent meldete, dass Reza Rajavi soeben die Passkontrolle am Genfer Flughafen passiert hatte.

»Fliegt er allein oder mit seinem Leibwächter?«, fragte Dina.

»Das kann ich dir nicht mit Sicherheit sagen. In seiner unmittelbaren Nähe haben wir keinen zweiten Mann entdeckt, aber das heißt ja nichts. Avi und Zev sollten auf jeden Fall mit einem zweiten Mann rechnen. Am Flugplan hat sich bis jetzt nichts geändert. Die Maschine startet um 6 Uhr 05. Die voraussichtliche Ankunftszeit in Genf ist 8 Uhr 20.«

»Danke. Dann fährst du jetzt mit Meira zur *Knight Street 143*, um mir dort Sichtschutz zu geben. Ich mache mich gleich mit Liam auf den Weg. Liam wird mich rund zweihundert Meter von der Zieladresse entfernt absetzen. Ich gehe dann zu Fuß weiter.«

Dina holte ein zweigeteiltes schlankes Werkzeug aus ihrem Rucksack und ging vor dem Schloss in die Hocke. Ein brauner Lieferwagen mit Aaron und Meira an Bord, der erst vor fünfzehn Minuten in eine freigewordene Parklücke gestoßen war, schützte sie vor Blicken von der Straße.

Binnen fünfzehn Sekunden war das Schloss offen.

Dina drückte die Tür auf und blickte ins Innere des Hauses. Vor ihr lag ein kurzer Gang, der zum Foyer des Gebäudes führte. Sie trat ins Foyer hinaus, hielt kurz inne und hastete dann die Treppe zum dritten Stock hinauf. Sie drückte ihr Ohr ans Holz. Im Innern des Apartments war es still. Sie holte ein Gerät aus ihrem Rucksack und führte es langsam die Türkanten entlang. Das grün blinkende Signallämpchen zeigte an, dass das Apartment über kein elektronisches Sicherheitssystem verfügte.

Dina verstaute das Gerät wieder und steckte einen altmodischen Dietrich in das Zylinderschloss. Mit den Fingerspitzen registrierte sie winzige Veränderungen in Druck und Spannung.

Endlich gab der letzte Sicherungsstift nach. Dina stieß die Tür auf, schlüpfte hinein und schloss sie lautlos hinter sich. Dann verriegelte sie die Tür von innen. Als sie sich wieder umdrehte, blickte sie in den mit einem Schalldämpfer versehenen Lauf einer Pistole.

Während sie langsam die Hände hob, überlegte sie, was sie machen konnte. Rajavis Bodyguard stand auf einem persischen Läufer. Dina schätzte sein Gewicht ein und die Kraft und die Geschwindigkeit, die sie benötigen würde. Wenn sie im Bruchteil einer Sekunde das Richtige täte, hätte sie eine Chance. Wenn nicht, wäre sie so gut wie tot.

Sie entschied sich für maximales Risiko. Im Bruchteil einer Sekunde schoss sie zur Erde nieder, ergriff mit beiden Händen fest den Läufer an seinen Längsseiten und zog ihn dann mit maximaler Kraft ruckartig zu sich. Ein Schuss löste sich aus der Waffe und verfehlte sie nur knapp. Der Mann stolperte und verlor sein Gleichgewicht. Die Waffe fiel ihm aus der Hand. Dina reckte sich auf und sprang dann blitzartig und mit aller Kraft auf den Kehlkopf des Mannes.

Während der Bodyguard seinem Ende entgegenröchelte, ergriff sie seine Waffe, zielte auf seinen Brustkorb und drückte dreimal ab. Die dritte Kugel traf ihn mitten ins Herz. Dina zückte ihr Handy und machte mehrere Fotos von dem Toten.

Sie hatte eine nach Prioritäten geordnete Liste von Zielen im Kopf. Als Erstes auf ihrer Liste stand der Computer im Wohnzimmer. Dina setzte sich an den Tisch, schaltete den Computer ein und schob einen Stick in den USB-Port. Der Download sämtlicher auf der Festplatte gespeicherten Daten begann.

Während die Daten heruntergeladen wurden, inspizierte sie die Unterlagen auf seinem Schreibtisch und in den Schreibtischschubladen. Aus Zeitmangel konnte sie alles nur flüchtig in Augenschein nehmen, fand aber nichts Auffälliges.

Sie kontrollierte den Stand der Downloads, dann betrachtete sie die Fotos auf dem Sideboard. Die meisten zeigten Rajavi mit anderen schönen Menschen.

Dann fiel ihr Blick auf ein Foto, das sie zusammen-zucken ließ. Reza Rajavi, Arm in Arm mit dem wohl gefährlichsten Terroristen der Welt, Qasem Soleimani. Dina zog ihr Mobiltelefon aus der Lederjacke und foto-grafierte das Foto.

Sie kehrte zum Schreibtisch zurück und stellte fest, dass der Download beendet war. Sie zog den Stick aus dem USB-Port und schaltete den Computer aus. Der Stick verschwand im Innenfutter ihrer Lederjacke. Sie ging zur Wohnungstür und horchte kurz nach drau-ßen, um sich zu vergewissern, dass die Luft rein war. Dann verließ sie Rajavis Apartment lautlos.

Zwanzig Sekunden später öffnete sich die Tür des braunen Lieferwagens und Dina verschwand zusam-men mit den Agenten.

Um Punkt 7 Uhr war sie wieder im sicheren Haus. Sie schob den Stick in den USB-Port des Kommuni-kationstools und schickte den Inhalt nach Tel Aviv an die technische Abteilung. Während die Daten von der Künstlichen Intelligenz analysiert wurden, telefonierte sie mit Nirit und bat sie um eine Blitz-analyse.

»Avi und Zev brauchen die Analyse so schnell wie möglich«, drängte sie. »Die Maschine mit der Zielperson landet in weniger als neunzig Minuten in Genf.«

»Du kannst in der Leitung bleiben, Dina. Die KI ist so unfassbar schnell, dass sie dir die Antwort gibt, noch ehe du deine Frage zu Ende formuliert hast.«

Kurz darauf hatte Dina alles, was sie haben wollte.

Was sie auf dem riesigen Plasmabildschirm im Wohnzimmer zu lesen bekam, schockierte sie.

***

Genf – »Ist alles glatt gegangen?«, fragte Halon, als er um 7.20 Uhr einen Anruf von Dina erhielt.

»Ich konnte problemlos in Rajavis Apartment eindringen, aber gleich an der Tür nahm mich sein Bodyguard in Empfang. Er bedrohte mich mit einer Pistole, ich musste ihn ausschalten. Ich habe Fotos von ihm gemacht. Ich schicke sie dir. Die Festplattendaten von Rajavis Rechner habe ich gezogen und an die technische Abteilung geschickt. Die KI hat sie bereits analysiert.«

»Und?«

»Die Analyse habe ich bereits an euer Tool in Genf weitergeleitet. Das Wichtigste vorab: Rajavi hat offensichtlich zwei Chefs, den iranischen Geheimdienst und einen obskuren Geschäftsmann namens Luis Salandri. Die KI hält ihn für einen international agierenden Waffenhändler. Salandri hat den Iranern offensichtlich Hightech für eine völlig neue Generation von Drohnen geliefert. Diese Drohnen sollen in zwei Jahren einsatzbereit sein und dann alles übertreffen, was es aktuell an Drohnentechnologie gibt.«

»War auch etwas über den Terroranschlag auf Yonahs Institut dabei?«

»Nein. Aber auf einem Sideboard in seinem Apartment fand ich ein interessantes Foto.«

»Was?«

»*Rajavi zusammen mit Qasem Soleimani. Beide stehen direkt nebeneinander.*«

»Hast du das abfotografiert?«

»*Natürlich. Und das Original habe ich gleich eingesteckt.*«

»Danke. Zev fährt gleich zum Flughafen, um Rajavi abzuholen.«

***

Sie hatten ihm nichts abgenommen. Weder seine Brieftasche mit dem Geld, den Kreditkarten, dem Flugticket und den Ausweisen noch sein Mobiltelefon. Offensichtlich waren sie davon ausgegangen, dass es in der Feuerhölle, die sie für ihn vorgesehen hatten, anschließend ohnehin nichts mehr zu identifizieren gab.

Aber sie hatten sich getäuscht.

Als sie ihn gestern in die Freiheit entlassen hatten, war ihm plötzlich der Gedanke gekommen, dass der Mercedes-Maybach in irgendeiner Form präpariert sein könnte. Nachdem sich das elektronische Tor lautlos geöffnet hatte, war er zügig losgefahren und nach rund einem Kilometer einfach seiner Intuition gefolgt. Er hatte den Wagen auf einem Feldweg abgestellt, unter dem Beifahrersitz nachgeschaut, schnell den Erste-Hilfe-Kasten mit der Pistole und der Munition an sich genommen und sich dann aus dem Staub gemacht. Er war noch keine zweihundert Meter die Landstraße entlanggegangen, als der Mercedes in einem riesigen Feuerball explodiert war.

Nach ungefähr vier Kilometern Fußmarsch war er

auf eine kleine Pension gestoßen. Dort hatte er sich einquartiert. Er hatte den Schwarzen Monarchen anrufen wollen, um ihm zu schildern, was ihm widerfahren war, hatte dann aber frustriert festgestellt, dass sie den Akku und die SIM-Karte aus seinem Handy entfernt hatten. Es gab keinen Knochen in seinem Körper, der ihm nicht wehtat. Weil er nicht einschlafen konnte, hatte er sich gestern Nacht noch eine Flasche Whiskey aufs Zimmer bringen lassen und sie innerhalb einer Stunde geleert. Danach war er in einen tiefen und traumlosen Schlaf gefallen.

Aus diesem Schlaf war er soeben erwacht. Er brauchte einige Sekunden der Orientierung, dann fiel ihm ein, wo er war. Er schaute auf die Uhr. Es war kurz nach acht. In zwanzig Minuten würde die Maschine mit der Zielperson landen, aber er würde nicht an sie herankommen. Es gab keine Möglichkeit, den Auftrag auszuführen.

***

Nachdem Reza Rajavi die Passkontrolle passiert hatte, durchquerte er das Empfangsgebäude. Zev Yadlin, ein Muster an Konzentration und Gelassenheit, hatte ihn sofort entdeckt. Der Mann mit den nahöstlichen Gesichtszügen war nicht zu übersehen. Er trug einen grauen Nadelstreifenanzug, ein blütenweißes Hemd und eine anthrazitfarbene Krawatte. Sein schwarzes, nach hinten gegeltes Haar hatte mehr Glanz als seine auf Hochglanz polierten Schuhe.

Yadlin gab den perfekten Chauffeur ab. »Mein Name ist Pierre Laurent«, sagte er. »Ich soll Sie abholen.«

Rajavi nickte bloß, als sei er an Chauffeure in Livree gewöhnt.

Der Wagen, ein grüner Bentley, stand auf der Fläche für Kurzzeitparker. Yadlin hielt dem Fahrgast die Tür zum Fond auf, wartete, bis er Platz genommen hatte, und schloss die Tür wieder.

Yadlin hatte den Wagen noch nicht gestartet, als Rajavi auch schon sein Handy zückte und zu telefonieren begann. Er telefonierte mit der Residentur des iranischen Geheimdienstes in Rom in Farsi, seiner Muttersprache, die Yadlin nicht verstand. Das Gespräch wurde aber sowohl von Halon als auch von den Technikern in Tel Aviv mitgehört. Halon war einer der wenigen Agenten des Büros, die fließend Farsi sprachen.

Als der Bentley an einer roten Ampel warten musste, fuhr Yadlins Oberkörper im Bruchteil einer Sekunde zu seinem Fahrgast herum. Aus einer mit Luftdruck arbeitenden Spezialwaffe des Mossad traf ein mit einem schnellwirkenden Gift versehener winziger Pfeil Rajavis Brust. Dieser schaute den Chauffeur zunächst ungläubig an, dann verdrehten sich seine Augäpfel auch schon nach oben, und sein Körper sank wie in Zeitlupe zur Seite. Bei einem Menschen seiner Statur führte das Gift innerhalb von fünf Sekunden zur Ohnmacht.

Nachdem Yadlin das sichere Haus erreicht hatte, wartete er, bis sich das Tor ganz geöffnet hatte. Dann rollte er langsam auf die schmale Zufahrt. Halon erwartete ihn schon.

Während sich das Tor hinter dem Bentley schloss, stieg Yadlin aus, sah auf seine Uhr und sagte zu Halon:

»In fünfzehn Minuten müsste er aus der Ohnmacht erwachen. Hilf mir ihn reinzutragen.«

Die beiden Führungsoffiziere trugen den Bewusstlosen gemeinsam ins Haus. Auf der Couch im Wohnzimmer legten sie ihn ab. Dann ging Yadlin ins Schlafzimmer, um seine Chauffeuruniform gegen Jeans und Sweatshirt zu tauschen.

Nach fünf Minuten kehrte er zu Halon ins Wohnzimmer zurück. Der saß rauchend auf einem Stuhl. Den Bewusstlosen behielt er die ganze Zeit im Auge.

»Wo willst du ihn verhören?«, fragte Yadlin.

»In der Küche. Ganz zivilisiert.«

»Die Ratte ist vom MOIS.«

»Deswegen ja.«

Rajavi regte sich. Das Leben kehrte langsam in ihn zurück. Er öffnete die Augen, blickte unter die Decke, suchte Orientierung. Er richtete seinen Oberkörper etwas auf und warf dann einen vernebelten Blick auf die beiden Agenten. Danach sackte sein Oberkörper erneut zurück. Er schloss die Augen.

Es dauerte eine weitere Minute, bis er zum ersten Mal den Mund aufmachte. Er sagte nur ein einziges Wort: »Und?«

»Willkommen in Genf«, sagte Halon in Farsi und drückte seine Zigarette aus. »Kaffee? Tee?«

Pause. »Geben Sie mir noch zwei Minuten. Ich fühle mich nicht gut«, antwortete er schließlich leise und mit schleppender Stimme.

Halon gab Yadlin ein Zeichen, er solle sich schon mal in die Küche begeben und frischen Kaffee aufsetzen.

Yadlin ging in die Küche und stellte die Kaffeemaschine an. Anschließend baute er das Stativ mit der Kamera auf, die für die Aufzeichnung des Verhörs benötigt wurde.

Nach weiteren fünf Minuten hatte Rajavi einen Teil seiner Klarheit zurückerlangt. Er konnte aufstehen und stellte Halon die erste Frage: »Und? Was machen wir jetzt?«

Halon erhob sich ebenfalls. »Wir gehen in die Küche, trinken eine Tasse Kaffee und unterhalten uns. Folgen Sie mir.«

In der Küche bot er dem Iraner einen Platz an. »Setzen Sie sich.«

Rajavi nahm Platz. Halon setzte sich ihm gegenüber.

Yadlin schenkte ihnen Kaffee ein.

Halon schwieg auffällig lange. Er betrachtete nur das Gesicht seines Gegenübers. »Wie fühlen Sie sich?«, fragte er schließlich.

»Ich habe mich schon mal besser gefühlt.«

»Wir haben alle Zeit der Welt.«

Rajavi nippte an seinem Kaffee. »Kann ich meine Krawatte ablegen?«

»Tun Sie sich keinen Zwang an.«

»Mein Jackett auch?«

Halon nickte.

Rajavi stand auf, zog sich das Jackett aus und legte es über die Lehne des neben ihm stehenden Stuhls. Dann lockerte er seine Krawatte und legte sie sorgfältig über seine Jacke. Nachdem er sich wieder gesetzt hatte, sagte er: »Kompliment, der Kaffee ist sehr gut.«

»Wir haben reichlich davon. Möchten Sie auch etwas essen?«

»Nein, danke.«

»Aber ich.« Halon warf Yadlin, der mit verschränkten Armen drei Meter entfernt stand, einen Blick zu.

Yadlin öffnete den Kühlschrank und holte einen Teller mit verschiedenen Hartkäsesorten hervor. Er fügte ein Käsemesser hinzu und stellte den Teller dann neben Halon auf den Tisch.

»Fragen Sie«, sagte Rajavi schließlich.

»Wie heißen Sie?«

Rajavi lachte spöttisch. »Wollen Sie mich auf den Arm nehmen, Halon? Sie haben doch meine Akte gelesen.«

»Ich will *Ihre* Version hören.«

»Ich mag keine Spielchen, Halon. Ich weiß, wer *Sie* sind. Und Sie wissen, wer *ich* bin.«

»Ihr Geburtstag?«

»18. Juli 1979.«

»Das war kurz nach der iranischen Revolution.«

»Ja.«

»Wie stehen Sie zu dem Regime in Teheran?«

»Sie fragen mich das nicht im Ernst, oder? Selbstverständlich stehe ich loyal zu meiner Regierung. Ich bin an der Iranischen Botschaft in Rom akkreditiert.«

»Sie tragen keinen Vollbart.«

»Um meine Loyalität zu beweisen, brauche ich keinen Vollbart.«

Halon passte diese Antwort nicht. Bei einem effizienten Verhör darf der zu Verhörende zu keinem Zeitpunkt die psychologische Oberhand gewinnen. Deshalb sagte er: »In Ihrem Apartment in Valletta gibt es ein ziemlich belastendes Foto.«

»Nicht dass ich wüsste.«

»Es zeigt Sie zusammen mit Qasem Soleimani.«

Rajavis Gesicht verlor deutlich an Farbe. »Was wollen Sie wirklich von mir, Halon? Meine Kooperation?« Er legte seine beiden Hände flach auf den Tisch.

Halon antwortete ganz ruhig. »Ich bin kein Ermittler, Rajavi. Ich bin der Vollstrecker. Allerdings möchte ich vorher einige Dinge wissen: Wer hat den Bombenanschlag auf das *Institut für interreligiösen Dialog* beauftragt? Wer hat den Anschlag geplant, und wer hat ihn ausgeführt? Welche Bestie hat dieses Massaker angerichtet? Des Weiteren möchte ich wissen, ob dies zu dem geheimen Krieg gehört, den der Iran seit Jahren gegen uns führt.«

»Mit diesen Fragen dürfen Sie sich nicht an mich wenden, Halon.«

Halon zückte blitzschnell das scharfe Käsemesser und rammte es mit solcher Wucht durch den Handrücken von Rajavis rechter Hand, dass es in dem hölzernen Küchentisch stecken blieb. Rajavi heulte auf wie ein Kojote.

Halon richtete sich halb auf, beugte sich über den Tisch und brüllte sein Gegenüber an: »*Ehrlich, Rajavi? Ich darf mich nicht an Sie wenden? Ist das wirklich Ihr Ernst?*«

Während Rajavi sich mit vor Entsetzen geweiteten Augen das Messer aus der Hand zog, ging Halon auf die andere Seite des Tisches und verpasste ihm einen dermaßen brutalen Schlag gegen den Kopf, dass er vom Stuhl fiel und benommen auf dem Boden liegen blieb.

Yadlin holte Verbandszeug aus einem der Küchenschränke und verband dem auf dem Boden Liegenden die verletzte Hand. Als er damit fertig war, packte er den Iraner fest an den Schultern und hievte ihn zurück auf den Stuhl.

Halon hatte sich unterdessen eine Zigarette angezündet. »Seien Sie keine Memme, Rajavi. Können wir weitermachen?«

»Sie wissen doch alles«, stöhnte er.

»Ich möchte es aber aus Ihrem Mund hören. Sind Sie Mitglied des iranischen Geheimdienstes?«

»Ja.«

»Wer war das Anschlagsziel? Der Katholik oder der Jude?«

»Wir bringen weder Katholiken noch Juden um. Wir sind keine Taliban. Der Anschlag war eine Gefälligkeit der iranischen Regierung für die zuvor erbrachte Leistung eines sehr einflussreichen Mannes, der am Genfer See lebt.«

»Wie heißt dieser Mann?«

»Luis Salandri. Aber jedermann nennt ihn nur bei seinem Pseudonym, Schwarzer Monarch.«

»Um welche Gefälligkeit ging es?«

Rajavi, der inzwischen begriffen hatte, dass der Mossad in sein Apartment eingedrungen war, die Daten von seinem Computer gezogen und höchstwahrscheinlich auch schon ausgewertet hatte, wusste, dass er ein toter Mann war.

»Der Schwarze Monarch hat dem Iran nicht nur die Baupläne der neuesten amerikanischen Drohnentechnologie besorgt, sondern auch die neueste Software für den Cyberkrieg – beides von unschätzbarem Vorteil für den Krieg mit Irans Erzfeinden. Spezialisten der Revolutionsgarde haben die Software gründlich geprüft und dabei festgestellt, dass schon geringe Modifikationen ausreichen, um sie für vielfältige Zwecke einsetzen zu können. Die Drohnenpläne und die Cybersoftware waren der Regierung insgesamt 200 Millionen Dollar wert. Im Gegenzug bat uns der Schwarze Monarch um eine kleine Menge eines neuartigen Sprengstoffs aus iranischer Produktion, der von herkömmlichen Detektoren nicht erkannt werden kann. Mit diesem Sprengstoff sollte der Anschlag auf das religiöse Institut durchgeführt werden. Die Forderung wurde von der iranischen Führung abgelehnt. Man sagte ihm: ›*Wir gestatten Ihnen, den neuartigen Sprengstoff zu nutzen, aber wir werden ihn nicht aus der Hand geben. Der Anschlag wird von uns geplant und ausgeführt, nicht von Ihren Leuten*‹. Der Schwarze Monarch willigte ein.«

»Wer hat die Operation geplant?«

»Ich.«

»Sie allein?«

»Ja.«

»Wer hat sie ausgeführt?«

»Drei Agenten des MOIS.«

»Nennen Sie mir die Namen der Agenten.«

»Dariush Rahbar, Iman Farahmand und Farshid Ghassemi.«

»Wo halten sie sich aktuell auf?«

»Das weiß ich nicht. Wenn sie nicht gerade im Einsatz sind, in unserer römischen Residentur.«

»Wo werden sie gewöhnlich eingesetzt?«

»Ausschließlich in Europa. Dort wo sich Exiliraner aufhalten.«

»Erzählen Sie mir alles, was Sie über Salandri wissen.«

»Luis Salandri ist ein sehr mächtiger und einflussreicher Schweizer Bürger mit exzellenten Beziehungen zur CIA. Ich weiß nicht genau, wie alt er ist, ich schätze ihn auf mindestens fünfundsiebzig, höchstens achtzig Jahre. Er war nie verheiratet und hat auch keine Kinder. Er ist ein hochrangiges Mitglied des Ku Klux Klan. Ihm gehört ein sehr komplexes Firmengeflecht, und er macht zahlreiche lukrative Geschäfte – nicht nur mit uns, sondern auch mit der Kommunistischen Partei Chinas und Nordkoreas. Die wenigsten Menschen wissen, dass der Ku Klux Klan eine sehr mächtige Organisation ist mit einem sehr großen Hass auf Katholiken und Juden.«

»Erzählen Sie mir alles, was Sie über die Vorgeschichte des Terroranschlags wissen.«

»Den genauen Tag weiß ich nicht mehr, aber ich meine, es war in der ersten Junihälfte, so fünf bis sechs Wochen vor dem 15. Juli. Einer meiner besten Informanten, der Generalobere einer katholischen Vereinigung mit Sitz in Valletta rief mich an, um mir mitzuteilen, dass es am 15. Juli ein interreligiöses Treffen zwischen einem hochrangigen katholischen Geistlichen und Rabbi Yonah Melman geben würde. Ich gab diese Information, wie so viele andere auch, an den Schwarzen Monarchen weiter.«

»Wie reagierte er auf diese Information?«

»Er reagierte gar nicht. Er kommentiert die Informationen, die ich ihm gebe, so gut wie nie. Allerdings will er immer alles, was mit Juden und Katholiken zu tun hat, wissen. Und sei es auch noch so banal, wie zum Beispiel ein interreligiöses Treffen. Zu dem Zeitpunkt, an dem ich ihn über den Tag des geplanten interreligiösen Treffens informierte, wusste ich gar nicht, dass ein Bombenanschlag geplant war. Den eigentlichen Auftrag bekam ich erst Anfang Juli vom Leiter der römischen Residentur des MOIS.«

Halon erinnerte sich jetzt an die Worte des ermordeten Priesters Christopher Morris: *»Ich bin der Sekretär des Erzbischofs von Malta und weiß deshalb um alle wichtigen Termine im Erzbistum Bescheid. Somit wusste ich auch, an welchem Tag es ein interreligiöses Treffen zwischen Erzbischof Wegener und Rabbi Melman geben würde. Der Termin war mir sechs Wochen vorher bekannt. Das Problem ist nun, dass ich diesen Termin nicht, wie es meine Pflicht gewesen wäre, streng geheim gehalten habe, sondern ihn einem anderen Priester mitgeteilt habe.«*

Und dieser andere Priester, das wusste Halon seit langem, war der ebenfalls ermordete Alfons Zwinger gewesen, der diese Information wiederum an den Generaloberen der Templer, Bartholomé de Valloton, weitergegeben hatte.

Das gesamte Verhör zog sich über drei Stunden hin. Halon quetschte aus Rajavi alles raus, was er wissen wollte. Es ergab sich ein absolut schlüssiges Gesamtbild. Das Büro wusste bis jetzt nur wenig über Luis Salandri, aber es war sonnenklar, dass dieses führende Ku-Klux-Klan-Mitglied nicht die Spitze der Pyramide bildete. Von wem erhielt der Schwarze Monarch seine Befehle?

Halon verließ die Küche und telefonierte mit Ben-Zvi, der inzwischen mit einer Sondermaschine der El-Al von Rom nach Tel Aviv zurückgekehrt war.

Der Chef der Operationsabteilung zeigte sich zufrieden mit dem Verhör, das er die ganze Zeit über auf einem großen Bildschirm mit automatischer hebräischer Übersetzung mitverfolgt hatte. »Alles, was dir der Bastard erzählt hat, deckt sich mit unseren aktuellen Erkenntnissen. Mehr war von ihm auch nicht zu erwarten. Schick ihn jetzt in eine bessere Welt. Wir müssen uns auf Salandri konzentrieren.«

»Ich habe noch keinen offiziellen Exekutionsbefehl vorliegen«, sagte Halon.

»Scheiß was drauf. Betrachte es als freiberufliches Unternehmen.«

***

Shanghai – Samstag, 27. Juli. An diesem Samstagabend war der Wolkenkratzer der *Bank of Sikang* im Süden von Shanghai weitestgehend verwaist. Fast alle Mitarbeiter befanden sich bei ihren Familien oder Freunden. Nur auf der Vorstandsetage, genauer gesagt, in den Büros der Vorstandsmitglieds Yang Jiaoren und seiner engsten Mitarbeiter, brannte noch Licht.

Die *Bank of Sikang* war eine außergewöhnliche Bank und in einschlägigen Kreisen wohlbekannt. Sie unterstand keiner strengen Aufsicht wie zum Beispiel die *Bank of China*. Darum war sie ein Tummelplatz für internationale Anleger mit zweifelhaftem Hintergrund.

Luis Salandri saß seit einer halben Stunde gemeinsam mit Yangs unablässig lächelnder Sekretärin in einem Vorzimmer und wartete darauf, dass er endlich vorgelassen wurde. Der zugesagte Gesprächstermin war bereits deutlich überschritten. Der Mann aus Genf empfand es als höchst ungewöhnlich, dass man eine bedeutende Persönlichkeit wie ihn dermaßen lange warten ließ.

Die Tür aus dunkelbraunem Palisander öffnete sich, und ein kleiner, glatzköpfiger und bebrillter Mann von dreiundfünfzig Jahren erschien. Yang Jiaoren kam lächelnd auf Salandri zu, der sich sofort erhob und ihm die Hand reichte.

»Ich heiße Sie in unserer Bank herzlich willkommen, Mister Salandri. Ich bitte Sie vielmals um Entschuldigung, dass Sie warten mussten, aber ich hatte ein unaufschiebbares Telefonat mit Han Zhanshu, einem Ihrer besten Freunde. Er ist auf der Fahrt hierher und möchte Sie unbedingt sprechen.«

Mit einer einladenden Geste bat er den Schwarzen Monarchen in sein Büro.

Die Männer nahmen auf zwei gemütlichen Ledercouchen Platz, und nachdem die Frage nach dem Getränkewunsch geklärt war, sagte Yang: »Wie ich hörte, sind Sie mit Air China geflogen. Das imponiert mir, Mister Salandri. Obwohl Sie sich alles leisten können, haben Sie sich nie den Unsinn eines Privatjets geleistet. Sie haben auch nie medialen Rummel verursacht.

Sie sind ein reicher und einflussreicher Mann, und trotzdem sind Sie praktisch unbekannt.«

»Gott sei Dank.«

»Außerdem sind Sie ein großer Freund der Volksrepublik und ein wichtiger Geschäftspartner der Kommunistischen Partei.«

»Danke, Mister Yang.«

»Ich denke, wir führen die Transaktion sofort durch. Dann haben wir das hinter uns.«

»Damit bin ich sehr einverstanden.«

Yang drückte einen Knopf auf der vor ihm liegenden Konsole, und als sich sein Assistent am anderen Ende der Leitung meldete, sprach er mit ihm einige Sätze im Wu-Yue-Dialekt, einem im Großraum Shanghai stark verbreitetem Mandarin-Dialekt.

Doch dann funkte Yangs Sekretärin dazwischen. Sie sagte, dass Han Zhanshu gerade eingetroffen sei.

»Okay«, sagte Yang. »Wir ziehen das Gespräch mit Han vor. Ich komme raus.«

Yang erhob sich, öffnete die Tür und begrüßte Han.

Han Zhanshu betrat das Vorstandsbüro mit einem jovialen Lächeln. »Welche Freude, einen engen Freund wiederzusehen.«

Der Schwarze Monarch erhob sich etwas steif von der Couch. »Die Freude ist ganz meinerseits«, erwiderte er lächelnd.

Die beiden Männer nahmen sich in den Arm.

»Nehmen Sie bitte Platz, meine Herren«, sagte Yang. Er spürte, dass er jetzt zur Nebensache geworden war.

Die Männer setzten sich. Salandri und Han saßen sich gegenüber.

»Eine Bank ist ein etwas ungewöhnlicher Ort, um lukrative Geschäfte zu machen, Luis«, eröffneten Han die Runde. »Erinnern Sie sich an unser letztes Treffen im Badehaus? Damals gingen wir direkt auf den Golfplatz und schafften es, noch vor dem Tee um siebzehn Uhr alle achtzehn Löcher zu spielen. Bruce Sheppard, der CIA-Veteran, war damals dabei. Wir verbrachten den Nachmittag mit ihm im Weinkeller, wo wir Zigarren rauchten und ein paar erlesene Weine kosteten. Und Sie saßen anschließend in Ihrer Luxussuite, zwei Telefone am Ohr und verfolgten gleichzeitig die Echtzeit-Indices, die in einem Band über den unteren Rand der Chicago-Board-Options-Exchange-Website glitten.«

»Daran erinnere ich mich noch sehr gut, Zhanshu«, sagte Salandri mit einem vieldeutigen Lächeln im Gesicht. »Bei unserem nächsten großen Deal wiederholen wir das.«

»Sie kommen immer gleich zum Geschäftlichen, Luis. Das mag ich an Ihnen.«

»Natürlich. Die Welt ist ein Geschäft. Das wisst ihr Kommunisten doch am besten.«

Han und Yang lachten.

»Ich bin da ganz ehrlich«, sagte Zhanshu. »Ich mag zinsloses Rumsitzen genauso wenig wie Sie.«

»Wir sind halt Seelenverwandte.«

»Luis«, fuhr Han nun in einem ernsten Ton fort, »ich möchte Ihnen ein neues Geschäft vorstellen.«

»Um welches Geschäft geht es?«, fragte Salandri.

»Es geht um den amerikanischen Präsidenten. Dieser Mann steht unseren Zielen diametral entgegen. Wenn es uns nicht rechtzeitig gelingt, ihn aus dem

Amt zu entfernen, kommen wir mit unserem Zeitplan durcheinander. Sie kennen den 16-Jahre-Plan zur Zerstörung Amerikas. Auf acht Jahre Obama hatten eigentlich acht Jahre Hillary Clinton folgen sollen. Leider kam es anders. Das heißt, wenn Trump bis zur nächsten Inauguration im Januar 2021 im Amt bleibt, muss sein demokratischer Nachfolger innerhalb von vier Jahren das vollenden, für das wir acht Jahre vorgesehen hatten. Dieses Szenario gefällt uns ganz und gar nicht, weil es vielfältige Gefahren mit sich bringt.«

Salandri setzte eine skeptische Miene auf. »Der Mann ist außergewöhnlich beliebt, vor allem weil er ein Friedenspräsident zu sein scheint. Die Trump-Regierung hat den Schwerpunkt von Anfang an auf die Förderung des Friedens zwischen Israel und den Staaten der Region gelegt. Dazu gehörten maximaler Druck auf den Iran und die Beseitigung von ISIS. Trumps Umfragewerte steigen von Monat zu Monat. Wie wollen Sie unter diesen Umständen einen demokratischen Präsidenten ins Weiße Haus hieven?«

»Durch Wahlfälschung. Eine andere Möglichkeit gibt es nicht.«

»Ausgeschlossen. Da müssten Sie ja mindestens in der Größenordnung von zehn, fünfzehn Millionen Stimmen fälschen. Völlig unmöglich.«

»Doch, das geht, Luis. Wir müssen nur sicherstellen, dass die Wahlmaschinen mit dem Internet verbunden sind. Wir müssen die Server aus der Ferne steuern können, und wir müssen die Sicherheitsfunktionen in Windows deaktivieren können. Den Rest wird Ihre Software besorgen. Machen wir uns doch nichts vor:

Wahlbetrug war doch bereits bei der Software-Entwicklung vorgesehen. Ich wage sogar zu behaupten, dass das der Hauptzweck bei der Einführung von elektronischen Wahlsystemen war.«

»Die Menschen werden das aber nicht glauben. Niemand wird glauben, dass ein Präsident mit Trumps Beliebtheitswerten Wahlen verlieren kann.«

»Diesbezüglich können Sie ganz beruhigt sein. Wer die Informationen kontrolliert, kontrolliert die Massen. *Wir* kontrollieren nicht nur die großen sozialen Medien, sondern auch alle Massenmedien. Wir werden eine uneinnehmbare mediale Front aufbauen. Und jeder, der die offiziellen Zahlen anzweifelt, wird ein Verschwörungstheoretiker sein.«

»Das ist ein kühnes Vorhaben, Zhanshu, und ich bewundere Ihren Optimismus. Ich glaube allerdings, dass Sie sowohl Trump als auch das amerikanische Volk massiv unterschätzen. Aber wie dem auch sei, wie viel würden Sie sich dieses Projekt denn kosten lassen, falls ich Sie dabei unterstütze?«

Han Zhanshu blieb noch ungefähr eine Stunde in der Bank. Dann waren sich die beiden Parteien handelseinig. Nachdem der kommunistische Funktionär höflich verabschiedet worden war, klopfte es fünf Minuten später an der Tür.

Die stets lächelnde Sekretärin führte einen jungen, etwas schüchtern wirkenden Mann in Yangs Büro. In seinem knapp sitzenden Anzug wirkte er nicht gerade wie die Koryphäe unter Yangs Assistenten. Dennoch war er eine.

Der junge Mann hatte sein Laptop dabei.

Yang forderte ihn auf, sich zu ihnen zu setzen und sprach dann einige Sätze in Wu-Yue zu ihm, woraufhin der junge Mann sein Laptop hochfuhr. Für den weiteren Verlauf der Sitzung einigte man sich auf die englische Sprache.

Salandri nannte dem jungen Mann den Namen der Privatbank – Reusser & Hürsch, Zürich – und die Bankleitzahl.

»Die Kontonummer?«

»Fünf, drei, vier, sieben, neun, zwei, sechs.«

»Die Geheimzahl?«

»Null, fünf, null, sieben.«

»Danke.«

Der junge Mann blickte einige Sekunden lang starr auf den Bildschirm, ehe er seinen Chef sehr ernst ansah.

»Und?«, fragte Salandri.

»Ihre Aktien und Ihre Goldbestände wurden am 25. Juli, also vor zwei Tagen, verkauft«, sagte der junge Mann. »Der Gesamterlös in Höhe von 883 Millionen Dollar wurde Ihrem Konto zunächst gutgeschrieben und noch am selben Tag zusammen mit den anderen frei verfügbaren Mitteln in Höhe von 1,105 Milliarden Dollar an ein Konto bei der Chase Manhattan Bank weitergeleitet. Insgesamt wurden 1,988 Milliarden Dollar von Ihrem Konto abgebucht. Aktuell weist Ihr Konto ein Guthaben von exakt 1.305 Dollar und 17 Cent auf.«

»Das ist unmöglich!«, schrie Salandri und sprang auf.

***

Genf – Sonntag, 28. Juli. Während Zev Yadlin inzwischen nach Rom zurückgeflogen war und Liam, Yael und Dina im sicheren Haus in Valletta verblieben, waren Aaron und Meira am gestrigen Samstag nach Genf geflogen, um Halon zu unterstützen. »Ich brauche alle Informationen über die Anlage des Hauses«, hatte Halon zu Aaron gesagt. »Die Daten, die Ofeq 14 geliefert hat, reichen mir nicht.« »Dann werden wir uns sein Anwesen in den Nacht von Samstag auf Sonntag mal genauer ansehen«, hatte Aaron geantwortet. »Wir nehmen unsere Nachtsichtgeräte mit.« Gegen zwei Uhr am Sonntagmorgen war das Observationsteam aufgebrochen, um Salandris Anwesen aus der Nähe zu begutachten.

Aaron und Meira kehrten gegen sechs Uhr in das sichere Haus zurück.

»Wir haben mit unseren Nachtsichtkameras alles fotografiert«, sagte Meira. »Wir schauen uns die Bilder am besten auf dem großen Bildschirm an.«

Sie versammelten sich zum Frühstück im Wohnzimmer und schauten sich die Aufnahmen der Reihe nach an.

»Ich kann dir alles erklären«, sagte Aaron zu Halon. »Es gibt keine bewaffneten Sicherheitsleute, aber Überwachungskameras überall und vermutlich noch einiges mehr, wovon wir nichts wissen. Siehst du den inneren Zaun da? Der steht unter Strom. Das ist der Hauptgrund, weshalb es noch einen äußeren Zaun gibt.«

»Salandri nimmt es offensichtlich sehr ernst mit seiner persönlichen Sicherheit«, meinte Halon.

»Offensichtlich nicht ernst genug«, erwiderte Aaron. »Ich habe den Sprechanlagenknopf am Tor gedrückt. Da meldete sich ein Mann. Es war aber definitiv nicht Salandris Stimme. Daraufhin habe ich gesehen, wie sich die Überwachungskameras zu mir gedreht haben.«

»Ich nehme an, der Zaun geht um das ganze Gelände.«

»Ringsrum.«

»Elektrozäune und Kameras sind kein Problem. Problematisch wären eher Hunde.«

»Wir haben kein Hundegebell gehört.«

»Irgendwelche Infrarot-Bewegungsmelder?«

»Nein.«

»Okay, dann werde ich dem Hurensohn in der kommenden Nacht einen Besuch abstatten.«

»Brauchst du unsere Unterstützung?«, fragte Meira.

»Natürlich. Ihr fahrt mich zum See, setzt mich in der Nähe seines Anwesens ab und fahrt dann sofort weiter. Ich werde versuchen, von der Seeseite auf das Grundstück zu gelangen. Der Mann, der sich an der Sprechanlage gemeldet hat, ist wahrscheinlich Salandris Leibwächter. Sobald ich ihn ausgeschaltet habe, hole ich den Hurensohn aus dem Bett und gebe euch anschließend das Signal, dass ihr mich wieder abholen könnt.«

Ein rotes Lämpchen blinkte an der Konsole.

»Schalt ein. Ist das Büro«, sagte Halon.

Aaron drückte einen Knopf.

Es war Ben-Zvi. Er saß hinter seinem Schreibtisch und rauchte. »Wie ich sehe, sitzt ihr gerade beim Frühstück«, sagte er. »Wie läuft es bei euch?«

Halon brachte ihn auf den neusten Stand.

»Okay, du holst den Drecksack aus seiner Festung, steckst ihn in unserem sicheren Haus in eine Zelle, und ich sorge dafür, dass er sich in einigen Tagen in Israel befindet. Danach kümmern sich unsere Spezialisten um ihn. Ich will wissen, was ein führendes Ku-Klux-Klan-Mitglied mit dem Iran zu tun hat. Dich brauche ich jetzt in New York.«

»Wegen Epstein?«, fragte Halon erstaunt.

»Ja, wegen Epstein. Die Sache eskaliert allmählich. Vor einigen Tagen haben sie ihn in seiner Gefängniszelle bewusstlos vorgefunden. Angeblich hatte er Verletzungen am Hals.«

»Wie kann das sein? Soviel ich weiß, steht er unter ständiger Beobachtung und darf nicht allein gelassen werden.«

»Ja, aber auf Verlangen seiner Anwälte wurde diese Regelung aufgehoben.«

»Epstein ist nicht der Typ, der sich umbringt.«

»Natürlich ist er das nicht. Aber die wollen ihn aus dem Verkehr ziehen, bevor er anfängt zu plappern. Ihr erster Versuch hat nicht geklappt, also werden sie es wieder versuchen. Wenn Ron jetzt keinen Deal mit den Amerikanern zustande bringt, dann müssen wir auf eigene Faust handeln.«

***

Genf – Montag, 29. Juli. Aaron und Meira setzten Halon um zwei Uhr morgens in der Nähe von Salandris Anwesen ab. Während der *katsa* dem wegfahrenden

Wagen hinterher sah, näherte er sich dem Ziel, das sich in rund hundert Metern Entfernung befand: ein riesiges, überdimensioniertes Chalet im alpenländischen Stil, sehr weitläufig, mit nur schwach geneigtem Dach, das auf allen Seiten weit überstand. Er blieb kurz stehen und horchte auf irgendein Anzeichen dafür, dass seine Annäherung entdeckt worden war. Als er nichts ausmachen konnte, ging er weiter. Das Haus lag in völliger Dunkelheit. Weder drinnen noch draußen brannte Licht.

Nur fünfzig Meter von dem Haus entfernt stand ein schwarzer Audi Avant, doch Halon sah ihn nicht.

Er setzte seine Nachtsichtbrille auf. Mit einem Überbrückungskabel neutralisierte er den Elektrozaun, ohne dass Alarm ausgelöst wurde.

Er ging weiter. Er erreichte die Rückseite des Hauses. Entlang der Außenmauer waren Brennholzscheite aufgestapelt. Am Ende des langen Holzstapels befand sich eine Tür. Er drückte die Klinke. Die Tür war abgesperrt. Halon holte den dünnen Metallstreifen heraus, den er für gewöhnlich in seiner Geldbörse hatte. Er bewegte ihn vorsichtig in dem Sicherheitsschloss hin und her, bis er spürte, wie der Mechanismus nachgab. Dann drückte er die Klinke herunter und trat über die Schwelle.

Er befand sich in einer Art Abstellkammer.

Als er die Tür aufzog, die ins Hausinnere führte, stieß er auf eine geschwungene hölzerne Treppe mit einem ausgefallenen schmiedeeisernen Geländer. Er wollte die Stufen lautlos hinaufeilen, doch einige Stufen knarrten. Halon hielt sofort inne und horchte, ob er jemanden geweckt hatte. Er wartete einige Sekunden ab, doch das Haus blieb ruhig. Am Ende der Treppe erreichte er eine weitere Tür, die unversperrt war. Halon stieß sie langsam auf. Dies schien die Küche zu sein. Sein Blick fiel auf hochwertige deutsche Küchengeräte aus Edelstahl. Über einem großen offenen Kamin hingen gusseiserne Töpfe und Pfannen.

Durchs Esszimmer gelangte man in einen großen Wohnraum. Er sah sich um. Nichts, was von Interesse war.

Während er die Haupttreppe hinaufstieg, zog er den Reißverschluss seines Anoraks ganz runter, zückte die Beretta mit Schalldämpfer und horchte an der ersten Tür.

Schnarchen.

Vorsichtig drückte er die Klinke herunter.

Der Raum lag in tiefer Dunkelheit, aber wegen seiner Nachtsichtbrille erschien er ihm taghell.

Der schnarchende Mann im Bett lag auf dem Rücken. Halon schätzte ihn auf Mitte dreißig. Es war definitiv nicht Salandri. Halon trat leise an sein Bett und verpasste ihm einen Schuss direkt in die rechte Schläfe. Gaspar Fournier war sofort tot.

Halon zückte sein Handy und machte ein Foto von dem Toten.

Auf dem kleinen Nachttisch direkt neben dem Bett lag ein eingeschaltetes Mobiltelefon. Halon nahm es an sich und steckte es in die Innentasche seiner Jacke. Dann verließ er das Schlafzimmer.

Wo schlief Salandri?

Mit der Pistole im Anschlag betrat er das zweite

Schlafzimmer. Das Bett war leer. Ein heller, hochflori-ger Teppich bedeckte den Boden, eine Daunendecke lag auf dem Bett.

Dann fiel sein Blick auf den Tresor. Sein Instinkt sagte ihm, dass er die Antworten auf viele Fragen enthielt.

Halon durchkämmte das ganze Haus, jeden einzel-nen Raum. Abgesehen von dem jungen Mann, den er gerade in eine bessere Welt geschickt hatte, war das Haus leer. Wie war Salandri die Flucht gelungen?

Er zog einen Sender aus der Hosentasche und gab Aaron das vereinbarte Signal, damit sie ihn abholten.

Er trat den Rückzug an.

Er hatte noch keine zehn Meter zurückgelegt, als er eine Gestalt entdeckte, die auf ihn zukam. Der Mann war untersetzt und kräftig gebaut. Er bewegte sich geschmeidig und mit wiegendem Schritt.

Halon gelang es, einen Blick auf ihn zu werfen: fort-schreitende Glatze, Brille, dicke komische Augenbrauen.

Plötzlich hörte Halon Geräusche hinter sich. Er warf sich herum. Zwei dunkelgekleidete Männer mit schussbereiten kompakten Maschinenpistolen stürm-ten unter den Bäumen hervor und auf ihn zu.

Halon schaute in die Richtung des Mannes, der im-mer näher auf ihn zukam und aus der Innentasche seiner Jacke eine Schusswaffe zog. Dann machte der Killer abrupt halt. Sein Blick fixierte nicht Halon, son-dern die beiden unter den Bäumen hervorkommen-den Männer. Er blieb einen Augenblick lang unbeweg-lich stehen, dann steckte er plötzlich die Waffe weg und rannte in der Gegenrichtung davon.

Bis Halon sich erneut umgedreht hatte, hatten die

heranstürmenden Männer mit den Maschinenpistolen ihn schon fast erreicht.

»Beruhigen Sie sich, Halon, Sie sind unter Freunden.« Der Mann sprach ein amerikanisches Englisch. »Machen Sie uns keine Scherereien.«

»Wer sind Sie?«

»Gewissermaßen Ihr Schutzengel. Der Mann, der auf Sie zugekommen ist, war ein Profikiller. Er hätte Sie umgelegt.«

»Und was haben *Sie* mit mir vor?«

Im Wald gingen sie hintereinander: ein Amerikaner voraus, dann Halon, schließlich der zweite Amerikaner. Alle mit Nachtsichtbrillen. Nach drei Minuten erreichten sie ein kleines, gutgetarntes Lager. Halon fragte sich, wie lange die beiden wohl hier draußen kampiert und das Haus überwacht haben mochten.

Die Amerikaner begannen zu packen. Halon versuchte erneut herauszubekommen, wer die Männer waren und für wen sie arbeiteten. Doch ihre einzige Reaktion bestand aus einem gelangweilten Lächeln und eisernem Schweigen.

Sie brauchten nur wenige Minuten, um das Lager abzubrechen und sämtliche Spuren ihres Aufenthalts zu beseitigen. Halon bot ihnen an, einen der Rucksäcke zu tragen. Die Amerikaner lehnten ab.

Der Marsch ging weiter. Nach einer Viertelstunde erreichten sie einen unter Tarnnetzen und Kiefernzweigen versteckten Geländewagen, einen alten Land Rover mit auf der Motorhaube montiertem Reserverad und zusätzlichen Benzinkanistern am Heck.

Die Amerikaner bestimmten die Sitzordnung. Der erste Amerikaner saß am Steuer, der zweite Amerikaner hinten. Halon wurde der Beifahrersitz zugewiesen. Für den Fall, dass er den edlen Absichten seiner Retter plötzlich misstraute, zielte eine Maschinenpistole auf seinen Rücken.

Vier Uhr morgens. Die Zufahrt zum sicheren Haus der CIA erstreckte sich über einen Kilometer. Rechts lag ein dichter Wald, links eine Pferdekoppel mit einem Zaun aus Holzplanken. Am Ende des riesigen Grundstücks stand ein Herrenhaus im Kolonialstil mit einer doppelstöckigen Veranda, umgeben von hohen, schattenspendenden Bäumen. Die Einrichtung des Hauses war rustikal behaglich gehalten, was sich durchaus förderlich auf die Zusammenarbeit befreundeter Dienste auswirkte.

Der Land Rover passierte zwei Wachleute mit Maschinenpistolen und kam dann direkt vor dem Haus zum Stehen. Halon und die beiden Amerikaner stiegen aus.

Sie betraten die riesige Eingangshalle.

Halon zuckte zusammen. Vor ihm stand Ron Dahan, der *memuneh*. Er trug eine schwarze Slim Fit Hose, ein blütenweißes Oberhemd ohne Krawatte und war wie immer wie aus dem Ei gepellt. Neben ihm stand in Strickjacke und Cordhose ein schlanker Mann mit grauem Schnurrbart und grauem Haar. Seine braunen Augen betrachteten den Neuankömmling gelassen, sein Händedruck war kühl und knapp. Er hieß Scott Anderson, war dreiundfünfzig Jahre alt und stellvertretender Direktor der Operationsabteilung der CIA.

Sie grüßten einander mit vorsichtigem Misstrauen, wie es Männer aus der Geheimdienstwelt im Allgemeinen tun. Weil sie einander kannten, benutzten sie ihre richtigen Namen.

»Wir haben Sie seit einiger Zeit beobachtet, Avi, genauer gesagt, seit Ihrer Ankunft in Valletta. Besonders imponiert hat uns Ihr Besuch im Café Jubilee. Völlig unbemerkt Rajavis Handy zu klonen, war wirklich ein Bravourstück.« Dann legte er Halon eine Hand auf die Schulter. »Kommen Sie«, sagte er, »ich glaube, wir brauchen jetzt alle ein kräftiges Frühstück.«

Der große Salon war hell erleuchtet, da die Sonne erst um 6.13 Uhr aufgehen würde. Bis dahin waren es noch zwei Stunden.

Das Frühstücksbuffet war hergerichtet wie in einem Fünf-Sterne-Hotel. Es war reichhaltig, international und gesund. Die Männer luden sich ihre Portionen auf die Teller, wählten Kaffee und diverse Frucht- und Gemüsesäfte und setzten sich dann an den blütenweiß gedeckten Tisch.

In den beiden folgenden Stunden wurde der Name Luis Salandri kein einziges Mal ausgesprochen. Dahan und Anderson sprachen über den aufkeimenden Antisemitismus in den USA und in Europa, über das zwiespältige Verhältnis der Direktorin der Agency zum amerikanischen Präsidenten, über die enge Verbundenheit der CIA zum Mossad – egal unter welcher Präsidentschaft und unter welchem CIA-Direktor – und über den dramatischen Kurswechsel innerhalb der katholischen Kirche.

Doch das bei Weitem wichtigste Thema war China. Beiden Seiten war sehr wohl bewusst, dass China Dutzende von öffentlichen und privaten israelischen Technologie- und Infrastrukturunternehmen gehackt hatte, um Technologien und Informationen zu stehlen. Das war dasselbe China, das in den letzten zehn Jahren die israelische Infrastruktur angegriffen hatte. Häfen, Kraftwerke, Brücken, Tunnel und vieles mehr wurden von China gebaut. Während die Trump-Beamten versuchten, die israelische Regierung dazu zu bewegen, gegen chinesische Investitionen in Israel vorzugehen, tat Netanyahu nicht viel, außer Zeit zu gewinnen, indem er einen schwachen Aufsichtsmechanismus eingeführt hatte, der aber völlig unwirksam war. Den Amerikanern blieb das natürlich nicht verborgen. Deshalb forderten sie jetzt ein härteres Vorgehen. Anderson warnte Dahan vor einem weiteren Ausbau der Beziehungen Israels zu China.

»Seien Sie vorsichtig, Ron. Amerika tritt gegen China mit all seinen wirtschaftlichen Möglichkeiten an. Israel wird nicht sagen können, dass es das nicht gewusst hat.«

Ein weiteres Thema waren die Sicherheitsrisiken, denen Israel durch ein groß angelegtes überregionales Tunnelsystem der Hisbollah in verschiedenen Teilen des Libanon ausgesetzt war. Das Tunnelsystem diente dazu, Personal und Waffen außer Sichtweite der israelischen Verteidigungsstreitkräfte zu transportieren. Der Mossad hatte in Erfahrung gebracht, dass einige Tunnel dermaßen groß waren, dass sogar Pick-up-LKW mit mehrläufigen Raketenwerfern Dutzende von

Kilometern unterirdisch fahren konnten. Der Mossad vermutete, dass das Tunnelnetz den Raum Beirut, das Hauptquartier der Hisbollah, und den Raum Beqaa, die logistische Operationsbasis der Hisbollah, mit dem Südlibanon verband.

»Nach unserer Schätzung kann die Gesamtlänge aller Tunnel Hunderte von Kilometern erreichen«, sagte Dahan. »Wie die Hamas-Tunnel enthalten auch die libanesischen Tunnel unterirdische Kommando- und Kontrollräume, Waffen- und Nachschubdepots, Feldlazarette und Schächte, die zum Abfeuern einer breiten Palette von Raketen und Flugkörpern genutzt werden. Das Tunnelnetz im Libanon ist ähnlich wie das von der Hamas im Gazastreifen aufgebaute strategische Netz, nur größer. Was wir bei der Hamas gesehen haben, ist eine kleinere Ausgabe dessen, was die Hisbollah im Libanon hat. Aber die Hamas hat die Tunnel nicht erfunden. Normalerweise ist die Hamas immer das letzte Glied in der Kette, wenn es um neue Werkzeuge geht, die von der radikalen Achse eingesetzt werden. Die Entdeckung des Tunnelnetzes in Gaza lässt also den Schluss zu, dass es das im Libanon schon seit langem gibt. Und wie Sie wissen, sind die Iraner und Nordkoreaner die Mentoren für beide Organisationen. Die Hamas ist nur der Nachahmer. Normalerweise ist die Hisbollah immer der Vorreiter.«

Anderson nickte zustimmend und ergänzte dann: »Nach unseren Informationen ist das Tunnelprojekt das Ergebnis einer engen Zusammenarbeit zwischen der Hisbollah, Nordkorea und dem Iran, der das Projekt bezahlt und unterstützt hat. Die Zusammenarbeit zwischen diesen drei Akteuren reicht übrigens bis in die Achtzigerjahre zurück. Nordkoreanische Berater unterstützen seit 2006 das Tunnelprojekt der Hisbollah maßgeblich.«

Die beiden Chefs landeten schließlich bei rein privaten Themen: Familie und Hobbys.

Halon beobachtete ihre Begegnung schweigend vom unteren Tischende aus. Es war schwer zu sagen, wer gerade wen anwarb: Dahan Anderson oder Anderson den *memuneh*. Er hätte sich jetzt gern eine Zigarette angezündet, wusste aber, dass er damit noch warten musste.

Zwei junge Damen des Küchenpersonals räumten den Frühstückstisch ab. Anderson bat die beiden Israelis nach draußen auf die große Veranda. Die Sonne ging gerade auf und warf ein warmes Licht auf die Agenten. Die Männer nahmen in drei bequemen Korbsesseln Platz. Anderson begann sofort, seine Pfeife zu stopfen. Während er die Pfeife mit einem Streichholz ansteckte, zog Halon sein Päckchen Marlboro aus der Tasche, entnahm ihm eine Zigarette und ließ sich von Anderson Feuer geben.

Auf dem Glastisch befand sich außer einem großen Achataschenbecher ein Gerät, das Halon an die Konsolen erinnerte, die der Mossad in seinen sicheren Häusern für die Kommunikation zwischen dem Hauptquartier und operierenden Agenten benutzte.

Anderson neigte sich vor und drückte einen Knopf.

Zwei Männer begannen eine auf Englisch geführte

Unterhaltung – einer klang wie ein Schweizer aus Zürich, der andere war Luis Salandri.

»Nach dem Stand von heute Morgen beläuft sich der Gesamtwert des Kontos auf rund zwei Milliarden Dollar. Rund eine Milliarde davon ist – je zur Hälfte in Dollar und Euro – in bar verfügbar. Das restliche Geld ist in Aktien, in Gold und in Immobilien angelegt.«

Kurz darauf drückte Anderson auf STOPP.

»Dieses Gespräch hat vor vier Tagen, am 25. Juli, stattgefunden«, erklärte er. »Der Bankier ist ein gewisser Urs Reusser. Er kommt aus Zürich.«

»Und das Konto?«, fragte Halon.

»Gehört Salandri. Das Geld stammt aus dem Iran und aus China. Das waren finanzielle Vergütungen für entsprechende hochwertige Gegenleistungen. Wir haben dieses Konto erst kürzlich aufgespürt. Wir sind dann unauffällig gegen Reusser und seine Bank vorgegangen. Salandri wird nie einen Cent von diesem Geld zu sehen bekommen.«

Anderson gab jetzt eine dreistellige Nummer in das vor ihm stehende Gerät ein, damit Dahan und Halon eine weitere wichtige Stelle hören konnten.

»Ich habe mich an die schwierige Aufgabe gemacht, sämtliche Personen zu ermitteln, denen Zahlungen zustehen. Wie Sie wissen, sind diese über den Nahen Osten, Europa und Südamerika verstreut. Es hat allerdings leider einige unerwartete Komplikationen gegeben.«

»Komplikationen welcher Art?«

»In letzter Zeit sind mehrfach Leute, die Geld er-

halten sollten, unter geheimnisvollen Umständen aus dem Leben geschieden.«

STOPP.

Halon sah Anderson an und forderte stumm eine Erklärung für das Gehörte.

Sie diskutierten eine Stunde lang, dann beugte sich Scott Anderson leicht nach vorn. »Ich fasse es mal so zusammen, meine Herren. Wenngleich wir uns der Sache aus unterschiedlichen Richtungen genähert haben, kommen wir zum selben Ergebnis. *Wir* haben Salandri, sein Firmengeflecht und überhaupt den ganzen Ku Kux Klan seit längerem auf dem Schirm, und wir wissen, dass er schon immer mit mehreren Strohmännern gearbeitet hat. *Sie* hingegen haben sich analytisch von unten nach oben vorgearbeitet, beginnend bei diesem obskuren Templerorden über Reza Rajavi, den Paten von Valletta, bis rauf zu Salandri. Wir kennen Salandris kriminelles Handlungsschema, aber dieser Bombenanschlag fällt völlig aus dem Schema heraus. Vordergründig war es Salandri, der den Bombenanschlag in Auftrag gegeben hat, aber der eigentliche Impuls kam aus Kreisen, die wir noch nicht kennen. Davon bin ich überzeugt.«

»Welche Kreise könnten das sein?«, fragte Dahan.

Anderson zögerte mit der Antwort. »Es mag für Sie vielleicht etwas absurd klingen, Ron, aber wir glauben, dass der eigentliche Auftraggeber im Vatikan sitzt.«

Halon und Dahan schwiegen, aber Halon erinnerte sich, dass auch Ben-Zvi diese Vermutung geäußert hatte. Das war übrigens der Hauptgrund gewesen, weshalb er nach Rom geflogen und das Gespräch mit Gideon Landau gesucht hatte.

»Deshalb müssen wir gemeinsam eine Möglichkeit finden, diese Situation zu meistern«, fuhr Anderson fort. »Salandri ist wie vom Erdboden verschluckt. Das Handytracking funktionierte nicht. Die Auswertung der Passagierlisten der letzten Tage ergab ebenfalls nichts. Wir wissen definitiv nicht, wo er sich aktuell aufhält.«

»Wann haben Sie mit der Überwachung seines Hauses begonnen?«, fragte Halon.

»Vorgestern, am Samstag. Da war er aber schon verschwunden.«

»Möglicherweise hält er sich noch in der Schweiz auf.«

»Glaube ich nicht. Dafür ist der Mann zu intelligent. Ich halte es für viel wahrscheinlicher, dass er die Schweiz via Flugzeug und mit einem falschen Pass verlassen hat.«

»Dann müssen alle Schweizer Flughäfen ihre Videoaufzeichnungen der letzten Tage rausrücken. Eine KI identifiziert Salandris Visage innerhalb von Sekunden«, sagte Dahan.

»Das habe ich gestern bereits veranlasst.«

»Und?«

»Die Datenbanken aller Schweizer Flughäfen, in denen die Videoaufzeichnungen gespeichert werden, wurden vorgestern gehackt. Sämtliche Aufzeichnungen zwischen dem 25. und dem 27. Juli wurden gelöscht.«

»Von allen Schweizer Flughäfen?«

»Von allen Schweizer Flughäfen.«

Anderson rückte seinen Korbsessel in eine andere Richtung, weil er sich von der aufgehenden Sonne, die durch das Geäst der Bäume schien, geblendet fühlte. »Ich habe eine Bitte, Avi. Sie haben doch Rajavi verhört. Würden Sie mich an Ihrem Wissen teilhaben lassen?«

Halon schaute den *memuneh* an.

Der nickte bloß, was so viel hieß, dass Halon sprechen konnte. Dann sagte er: »Wir haben das ganze Verhör aufgezeichnet. Wir können es Ihnen ungekürzt zuleiten.«

»Das wäre natürlich noch besser«, sagte Anderson.

»Dass die Sache größer ist, als wir anfangs gedacht hatten, stimmt«, begann Halon. »Nachdem Rajavi die Passkontrolle in Valletta passiert hatte, ist eine unserer Agentinnen in sein Apartment eingedrungen. Sie fand ein Foto, dass Rajavi zusammen mit Qasem Soleimani zeigt.«

»*Qasem Soleimani?*« Anderson wirkte plötzlich wie elektrisiert. »Das ist wirklich ein Hammer.«

»Durchaus. Rajavi identifizierte sich auch in keiner Weise mit dem Bombenanschlag, obwohl er zugab, ihn geplant zu haben. Er wies alle persönliche Schuld von sich. Während des Verhörs sagte er mir: ›*Wir bringen weder Katholiken noch Juden um. Der Anschlag war eine Gefälligkeit der iranischen Regierung für die zuvor erbrachte Leistung eines sehr einflussreichen Mannes, der am Genfer See lebt*‹.«

»Salandri.«

»Ja. Daraufhin fragte ich ihn natürlich, um welche Gefälligkeit es sich gehandelt hätte. Ich erfuhr, dass Salandri dem Iran nicht nur die Baupläne der neuesten amerikanischen Drohnentechnologie besorgt hatte, sondern auch die neueste Software für den Cyberkrieg. Angeblich hatten Spezialisten der Revolutionsgarde die gelieferte Software gründlich geprüft und dabei festgestellt, dass schon geringe Modifikationen ausreichten, um sie für vielfältige Zwecke einsetzen zu können. Die Drohnenpläne und die Cybersoftware waren dem iranischen Regime insgesamt 200 Millionen Dollar wert. Im Gegenzug hatte Salandri um eine kleine Menge eines neuartigen Sprengstoffs aus iranischer Produktion gebeten, der von herkömmlichen Detektoren nicht erkannt werden kann. Mit diesem Sprengstoff sollte der Anschlag auf das religiöse Institut durchgeführt werden. Die Forderung wurde aber von der iranischen Führung abgelehnt. Man einigte sich schließlich darauf, dass Salandri den Sprengstoff zwar für seine Zwecke nutzen konnte, ihn aber niemals ausgehändigt bekäme. So kam es dann, dass der Anschlag von Rajavi geplant und von drei Agenten des MOIS ausgeführt wurde. Das ist im Grunde die ganze Geschichte.«

Anderson legte nachdenklich die Fingerspitzen zusammen.

Bevor er jetzt gleich tiefer bohren würde, wandte sich Halon auf Hebräisch an seinen Chef: »Kann ich Sie mal unter vier Augen sprechen?«

»Ja, aber dafür gehen wir nach draußen. Hier ist mit Sicherheit alles verwanzt.«

Der Mossadchef wandte sich an Anderson: »Entschuldigen Sie uns bitte einen Moment, Scott.«

»Kein Problem.«

Während Dahan und Halon sich erhoben, um das Gebäude für einen kleinen Spaziergang zu verlassen, klopfte Anderson seine Pfeife aus und begann, sie erneut zu stopfen.

Kaum war Halon draußen, zündete er sich die nächste Zigarette an. Nach rund einhundert Metern schweigsamem Spaziergang sagte er: »Es gibt zwei Punkte, die ich mit Ihnen besprechen muss. Der erste Punkt betrifft eine Aussage von Rajavi, die er während des Verhörs getätigt hat. Er sagte, Salandri sei ein Mann mit exzellenten Beziehungen zur CIA. Deshalb halte ich es nicht gerade für ratsam, in dieser Angelegenheit mit der CIA zusammenzuarbeiten.«

Dahan winkte gleich ab. »Avi, wir haben dermaßen viele Informanten auf allen Ebenen der CIA, die uns über alle relevanten Vorgänge auf dem Laufenden halten, dass ich längst Kenntnis davon erhalten hätte, wenn Salandri exzellente Beziehungen zu irgendjemanden aus der CIA-Führung unterhalten würde. Bei ehemaligen Agenten, die vielleicht selbst zu Salandris Altersgruppe gehören, will ich das nicht ausschließen, aber bei der jüngeren Generation, die noch im aktiven Dienst ist, schließe ich das definitiv aus. Definitiv. Und was ist Ihr zweiter Punkt?«

»Ich habe in Salandris Schlafzimmer einen Tresor entdeckt, der möglicherweise alle Antworten auf unsere Fragen enthält. Um den sollten wir uns schleunigst kümmern, bevor es unsere Kollegen aus Langley tun.«

»Das sagen Sie mir erst jetzt?«

»Ich hatte bis jetzt keine Gelegenheit dazu.«

»Haben Sie sich den Tresor genauer angeschaut?«

»Ja, es ist ein *Buckminster 320 G.*«

»Und Sie konnten ihn nicht öffnen?«

»Keinen mit diesem Sicherheitsstandard.«

Dahan zückte sein Mobiltelefon und ließ sich über eine abhörsichere Leitung mit Ben-Zvi verbinden.

»*Shalom, Ron*«, kam es aus Tel Aviv.

»Shalom, Aryeh. Ich brauche so schnell wie möglich einen Ingenieur für die Öffnung eines Tresors der Marke *Buckminster, Modell 320 G.* Allerhöchster Sicherheitsstandard. Der Tresor befindet sich in Salandris Haus am Genfer See. Sieh zu, dass du einen *sayan* hier aus der Gegend findest. Ich kann nicht warten, bis du mir jemanden mit El-Al schickst.«

»*Muss ich prüfen.*«

»Halt mich auf dem Laufenden.«

Das Gespräch war beendet.

»Sollen wir kehrtmachen?«, fragte Halon.

»Nein, denn dann müssten wir unsere Unterhaltung sofort beenden. Wie Sie sich denken können, sitzt hinter uns im Haus jemand, der gerade ein Hochleistungsmikrophon auf unsere Rücken richtet. Und Anderson sitzt vor seinem Tablet und wartet auf die englische Übersetzung unseres Gesprächs.«

Halon lachte. »Ja, das stimmt.«

»Avi, Sie hatten vor kurzem Geburtstag. Wie alt sind Sie geworden?«

»Fünfundfünfzig.«

»Ich bin achtundfünfzig. Im Prinzip sind wir also gleich

alt. Wir wurden ungefähr zur gleichen Zeit rekrutiert und haben die meiste Zeit unseres Lebens im Mossad verbracht. Aber wissen Sie, was uns beide unterscheidet? *Sie* waren die ganze Zeit *katsa* – übrigens einer der besten *katsas*, die das Büro je hatte –, aber *ich* war vor meiner Ernennung zum Generaldirektor zweieinhalb Jahre lang der Nationale Sicherheitsberater des Premierministers. Inhaltlich gibt es zwar keinen großen Unterschied zwischen einem Nationalen Sicherheitsberater und einem Mossad-Generaldirektor, aber als Nationaler Sicherheitsberater müssen Sie zusätzlich über politisches und diplomatisches Geschick verfügen. Und diese politische und diplomatische Dimension ist es, die den Mossad in Zukunft maßgeblich prägen wird.«

»Was wollen Sie mir damit sagen, Sir?«

»Ich möchte, dass Sie verstehen, warum meine Entscheidungen manchmal anders ausfallen, als es die Mehrheit meiner Mitarbeiter von mir erwartet. Einerseits muss ich ein guter *memuneh* sein, andererseits muss ich genau jenem Mann gegenüber loyal sein, dem ich meinen Job verdanke. Diese Doppelrolle ist nicht immer einfach.«

Sie machten kehrt, schlenderten langsam und wortlos zum Haus zurück und nahmen wieder ihre alten Plätze auf der Veranda ein. Der Aschenbecher war inzwischen durch einen sauberen ersetzt worden. Kaffee, Erfrischungsgetränke, Tassen, Gläser und Knabbereien waren ebenfalls gebracht worden.

In der nächsten Gesprächsrunde ging es um Jeffrey Epstein.

»Wir sind uns einig«, begann Anderson, »dass es unter keinen Umständen zu einem Prozess kommen darf. Ein Prozess würde dermaßen hohe Wellen schlagen, dass er nicht nur Ihr Institut, sondern auch die CIA massiv beschädigen würde. Uns würde die Scheiße regelrecht ins Gesicht fliegen. Da wir Epsteins Dienste und Informationen aber noch eine Zeitlang in Anspruch nehmen wollen, sind wir gezwungen, ihn aus der Zelle zu holen, in Sicherheit zu bringen und seinen Selbstmord vorzutäuschen. Sobald Epstein aus seiner Zelle geholt worden ist, legen wir einen bereits erdrosselten Doppelgänger in seine Zelle. Die Wachleute werden vorher natürlich ausgetauscht und großzügig bestochen. Und die Überwachungskameras fallen selbstverständlich ebenfalls aus. Am nächsten Tag findet man Epsteins Leiche. Er hat sich seiner Verantwortung durch Selbstmord entzogen. Das ist dann die offizielle Version, und ich denke, mit dieser Lösung können wir alle gut leben.«

»Wohin wollen Sie Epstein bringen?«

»Vielleicht auf irgendeine Insel. Wurde aber noch nicht entschieden. Außerdem erzähle ich Ihnen das alles nur unter Vorbehalt.«

»Was heißt das?«

»Wir brauchen noch die Zustimmung des Präsidenten.«

»Ist in Ihrem Plan wenigstens vorgesehen, dass wir ebenfalls Zugang zu Epstein erhalten?«

Anderson runzelte die Stirn. »Warum?«

»Aus den gleichen Gründen, weshalb *Sie* Zugang zu ihm haben wollen.«

»Epstein wurde in den USA angeklagt und nicht in Israel.«

»Wir wären selbstverständlich zu entsprechenden Gegenleistungen bereit.«

»Wir werden das diskutieren, aber das habe nicht ich zu entscheiden.«

»Wie wollen wir mit Ghislaine Maxwell verfahren?«, fragte Dahan.

»Wieso? Der Fall ist doch noch gar nicht akut. Maxwell wurde ja noch nicht einmal angeklagt.«

»Das ist doch nur noch eine Frage der Zeit, Scott. Ich möchte von Ihnen eine feste Zusage, dass wir für Ghislaine Maxwell ebenfalls eine für alle Seiten akzeptable Lösung finden.«

»Das kann ich Ihnen nicht versprechen. Meines Erachtens ist es auch noch viel zu früh, um beim FBI vorzufühlen. Aber falls wir eine Lösung finden, die auch in Ihrem Sinne ist, verlange ich natürlich eine entsprechende Gegenleistung.«

»Schwebt Ihnen da schon etwas Konkretes vor?«

Nach einigen Sekunden, während derer er sich nachdenklich über sein Kinn strich, sagte Anderson: »Wissen Sie, in der Agency ist es ähnlich wie bei Ihnen. Es gibt zwei Fraktionen. Die eine ist *für* die Regierung, die andere ist *gegen* die Regierung. Ich gehöre zur Pro-Trump-Fraktion, und selbstverständlich möchte ich, dass Trump im nächsten Jahr wiedergewählt wird, damit seine zweite Amtszeit ähnlich erfolgreich für die USA wird wie seine erste. Es gibt allerdings Kräfte, sehr mächtige, sehr einflussreiche Kräfte, die alles in Bewegung setzen werden, damit Trump keine zweite Amtszeit bekommt.«

»Das ist leider auch unsere Einschätzung«, sagte Dahan.

»Falls dieser Fall eintritt, wird Ihr Ministerpräsident sofort auf die Bremse treten und Ihnen befehlen, die Zusammenarbeit zwischen Ihnen und uns auf das Nötigste zu begrenzen.«

Dahan gab ihm Recht. »Ja, das würde passieren. Falls die linken Kriegstreiber zurück an die Macht kämen, würde das definitiv passieren. Das war ja auch während der Obama-Regierung so. Sie erinnern sich, wie Obama damals die Existenz der Verhandlungen mit dem Iran vor uns geheim hielt. Wir reduzierten den Informationsaustausch mit Ihnen umgehend, obwohl wir natürlich aus eigenen Quellen von den Treffen erfuhren.«

»Ja, das weiß ich. Der Deal, den ich Ihnen vorschlage, ist der folgende: Falls also der schlimmste Fall eintritt und es den Demokraten tatsächlich gelingt, die kommenden Präsidentschaftswahlen zu fälschen, dann halten wir den Informationsaustausch in einem sehr kleinen Kreis aus Israelis und Amerikanern trotzdem aufrecht.«

»Kommt darauf an, wen Sie mit dem kleinen Kreis konkret meinen.«

»Sie, Trump, Mike Pompeo, einige hochrangige amerikanische Generale und mich.«

»Planen Sie einen Putsch?«

»Nein.«

»Was dann? Eine Schattenregierung?«

»Die Sache ist größer, als Sie sich vorstellen können.«

»Ich kann Ihnen keine Zusage machen, wenn ich nicht genau weiß, worum es geht.«

»Sie werden es früh genug herausfinden, Ron.«

»Gesetzt, wir gingen auf diesen Deal ein: Auf welche Art von Informationen legen Sie denn ganz besonders Wert?«

»Auf dieselbe Art von Informationen aus dem Iran, die Sie uns jetzt schon so umfassend geben. Wie Sie wissen, verfügen wir zwar über Informationsquellen über den Iran, wie zum Beispiel die Lauschangriffe der NSA, aber wir verfügen nicht über die Ressourcen, die Israel hat, wie zum Beispiel ein Spionagenetz im Land selbst. Noch sind das alles ungelegte Eier, Ron, und noch ist die Zusammenarbeit zwischen unseren Diensten ausgezeichnet. Aber wenn der schlimmste aller schlimmen Fälle eintritt, möchte ich, dass diese exzellente Zusammenarbeit im kleinen Kreis weitergeht.«

»Wenn der schlimmste aller schlimmen Fälle eintritt, was Gott verhüten möge, dann wird sich unsere Beziehung zwingend abkühlen, Scott. Das kann ich Ihnen jetzt schon versichern. Denn es ist vollkommen egal, welchen Mann oder welche Frau die Demokratische Partei demnächst als ihren Präsidentschaftskandidaten nominieren wird. Diese Partei ist durch und durch antizionistisch und wird auf jeden Fall eine Rückkehr zum Atomabkommen anstreben.«

***

Nur durch einen glücklichen Zufall war er dem Israeli auf die Spur gekommen. Er hatte gestern einen Audi

Avant gemietet und war mitten in der Nacht zu dem Haus gefahren, wo ihn die beiden Israelis verhört und misshandelt hatten. Er hatte in sicherer Entfernung so lange warten wollen, bis sich das Ziel zeigen würde, dann hätte er es mit einem gezielten Schuss zur Strecke gebracht.

Doch dann hatte er beobachtet, wie sich kurz vor zwei Uhr morgens das Tor plötzlich geöffnet hatte und ein Fahrzeug herausgefahren war. Instinktiv war er diesem Fahrzeug gefolgt. Das Fahrzeug war zum See gefahren, hatte dort kurz gehalten, und ein Mann, den er sofort als die Zielperson wiedererkannt hatte, war dem Fahrzeug entstiegen.

Die genaue Lage des Hauses des Schwarzen Monarchen war ihm bis jetzt nicht bekannt gewesen, aber die Tatsache, dass sich jener Mann, den er in Valletta hatte töten sollen, ausgerechnet hier, in der Nähe dieses riesigen Anwesens, hatte absetzen lassen, ließ den Schluss zu, dass dies das Anwesen des Schwarzen Monarchen war.

Mason hatte dann beobachtet, wie sich der Mann von der Seeseite her diesem unglaublich großen Haus genähert hatte und schließlich auch dort eingebrochen war. Er hätte den Israeli sofort töten müssen, doch er hatte sich fälschlicherweise zum Warten entschlossen. Diese Entscheidung hatte sich nur wenig später als verhängnisvoller Fehler erwiesen. Mit anderen Worten: Er hatte diesen Auftrag zum zweiten Mal vermasselt. Der Israeli lebte immer noch. Warum zum Teufel waren plötzlich zwei schwerbewaffnete Männer aus dem Wald gekommen?

Jetzt saß er frustriert in seinem kleinen Pensions-zimmer und wusste nicht, was er tun sollte. Es war immer noch dasselbe Zimmer, das er vor vier Tagen angemietet hatte. Inzwischen hatte er sich auch einen neuen Akku und eine neue SIM-Karte besorgt. Doch der Kontakt zu seinem Auftraggeber blieb nach wie vor tot.

Der Schluss lag nahe, dass der Israeli den Schwar-zen Monarchen nicht nur getötet, sondern auch des-sen Handy deaktiviert hatte. Der Computerdoktor wollte sich Gewissheit verschaffen. Den Weg zu dem riesigen Anwesen des Schwarzen Monarchen hatte er sich eingeprägt. Er schnallte sein Schulterhalfter um und steckte seine Waffe ein.

***

Das Büro wusste bis jetzt nur wenig über Luis Salan-dri, aber es war sonnenklar, dass dieses führende Ku-Klux-Klan-Mitglied nicht die Spitze der Pyramide bildete. Von wem erhielt der Schwarze Monarch also seine Befehle? Oder waren es gar keine Befehle, son-dern Gefälligkeitsleistungen? Allein die Tatsache, dass das Büro bis jetzt blind gegenüber den Geschäften des Schwarzen Monarchen mit dem Iran gewesen war, hatte in Jerusalem alle Alarmglocken klingeln lassen.

Anderson, Dahan und Halon saßen im sicheren Haus der CIA gerade beim Mittagessen, als Dahan einen Anruf von Ben-Zvi erhielt.

»Shalom, Ron. Wir haben in Genf einen sayan-In-genieur gefunden, der auch einen Buckminster öffnen

kann«, sagte er. *»Gib mir dein Okay, und der Mann macht sich sofort ans Werk.«*

Dahan bedankte sich für die gute Nachricht und sah auf seine Uhr. »Gib ihm die GPS-Daten von Salandris Haus. Er soll sich um 13 Uhr am Zielort einfinden. Avi fährt sofort los und trifft sich dort mit ihm.«

»Okay. Mazal tov.«

Dahan wandte ich wieder an Anderson: »Es gibt leider einen Notfall, Scott. Avi braucht sofort ein Fahrzeug aus Ihrem Fuhrpark. Eins mit Navi.«

»Kann er haben. Kein Problem. Unsere Fahrzeuge sind alle mit Navi ausgestattet.«

»Und meine Waffe, die mir Ihre Leute abgenommen haben, hätte ich dann auch gern zurück«, sagte Halon.

»Klar.«

»Und wenn's geht, eine große Ledertasche. Die größte, die Sie haben.«

***

Der Ingenieur erwartete ihn auf der Seeseite des Chalets. Er hatte einen blonden Stoppelhaarschnitt, war klapperdürr, trug eine schwarze Jeans und ein beiges Sweatshirt. In seiner Hand hielt er eine hellbraune Aktentasche. Halon schätzte ihn auf Mitte dreißig.

»Jonah Aschenborn«, stellte sich der Mann auf Englisch vor. »Sind Sie der Mann, mit dem ich verabredet bin?«

Halon hörte den typischen Akzent der französischen Schweiz heraus. »Der bin ich. Mein Name ist Rafael Goldberg«, sagte er und reichte ihm zur Begrüßung die Hand.

»Angenehm. Dann lassen Sie uns nicht zu viel Aufhebens um die Sache machen. Lassen Sie mich den Tresor einfach öffnen. Alles, was ich brauche, habe ich dabei.« Er hob seine Aktentasche leicht an.

Halon nickte. »Gehen wir.«

Der Ingenieur wusste, dass der Mann, für den er den Tresor öffnen musste, vom Mossad war, auch wenn dieses Wort während des Telefonats nicht ein einziges Mal gefallen war. Ebenso wusste er, dass dieser Mann ihm nicht seinen wahren Namen genannt hatte, und dass er keine Fragen stellen durfte. Er wusste aber auch, dass er für diese Gefälligkeit nicht einen einzigen Franken erhalten würde. Das war aber nicht weiter schlimm war, denn Aschenborn war nicht nur Jude, sondern auch überzeugter Zionist. Wenn er etwas für Israel tun konnte, tat er es. Auch unentgeltlich.

»Der Elektrozaun wurde bereits deaktiviert«, sagte Halon.

»Von wem? Von Ihnen?«, fragte Aschenborn.

Er erhielt keine Antwort.

Nach fünfzig Metern erreichten sie die Rückseite des Hauses. Am Ende des langen Holzstapels befand sich die Tür, die Halon in der letzten Nacht professionell geöffnet hatte. Sie stand noch einen Spaltbreit offen. Halon stieß sie auf und trat ein. Aschenborn folgte ihm. Sie durchquerten eine Art Abstellkammer.

Die Tür, die ins Hausinnere führte, stand noch auf.

Halon tastete nach dem Lichtschalter und machte Licht.

Vor ihnen lag die Holztreppe mit dem reich verzierten, schmiedeeisernen Treppengeländer. Sie stiegen hinauf, ignorierten das Knarren der Treppe, und Halon öffnete die nächste Tür. Sie durchquerten die Küche, das Esszimmer und gelangten schließlich in den Wohnbereich.

Aschenborn sah sich neugierig um. Der große Salon lag weitestgehend im Dunkeln, aber vom hell erleuchteten Flur aus fiel gerade so viel Licht in den Eingangsbereich, dass er einen flüchtigen Blick auf das exklusive und kostspielige Mobiliar werfen konnte.

Sie erreichten Salandris Schlafzimmer, das vielleicht etwas altbacken, aber nicht weniger luxuriös eingerichtet war.

Halon zeigte dem *sayan* den Tresor. Dann stellte er die riesige schwarze Ledertasche, die er sich von der CIA ausgeliehen hatte, neben dem Tresor ab. »Wie lange werden Sie brauchen?«

»Nicht lange.«

»Sobald Sie ihn geöffnet haben, rufen Sie mich. Ich schaue mich noch ein wenig im Haus um.«

»Okay.«

»*Mazal tov.*«

»Danke.«

Während Aschenborn seine Aktentasche öffnete und der Reihe nach die Instrumente hervorholte, die er benötigte, verließ Halon den Raum und ging über den Flur zurück zu dem Schlafzimmer, in dem er vor nicht einmal zwölf Stunden Salandris Bodyguard getötet hatte. Leise öffnete er die Tür. Die Leiche des Mannes lag unberührt in ihrem getrockneten Blut.

Er schloss die Tür wieder, ging den Flur weiter entlang und stand jetzt vor der weitgeöffneten Tür des großen Salons. Die schweren Brokatvorhänge vor der langen Fensterfront waren zugezogen. Der Raum lag fast vollständig im Dunkeln. Halon tastete die Wand neben dem Türrahmen ab, bis er den Lichtschalter fand.

Licht flammte auf.

Sein Blick fiel auf den kostbaren Teppich.

Er durchquerte den Raum bis zur Mitte. Dann blieb er stehen, sah sich in aller Ruhe um und ließ die Atmosphäre auf sich wirken. Dieser überdimensionierte Salon verströmte sowohl etwas Spießiges als auch etwas Unheimliches. Dann ging er weiter bis zu Salandris pompösen Schreibtisch.

Er rückte den mächtigen Ledersessel zur Seite und wollte sich gerade hinter den Schreibtisch setzen, um die Schubladen zu durchsuchen, als er das Knarren der Holztreppe hörte.

Blitzschnell zog er seine Beretta aus dem Halfter und entsicherte sie. Mit der Pistole im Anschlag hastete er leise zum Lichtschalter und löschte das Licht. Die Tür schloss er nur so weit, dass ein drei Zentimeter breiter Spalt offen blieb. Durch ihn würde er beobachten können, ohne selbst gesehen zu werden.

Die Treppe knarrte ein zweites Mal.

Halon schätzte ab, wie lange es dauern würde, bis er den Eindringling zu Gesicht bekommen würde. Die Treppe führte direkt hinauf in die Küche. Dann kam das Esszimmer. Danach der weitläufige Flur, der am großen Salon vorbeiführte und nach rund zehn Metern bei den Bädern und den Schlafräumen endete.

»Herr Goldberg?«, ertönte Aschenborns Stimme. »Sie können kommen. Ich habe den Tresor geöffnet.«

Scheiße. Genau im falschen Moment.

Es vergingen einige Sekunden.

»Herr Goldberg?«, ließ sich der Ingenieur erneut vernehmen. Diesmal kam die Stimme direkt aus dem Flur.

Zu spät.

Halon hörte das bekannte *plopp plopp* eines guten Schalldämpfers, danach das Krachen von Aschenborns Körper gegen eine der im Flur stehenden Kommoden.

Eine Blumenvase fiel zu Boden.

Danach war Stille.

Totenstille.

Halon konnte den näherkommenden Eindringling fast körperlich spüren. Der Mörder war nur noch wenige Meter von ihm entfernt. Er würde sofort feuern, sobald er in seinem Blickfeld erscheinen würde.

Da war er.

Halon jagte ihm drei Kugeln direkt in die Brust.

Der Körper des Computerdoktors brach zusammen und schlug dumpf auf dem Boden auf. Die Pistole war ihm aus der Hand gefallen. Mason wollte gerade danach greifen, als der *katsa* aus der Dunkelheit hervorschoss und die Waffe mit dem Fuß wegstieß.

Halon war überrascht, in das Gesicht jenes Mannes zu blicken, in dessen Wagen Zev Yadlin vor vier Tagen eine Bombe versteckt hatte. Mason Brookes' Mietwagen war in einem großen Feuerball explodiert. Wieso hatte er den Anschlag überlebt?

Halon kniete sich nieder und jagte dem Sterbenden,

dem bereits schaumiges Blut aus dem Mund trat, die erlösende Kugel in die rechte Schläfe. Dann durchsuchte er die Taschen des Toten. Brieftasche und Handy nahm er an sich.

Nachdem er den Toten fotografiert hatte, erhob er sich und ging den Flur entlang. Er neigte sich zu dem *sayan*-Ingenieur hinunter und fühlte dessen Puls. Jonah Aschenborn war tot. Er ging weiter und betrat Salandris Schlafzimmer.

Der Tresor stand offen.

Halon zog den Reißverschluss der großen Ledertasche auf und stopfte fast den gesamten Tresorinhalt hinein. Nur die Gold- und Silberbarren sowie die Münzsammlung ließ er unangetastet. Nachdem er auch die beiden Mobiltelefone, die er Salandris Leibwächter und Mason Brookes abgenommen hatte, in die Tasche gestopft hatte, zog er den Reißverschluss wieder zu, verließ das Chalet und ging zurück zu dem Fahrzeug, dass er sich von der CIA ausgeliehen hatte.

Nach zwanzig Minuten erreichte er das riesige Grundstück mit dem Herrenhaus im Kolonialstil. Als er näherkam, sah er, dass die doppelstöckige Veranda leer war. Vor dem sicheren Haus standen drei gepanzerte Fahrzeuge des Büros, die den *memuneh* zurück zum Flughafen bringen sollten.

Halon stellte sein Fahrzeug ab, griff nach der großen Reisetasche mit dem Inhalt aus Salandris Tresor und stieg aus. Er betrat die rustikal eingerichtete Eingangshalle und stieß dort auf den abreisebereiten *memuneh*.

Dahans Blick fiel auf die bis zum Bersten gefüllte Reisetasche, die Halon in der Hand hielt. »Wir unterhalten uns während der Fahrt«, sagte er zu ihm auf Hebräisch.

Die Verabschiedung verlief höflich und formell. Anderson warf einen misstrauischen Blick auf die Tasche, unterließ es aber, peinliche Fragen zu stellen. Stattdessen sagte er: »Und grüßen Sie Aryeh von mir.«

»Werde ich tun«, erwiderte Dahan. Und als er Andersons misstrauischen Blick auf die Tasche registrierte, fügte er sarkastisch hinzu: »Die Reisetasche setzen Sie bitte auf die Rechnung. Nur für den Fall, dass es mal wieder etwas zwischen uns abzurechnen gibt.«

Anderson kommentierte die Bemerkung nicht. Aber als Dahan und Halon außer Hörweite waren, brummelte er: »So sind Sie, die Juden.«

Dahan und Halon nahmen im Fond des zweiten Fahrzeugs Platz. Die Reisetasche stand zwischen ihnen.

Die Wagenkolonne rollte los.

Während der Fahrt berichtete Halon lückenlos, was in Salandris Chalet vorgefallen war. Dahan nahm seinen Bericht kommentarlos zur Kenntnis. Dann fragte er: »Haben Sie schon einen Blick auf das Material geworfen?«

»Nein. Das überlassen wir besser unseren Spezialisten in Tel Aviv.«

Aaron und Meira hatten ihre Koffer bereits gepackt, ebenfalls Halons Koffer. Als die Wagenkolonne vor dem sicheren Haus zum Stehen kam, verschlossen sie alle Türen sorgfältig. Sie begrüßten zuerst Halon und den *memuneh,* dann gingen sie weiter zum dritten Fahrzeug, verstauten ihr Gepäck in dessen Kofferraum und stiegen ein.

Die Wagenkolonne setzte sich wieder in Bewegung. Das nächste Ziel war der Flughafen Genf.

Auf einem abgelegenen Teil des Flughafens wartete bereits eine Sondermaschine der El-Al mit laufenden Triebwerken. Die Fahrzeuge fuhren quer über das Rollfeld und hielten dann direkt vor der Gangway. Die Fahrzeugtüren öffneten sich. Die Agenten schnappten sich ihr Gepäck und stiegen der Reihe nach die Gangway hoch. Halon bestieg das Flugzeug als Letzter. Die große schwarze Reisetasche hielt er fest umklammert.

Während die Maschine zur Startlinie rollte, saß Dahan bereits wieder vor seinem Tablet und studierte die Berichte seiner Führungsoffiziere aus aller Welt. Als er Halon den Platz neben sich anbot, nahm dieser sein Angebot an.

Der Pilot wartete auf die Startfreigabe.

Endlich war es soweit. Die Triebwerke heulten auf. Die Bremsen lösten sich, und ein Ruck ging durch die Maschine.

Ron Dahan las konzentriert weiter.

Nach einer Viertelstunde befand sich die Maschine bereits in großer Höhe. Der Mossadchef legte sein Tablet zur Seite, griff in die Seitentasche seines Jacketts und holte eine kleine Bibel hervor. Er schlug sie auf und begann zu lesen.

Halon brachte seine Verwunderung zum Ausdruck. »Die Bibel ist nicht gerade das Erste, woran man denkt, wenn man es mit dem Oberhaupt der ersten Familie des Staates zu tun hat«, sagte er.

»Diese Bibel ist ein Geschenk meiner Mutter. Sie wissen doch, dass ich aus einer Rabbinerfamilie stamme.«

»Ja, weiß ich.«

»Vielleicht sollten Sie auch mal wieder in die Bibel schauen. Schadet Ihnen bestimmt nicht.«

Nach einer Flugzeit von knapp zweieinhalb Stunden landete die Maschine auf Malta.

Fünfzehn Minuten später befanden sich auch Liam, Yael und Dina an Bord. Ihre Mission in Valletta war vorerst beendet. Es ging zurück nach Tel Aviv.

August 2019

Tel Aviv – Freitag, 2. August. Halon wartete seit vier Tagen darauf, dass Ben-Zvi Verbindung mit ihm aufnahm. Während dieser vier Tage hielt er sich fast ausschließlich in seiner Wohnung auf, die in einem aus weißem Kalkstein erbauten Apartmentgebäude im Norden Tel Avivs lag und noch nicht einmal über einen Aufzug verfügte. Er schlief lange, frühstückte in einem in der Nähe liegenden Hotel und verbrachte die Vormittage vor dem Fernseher. Mittags aß er in einem der kleinen Restaurants im Hafen Fisch oder Pasta. Den Nachmittag nutzte er für ein Nickerchen.

An diesem Abend erhielt er Besuch von Dina Kelman. Eine Stunde später lagen sie im Bett. Danach schauten sie Fernsehen. Halons Hand ruhte gerade auf Dinas Unterleib, als ihn eine Eilmeldung aufhorchen ließ: Die fünfundfünfzigjährige Köchin des liberalen und prominenten italienischen Kardinals Carlo Bonelli war von dessen Security auf frischer Tat ertappt worden, wie sie gerade das Mittagessen seiner Eminenz vergiftete. Die Köchin hatte die Tat unter Tränen sofort gestanden und zugegeben, dass sie von ihrem Neffen, einem Mitglied der örtlichen Mafia, angestiftet worden war und auch das Gift von ihm erhalten hatte. Hätte der Kardinal das vergiftete Mittagessen zu sich genommen, wäre ein sofortiger Herzstillstand die Folge gewesen. Die Staatsanwaltschaft hatte die Ermittlungen bereits eingeleitet ...

Kurz darauf erreichte ihn ein Anruf von Ben-Zvi.

Schweigend hörte er die Anweisungen, dann legte er wortlos auf. Er löschte das Licht und gab Dina einen Kuss auf die Stirn. »Gute Nacht, ich muss morgen sehr früh raus.«

»Ich rauche noch eine in der Küche. Bis gleich.«

***

Tel Aviv – Samstag, 3. August. Am nächsten Morgen erschien Halon bereits um sieben Uhr im Büro. Er war ausgeschlafen und sprühte vor Energie. Er wollte zuerst Ben-Zvi sprechen, aber Zehava Landsman, Ben-Zvis Sekretärin, sagte ihm: »Die sitzen schon alle in Raum 317A und warten auf dich.«

Halon ging zurück zum Fahrstuhl und fuhr dann runter in die dritte Etage. Als sich die Fahrstuhltür wieder öffnete, sah er, dass die Tür zum Konferenzraum offenstand.

Sein Blick fiel zuerst auf den breiten Rücken des Chefs der Operationsabteilung. Ben-Zvi saß am Kopfende des Konferenztisches. Halon trat ein, schloss die Tür hinter sich und begrüßte jeden einzeln mit »Shabbat shalom« und Handschlag. Zuerst Ben-Zvi, der den Raum bereits mit seinen türkischen Zigaretten vollqualmte, dann Naftali Brenner, den Chefanalytiker am King Saul Boulevard, der gleich zwei seiner Mitarbeiter mitgebracht hatte, und zum Schluss Michal, die Leiterin der psychologischen Abteilung, und Orell, den Finanzanalytiker.

Dieses Team hatte sich vier Tage lang intensiv mit dem Inhalt von Salandris Tresor beschäftigt. Das Material, das Halon entwendet hatte, reichte von einfachen Rechnungen und Jahresabschlüssen seines komplexen Firmengeflechts bis hin zu ausrangierten Computerfestplatten, Mobiltelefonen und geheimen Telefonlisten. Jeder Beleg, jeder Datensatz, jeder Telefonkontakt war von den Analytikern dreimal geprüft, von allen Seiten verifiziert und in eine logische Struktur gebracht worden. Der Mossad hatte jetzt die Namen, die Telefonnummern und die Adressen. Abschließend war die gesamte Ausbeute eingescannt und der KI zur nochmaligen Deutung übergeben worden. Die KI hatte eine Struktur identifiziert, die die nationale Sicherheit Israels maximal bedrohte.

Nachdem Halon auf dem leeren Sessel rechts von Ben-Zvi Platz genommen, sich Kaffee eingeschenkt und eine Zigarette angezündet hatte, erhob sich der Chefanalytiker und begann mit seinem Vortrag.

»Wie ihr wisst, gibt es auf diesem Planeten zwei Machtkomplexe. Über den ersten Machtkomplex wissen wir viel, über den zweiten Machtkomplex wenig. Der erste Machtkomplex ist der digital-pharmazeutisch-finanzielle Komplex. Das sind die IT-Konzerne Apple, Amazon, Alphabet, Facebook und Google, die großen Pharmakonzerne sowie die vier großen Vermögensverwalter Vanguard, BlackRock, State Street und Fidelity. Der zweite Machtkomplex ist das, was ich jetzt einfach mal als den Untergrund bezeichnen möchte. Beim Untergrund handelt es sich um ein global agierendes System aus mehreren hochkriminellen Syndikaten mit zum Teil stark divergierenden Zielen. Dazu gehören an vorderster Front die international agierenden Drogen- und Waffenhändler und ihre zum Teil sehr komplexen Verflechtungen mit staatlichen Strukturen, NGOs, diversen Hilfsorganisationen und Stiftungen. Das Büro tut sein Bestes, um möglichst umfassende Informationen über deren Treiben zu erhalten, aber um dieses System vollständig zu durchleuchten, fehlen uns einfach die Ressourcen.«

»Wenn ich da mal gleich unterbrechen darf«, sagte Ben-Zvi und blies einen Rauchkringel in die Luft. »Wir haben bereits mehrere strategische Investitionen auf hohem Qualitätsniveau getätigt, die uns schon sehr nützlich waren. Aber ich gebe dir recht, Naftali, das reicht noch nicht. In Zukunft müssen wir uns hier noch viel stärker engagieren.«

»Genau«, sagte Brenner. »Die Investitionsziele müssen auf jeden Fall stark erweitert werden. Aktuell sind für uns interessant: Fintech, Roboter, automatisierte Datenerfassung, Drohnen, Personenanalyse, Big Data, Spracherfassung, 3-D-Scans, 3-D-Druck, Smart-City-Technologie, Künstliche Intelligenz, Blockchain, Datensicherheit und Maschinenlernprozesse – also praktisch das gesamte Spektrum der neueren Technologien. Unser grundlegendes Erfolgsrezept heißt aber nach wie vor: Satellitendaten plus *Humint* plus *Sigint* plus Cyber plus Künstliche Intelligenz.« Dann machte er eine Pause, räusperte sich und blickte in die Runde. »Aber jetzt zum eigentlichen Thema, dem Terroranschlag in Valletta am 15. Juli. Bis vor kurzem interessierten uns daran nur drei Dinge: *Wer* hat den Terroranschlag in Auftrag gegeben? *Wer* hat ihn geplant? Und *wer* hat ihn ausgeführt?«

»Nicht *drei*, sondern *fünf* Dinge!«, korrigierte ihn Halon. »Die vierte und die fünfte Frage lauteten: *Wer* hat den Sprengstoff geliefert? Und *wie* gelangte der Sprengstoff unbemerkt in das Gebäude?«

»Okay, okay, Avi – *fünf* Dinge. Aber diese Fragen haben wir ja inzwischen geklärt. Angesichts der Informationen, die uns *jetzt* vorliegen, tritt das ganze Geschehen rund um den Terroranschlag eher in den Hintergrund. Denn jetzt wissen wir, dass wir es mit einer viel größeren Herausforderung zu tun haben. Ein Netzwerk rund um Luis Salandri verkaufte über einen längeren Zeitraum geheime Drohnentechnologie und Cyberspace-Waffen an den Iran und an China. Die Erlöse aus diesen Deals landeten auf Salandris Konto und sollten den Personen dieses Netzwerks nach gewissen vorher festgelegten Prozentsätzen am 1. August ausgezahlt werden. Insgesamt sprechen wir hier von einer Viertelmilliarde Dollar. Salandri beanspruchte das Geld aber ausschließlich für sich selbst. Deshalb engagierte er bereits vor mehreren Wochen einen Auftragskiller, der ihm alle potentiellen Geldempfänger rechtzeitig vom Hals schaffte.«

»Mason Brookes«, sagte Halon.

»Richtig. Die CIA hatte irgendwann Wind von diesen Deals bekommen, kannte aber nicht deren wahres Ausmaß. Sie folgte der Spur des Geldes und identifizierte schließlich eine Schweizer Privatbank mit Sitz in Zürich, bei der Salandris Geld gebunkert war. Nachdem sie in den Besitz der Kontonummer und der Geheimzahl gekommen war, räumte die CIA das Konto leer und transferierte das Geld am 25. Juli, also vor neun Tagen, auf ein Konto bei der Chase Manhattan Bank. Dort ist es seither geparkt. Was im Weiteren mit dem Geld geschehen soll, wissen wir noch nicht. Sehr aufschlussreich war auch die Auswertung der drei Handys. Da ist einmal Salandris Handy, das Avi aus Salandris Tresor geholt hat. Dieses Handy wurde am 25. Juli zum letzten Mal benutzt. Seither benutzt er ein Zweithandy.«

»Woher wissen wir, dass er ein Zweithandy benutzt?«, fragte Halon.

»Das ergab die Auswertung des Handys von Gaspar Fournier, Salandris Leibwächter. Du hattest es ihm abgenommen, nachdem du ihn in eine bessere Welt geschickt hattest. Salandri und Fournier haben übrigens noch am 28. Juli miteinander telefoniert. Salandri kontaktierte Fournier von Shanghai aus. Und dass er sich noch immer in Shanghai aufhält, wissen wir auch. Was Salandris Ersthandy betrifft: Ich würde sagen, die Beweislast ist eindeutig. Der Mann ist ein ganz bunter Hund mit Geschäftskontakten in die ganze Welt. Ein Name sticht unter seinen Kontakten besonders hervor: Bruce Sheppard. Sheppard ist sechsundsiebzig Jahre alt und ein ehemaliger Case Officer der CIA. Aryeh hat gestern noch mit Scott Anderson, dem stellvertretenden Direktor der Operationsabteilung der CIA telefoniert und um eine Überprüfung gebeten. Anderson hat daraufhin die sofortige Observation Sheppards angeordnet.«

»Das ist ja auch völlig klar«, meinte Ben-Zvi. »Persönliche Beziehungen zwischen Geschäftsleuten und ehemaligen Agenten sind zwar keine Seltenheit, aber wenn es sich bei dem Geschäftsmann um ein hohes Tier vom Ku-Klux-Klan handelt, dann steigt natürlich bei jedem Geheimdienstdirektor der Puls. Erst recht bei einem Typen wie Scott Anderson.«

»Wie ist es Salandri gelungen, unbemerkt nach Shanghai zu entkommen?«, wollte Halon wissen.

»Fournier hat den Flug unter einem anderen Namen für ihn gebucht«, sagte Brenner. »Salandri ist dann mit einem gefälschten Pass geflogen. Für Menschen seiner Vermögensklasse ist es eine Kleinigkeit, sich solche Dinge zu beschaffen. Andererseits dürft ihr nicht vergessen, dass er mit seinem Vermögen in der unteren Liga der Milliardäre spielt. Aus der Perspektive der wirklich großen Player ist er also bloß ein kleiner Fisch. Und genau das macht ihn so extrem gefährlich. Salandri schwamm bisher immer unterhalb des Radars.«

»Was ist mit dem dritten Handy, das du erwähntest?«

»Das ist das Handy von Mason Brookes, dem Auftragskiller. Es rundet das Bild, das wir gewonnen haben, sozusagen ab.«

»Okay. Aber auf eine der zentralsten Fragen in dieser ganzen Angelegenheit habe ich von dir noch keine Antwort erhalten, Naftali.«

»Welche?«

»Ist Salandri der Initiator des Terroranschlags auf Yonah und den liberalen Erzbischof, oder ist es jemand anderer? Und damit verbunden meine zweite Frage: »Warum gab es zuerst einen Terroranschlag auf einen Juden und einen liberalen Katholiken und danach eine Serie von Todesfällen unter liberaler Kardinälen ohne den Tod eines einzigen Juden?«

»Beide Fragen kann ich dir nicht beantworten, Avi, weil mir die entsprechenden Informationen fehlen. Aber ich kann bestimmte Prämissen formulieren und dir auf Basis dieser Prämissen eine Theorie formulieren.«

»Ich wäre schon mit einer Theorie zufrieden.«

»Okay. Erste Prämisse: Bei der Todesserie unter den linksgerichteten Kardinälen handelt es sich um keine natürlichen Tode, sondern ausnahmslos um Auftragsmorde. Zweite Prämisse: Der Terroranschlag auf Yonah Melman und Erzbischof Wegener bildete den Auftakt zu dieser Serie. Auf Basis dieser beiden Prämissen lautet meine Theorie wie folgt: Es gibt eine Gruppe von Verschwörern, möglicherweise im Vatikan, die mit dem aktuellen Kurs von Papst Franziskus nicht einverstanden ist. Franziskus ist hochbetagt und kann jederzeit das Zeitliche segnen oder zurücktreten. Um beim nächsten Konklave einen Nachfolger aus dem reformistischen Lager zu verhindern, hat diese Gruppierung entschieden, alle linksorientierten Kardinäle rechtzeitig vom Spielfeld zu nehmen. Der erste Bauer, der fallen sollte, war Erzbischof Wegener. Man vergab den Mordauftrag an den Ku Klux Klan, weil dieser für seinen militanten Antikatholizismus bekannt ist. Der erste Auftrag ging also an Salandri, der – natürlich ganz im Sinne des Ku Klux Klan – auch gleich zwei Juden mit den Tod nahm. Die Gruppe der Verschwörer war damit aber überhaupt nicht einverstanden, weil es zu keinem Zeitpunkt um die Ermordung von Juden gehen sollte, sondern ausschließlich um die Ermordung von linksgerichteten, liberalen Kardinälen. Folglich beschloss diese Gruppe einen Kurswechsel und vergab die folgenden Mordaufträge an andere Kreise, möglicherweise an die Mafia. Und diese Kreise ziehen offenbar die leisen Töne beim Töten vor.«

Brenner schaute nachdenklich in die Runde.

»Wie gesagt, dies ist nur eine Theorie.«

»Danke, Naftali«, sagte Halon. »Deine Theorie ist auf jeden Fall schlüssig.«

»Oft sind die einfachen Antworten die richtigen«, schloss sich Ben-Zvi Halons Lob an.

»Kennt der *memuneh* deine Theorie schon?«, fragte Halon.

»Nein«, sagte Brenner. »Der *memuneh* möchte nicht mit Theorien belästigt werden, sondern Fakten von mir hören. Bis jetzt weiß er nur, dass Salandri sich in Shanghai aufhält und dass die rund zwei Milliarden Dollar, die die CIA von Salandris Schweizer Konto abgeräumt hat, Salandri nicht wirklich zu einem zahnlosen Tiger machen. Salandri ist innerhalb des Ku Klux Klan ein hohes Tier, und wie wir wissen, wurde der Ku Klux Klan in den letzten dreißig Jahren zu einem gewaltigen Finanzimperium ausgebaut. Salandri verfügt mit Sicherheit über Möglichkeiten, den erlittenen Verlust schnell wieder auszugleichen. Aber auf diesem Gebiet verfüge ich nur über laienhafte Kenntnisse. Orell ist da der Fachmann.«

Orell, der Finanzanalytiker, hatte bis jetzt nur schweigend zugehört. Jetzt meldete er sich zu Wort.

»Ich habe vier Tage lang sämtliche Finanztransaktionen analysiert. Wir müssen da deutlich unterscheiden zwischen dem seriösen Geschäftsmann Salandri und dem hochkriminellen Privatmann Salandri. Seine Firmen sind mehr oder weniger sauber aufgestellt und haben ihre eigenen Geschäftsbanken. Der Privatmann Salandri hingegen arbeitet davon völlig getrennt. Es ist schon etwas seltsam, um nicht zu sagen, extrem ungewöhnlich, dass ein Mann seines Kalibers mit nur zwei Banken zusammenarbeitet. Das ist zum einen die Privatbank *Reusser & Hürsch* in Zürich, zum anderen die nicht gerade als seriös einzuordnende *Bank of Sikang* in Shanghai. Das Konto und die Depots bei *Reusser & Hürsch* wurden von der CIA fast vollständig leergeräumt, auf dem Konto bei der *Bank of Sikang* befinden sich per Stand heute knapp 59 Millionen Dollar.«

»Zum Überleben reicht das ja so gerade«, scherzte Ben-Zvi.

»Zumindest wissen wir jetzt, wo wir ihn uns schnappen können«, meinte Halon.

»Operationen in China sind extrem riskant, Avi. China ist nicht die Schweiz. Die Kommunisten haben ein nahezu perfektes Überwachungssystem installiert. Vor allen Dingen in den Metropolen, wie zum Beispiel in Shanghai. Ich schicke ungern einen meiner *kidonim* in die Volksrepublik.«

»Das wird auch nicht nötig sein«, meldete sich Michal zu Wort. Die dreiunddreißigjährige Michal Harel war die Leiterin der psychologischen Abteilung des Mossad. »Salandri wird definitiv in die Schweiz zurückkehren. Mein Team hat seine Vergangenheit intensiv recherchiert. Es ergab sich ein Bild, aus dem wir mit relativ hoher Zuverlässigkeit sein Profil und seine Verhaltensmuster ableiten können.«

»Wir sind gespannt«, sagte Ben-Zvi.

»Luis Salandri ist Jahrgang 1942. Sein Großvater mütterlicherseits war ein gewisser Ludwig Hogendoerfer. Hogendoerfer wurde 1894 in Ravensburg in Deutschland geboren. Ravensburg war übrigens die erste deutsche Stadt, die Eugenik praktizierte, also das Töten von sogenannten nutzlosen Essern. Später war Ravensburg ein Transportknotenpunkt für gestohlenes Nazi-Gold an die Schweizerische Bank für Internationalen Zahlungsausgleich. Ludwig Hogendoerfer wanderte 1920 in die Schweiz aus, ehelichte dort im Jahre 1921 eine sehr vermögende italienischstämmige Schweizerin namens Antonia Boretti und gründete im selben Jahr die Hogendoerfer AG mit Sitz in Zürich. Diese Gesellschaft nutzte später Sklavenarbeit und alliierte Kriegsgefangene aus, stellte Schlüsseltechnologien zur Herstellung von Atombomben für Hitler und später für Südafrika her, verkaufte Schweizer Flammenwerfer an die Nazis und wurde von Adolf Hitler als nationalsozialistisches Musterunternehmen bezeichnet. Aus der Ehe zwischen Ludwig Hogendoerfer und Antonia Boretti ging eine Tochter hervor, Erna Hogendoerfer. Sie wurde 1922 in Zürich geboren. Erna Hogendoerfer war überzeugte Nationalsozialistin, reiste in den Schulferien viel im faschistischen Italien umher und lernte dort 1940 den italienischen Faschisten Achille Salandri kennen. 1942 heirateten die beiden in Rom, und Erna Hogendoerfer nahm den Namen ihres Mannes an. In Rom wurde 1942 auch ihr erster und einziger Sohn, Luigi Salandri, geboren. Nach dem verlorenen Krieg verließ die Familie Salandri Italien und siedelte um in die Schweiz, konkret nach Zürich. Dort ließ die Familie den Vornamen von Luigi Salandri in Luis ändern. Großvater Ludwig Hogendoerfer übergab die Leitung der Hogendoerfer AG 1954 an seine Tochter Erna und seinen Schwiegersohn Achille. Diese wiederum 1972 an ihren Sohn Luis Salandri. Luis Salandri blieb der Gesinnung seiner Eltern übrigens zeitlebens treu. Während seiner zahlreichen USA-Besuche knüpfte er ab 1975 auch die ersten Kontakte zum Ku Klux Klan ...«

In den folgenden zehn Minuten schilderte Michal die weitere Karriere des Schwarzen Fürsten innerhalb des Ku Klux Klan sowie die Herausbildung einer komplett pathologischen Persönlichkeit, die sich, beginnend mit einem militanten Antikatholizismus und Antisemitismus über viele Jahre hinweg bis hin zu einem extremen Transhumanismus immer weiter deformierte.

Als sie mit ihrem Vortrag geendet hatte, sagte Brenner: »Wir können ja den Ku Klux Klan noch mal durchsieben.«

Ben-Zvi schüttelte den Kopf. »Das würde uns nicht weiterbringen. Ich setze darauf, dass Michal mit ihrer Analyse Recht hat und Salandri in Kürze wieder in der Schweiz auftaucht.«

»So lange willst du warten«, stellte Halon fest.

»Manchmal ist Warten das Beste, was man tun kann. Keine Sorge, Avi, du kriegst bald jede Menge zu tun. Kann sein, dass Ron dich heute noch in sein Büro bittet.«

»Worum geht es?«

»Lass dich überraschen. Ron wird es dir selbst sagen.«

»Hört sich irgendwie Scheiße an, Aryeh.«

Ben-Zvi lachte. »Mach dir keine Sorgen. Du bist noch im Spiel. Salandri gehört dir. Das habe ich dir versprochen. Rajavi hast du ja bereits aus dem Verkehr gezogen. Jetzt geht es erst mal um die Agenten, die den Anschlag ausgeführt haben. Das sind drei Fußsoldaten. Kleine Fische. Keine Strategen. Für dich wäre das ein Kinderspiel, ich weiß, aber da sie sich überwiegend in Rom aufhalten, übernimmt Zev das. Der Ministerpräsident hat die Exekutionsbefehle gestern unterschrieben.«

»Das heißt, die Sitzung ist beendet?«

»Die Sitzung ist beendet.«

Halon ging in sein Büro und fuhr den Rechner hoch. Als *katsa* hatte er uneingeschränkten Zugriff auf sämtliche Datenbanken des Mossad.

Dariush Rahbar, Iman Farahmand und Farshid Ghassemi. Um diese drei Agenten ging es. Keiner von ihnen war älter als fünfundzwanzig. Sie waren in Rom stationiert und hauptsächlich für die Liquidierung von Regimegegnern in ganz Europa zuständig. Ihre Operation in Valletta war also eine Ausnahme gewesen. Dariush Rahbar hatte die Paketbombe mit Fernzündung gebaut, Iman Farahmand hatte den UPS-Transport organisiert, und Farshid Ghassemi hatte das Paket beim *Institut für interreligiösen Dialog* abgegeben.

All dies hatte Halon bereits während Rajavis Verhör erfahren. Die Datenbanken lieferten ihm jetzt jene Informationen, die das Büro zusätzlich über die Agenten gesammelt hatte. Zu gern hätte er die Urteile selbst vollstreckt, aber Aryeh hatte die Operation soeben an Zev Yadlin, den *katsa* in Rom, übertragen.

Um 14 Uhr blinkte das rote Lämpchen auf Halons Sprechanlage. Ein weiteres Lämpchen zeigte an, dass es Dahans Sekretärin Ziva Weinthal war.

Er drückte einen Knopf. »Ja?«

»Der memuneh will dich sprechen, Avi.«

»Ich komme.«

Fünf Minuten später stand er in Zivas Büro. Sie drückte einen Knopf, und die Tür, die das Sekretariat vom Büro des obersten Bosses der Behörde trennte, glitt lautlos zur Seite.

Ron Dahan, der Generaldirektor des Mossad, saß in einem blütenweißen Hemd und wie immer ohne Krawatte hinter seinem beeindruckenden Schreibtisch, einer endlos weiten Rauchglasfläche, die, abgesehen von einem Computer und zwei Telefonen, leer war.

»Shabbat Shalom, Avi. Nehmen Sie bitte Platz«, sagte er, nachdem einer seiner wichtigsten *katsas* die sechs Meter, die seinen Schreibtisch von der Tür trennten, zurückgelegt hatte.

»Shabbat Shalom, Sir«, sagte Halon und setzte sich.

»Wir kenne uns schon viele Jahre, Avi. Auch während meiner zweieinhalb Jahr als Sonderberater des Ministerpräsidenten für alle Sicherheits- und Geheimdienstfragen behielt ich Sie immer genauestens im Auge. Ich weiß, was Sie für Israel geleistet haben, und ich weiß, was Sie noch zu leisten in der Lage sind.

Ich habe Ihnen schon mehrfach signalisiert, dass ich große Stücke auf Sie halte und dass Ihre Karriere noch lange nicht zu Ende ist. Ich weiß, dass Sie Ihre Arbeit über alles lieben. Wir alle lieben unsere Arbeit. Sie hält uns frisch und jung. Schauen Sie sich unsere ehemaligen *memunehs* an. Sie alle erreichten ein hohes Alter. Isser Harel wurde einundneunzig, Meir Amit achtundachtzig, Zvi Zamir ist bereits vierundneunzig und erfreut sich bester Gesundheit, Yitzhak Hofi wurde siebenundachtzig, Nahum Admoni wird im November neunzig, Shabtai Shavit ist gerade achtzig geworden, und Ephraim Halevy ist auch schon fünfundachtzig. Aryeh Ben-Zvi ist jetzt dreiundsiebzig. Auch er liebt seine Arbeit über alles, und als Leiter der Operationsabteilung leistet er jeden Tag Unglaubliches. Aber auch er wird nicht jünger. Vor einigen Wochen hatte ich ein längeres Gespräch mit ihm. Seine Frau ist schwerkrank, und er möchte mehr Zeit mit ihr verbringen. Er bat mich also um seine Ablösung. Nicht sofort, aber innerhalb der nächsten zwölf Monate. Des Weiteren hat mich Dani Gerstein, unser *katsa* in Berlin, um Versetzung in die Zentrale gebeten. Ich habe seinem Versetzungswunsch noch nicht entsprochen, weil ich zuerst mit Ihnen sprechen wollte. Ich möchte Ihnen also zwei Angebote unterbreiten, Avi. Entweder Sie werden Aryehs Nachfolger und erhalten den Job als Chef der Operationsabteilung, oder Sie lösen Dani als *katsa* in Berlin ab.«

Halon räusperte sich. »Ich danke Ihnen für Ihr Vertrauen, Sir. Sie wissen, dass ich immer am Schauplatz des Geschehens sein muss, und dass es mir schwer fällt, hinter einem Schreibtisch zu sitzen oder bei endlosen Planungssitzungen zu verkümmern. Ich entscheide mich für Berlin.«

Dahan lächelte. Dann stand er auf und gratulierte Halon per Handschlag. »Ja, ich weiß, dass sich echte Feldagenten schlecht an die Disziplin in der Zentrale gewöhnen können. Draußen, im Einsatz, können sie machen, was sie wollen, aber hier in der Zentrale geht das leider nicht. Sie haben also die richtige Entscheidung getroffen, Avi.«

In diesem Moment leuchtete das rote Lämpchen an seiner Sprechanlage auf.

Dahans Sekretärin teilte ihm mit, dass sie Scott Anderson, den stellvertretenden Direktor der Operationsabteilung der CIA, in der Leitung habe.

»Stellen Sie ihn bitte durch«, sagte Dahan.

Halon wollte gerade gehen, aber Dahan machte ihm mit der rechten Hand ein Zeichen zu bleiben.

Dahan setzte sich, und Halon setzte sich ebenfalls.

»*Shabbat shalom, Ron.*«

»Shabbat shalom, Scott.«

Nach der gewohnt höflichen Begrüßung sagte Anderson: »*Ich melde mich noch einmal in der Sache Luis Salandri. Ich darf Ihnen zunächst meinen Dank ausdrücken, Ron, dass Sie uns wenigstens die Gold- und Silberbarren sowie die Münzsammlung in Salandris Tresor überlassen haben. Die Sachen haben wir natürlich sofort konfisziert und dem Schatzamt übergeben. Ich hoffe, dass Ihnen die eigentlichen Schätze, die Sie aus dem Tresor geholt haben, einen erheblichen Erkenntniszuwachs gebracht haben.*«

Dahan verstand diesen Seitenhieb sehr gut. »Muss ich mich jetzt bei Ihnen entschuldigen, Scott?«

»Ich darf Sie an unsere in Genf getroffene Vereinbarung erinnern, dass wir unsere Erkenntnisse in dieser Angelegenheit zusammenlegen wollen. Leider habe ich bis jetzt noch nichts von Ihnen gehört.«

»Wir stecken knietief in der Auswertung der Unterlagen. Sobald mir belastbare Erkenntnisse vorliegen, sind Sie einer der Ersten, die informiert werden.«

»Okay, ich will Ihnen glauben, Ron. Wir konzentrieren uns inzwischen auf einen unserer Ehemaligen. Sein Name ist Bruce Sheppard. Aryeh sagte mir, dass Sheppard gelegentlich telefonischen Kontakt mit Salandri hatte. Er bat mich deshalb um seine Überprüfung. Sie können Aryeh von mir ausrichten, dass ich Sheppards Überprüfung sowie eine 24-Stunden-Observation angeordnet habe. Eine interessante Information in diesem Zusammenhang kann ich Ihnen jetzt schon mitteilen. Bruce Sheppard hatte mal Kontakt zu einem gewissen Kardinal Stefano Di Maggi. Der Mann könnte insofern für uns interessant sein, weil er von Franziskus erst vor kurzem kaltgestellt wurde. Ob allerdings aktuell noch ein Kontakt zwischen Sheppard und dem Kardial besteht, wissen wir nicht. Sobald ich Näheres weiß, teile ich die Information mit Ihnen.«

»Vielen Dank, Scott.«

»Die Epstein-Sache entwickelt sich auch in die richtige Richtung. Die Direktorin hat dem Präsidenten gestern unseren Lösungsvorschlag unterbreitet. Details wollte er aber gar nicht wissen. Er sagte bloß: Finden

Sie eine Lösung, bei der weder wir noch Israel Schaden nehmen.«

Dahan fiel ein Stein vom Herzen. »Das ist wirklich eine sehr gute Nachricht, Scott. Der Ministerpräsident wird sich freuen. Wann wird die Sache Ihrer Meinung nach abgeschlossen sein?«

»In einer Woche. Epstein wird vom Militär zunächst über die Grenze und dann auf einer Insel in Sicherheit gebracht. Mehr kann ich Ihnen im Moment nicht sagen.«

»Okay. In einer Woche werden wir hoffentlich alle aufatmen können. Ich bedanke mich sehr für diese positiven Nachrichten, Scott, und wünsche Ihnen noch ein gesegnetes Wochenende.«

»Keine Ursache, Ron. Das wünsche ich Ihnen auch.«

Das Gespräch war beendet.

Dahan legte die Fingerspitzen zusammen und schürzte die Lippen. Dann drehte er sich langsam mit seinem Stuhl in die Richtung der großen Fensterfront und schaute nachdenklich in die Ferne. Schließlich sagte er: »Vielleicht hat Aryeh doch recht mit seiner Vermutung, dass zumindest ein Teil der Verschwörung im Vatikan zu suchen ist.«

»Gideon hat nichts dergleichen verlauten lassen, Sir.«

»Das stimmt!«, sagte Dahan und schoss mit seinem Drehstuhl in die ursprüngliche Stellung zurück. »Und wissen Sie auch, warum? Weil Kardinal Di Maggi seine Hauptquelle ist. Aryeh hat sich in Rom stundenlang mit Gideon unterhalten und ihn unter anderem gefragt, ob im Vatikan irgendetwas über diesen obskuren Templerorden bekannt ist. Kardinal Di Maggi hat das abgestritten. Das kann aber nicht sein. Deshalb glaube ich diesem Mann nicht. Und deshalb will ich, dass wir genau in dieser Richtung weiterbohren. Ich brauche jetzt einen extrem fähigen und erfahrenen Mann vor Ort.«

»Gideon.«

»Nein, Gideon ist ja selbst schon ein halber Bischof. Der hat nicht mehr den objektiven Blick für diesen Verein. Ich denke an Sie, Avi.«

***

Rom – Sonntag, 4. August. Während des Landeanflugs der El-Al-Maschine auf Rom nippte Halon zum letzten Mal an seinem Whiskey. Dann war sein Glas leer. Er stellte es in die dafür vorgesehene Ablage und hörte sich die Durchsage des Piloten an. Der Pilot meldete leichte Bewölkung sowie eine Temperatur von 31 Grad. Halon schaute hinunter auf den glitzernden Tiber und die erhabene Kuppel des Petersdoms. Sein Blick schweifte nachdenklich über die Stadt. Er dachte an den gewaltigen Abstand zwischen dem, was die Masse der Menschen wusste und was sich tatsächlich hinter ihrem Rücken tat. Der Abstand zwischen der Fernwahrnehmung der Massen und der Nahwahrnehmung der Insider wurde von Tag zu Tag größer. Aktuell hatten viele Menschen Angst vor einer Welt der totalen Überwachung. Diese Menschen wussten nicht, dass sich ihre Ängste erst mit der Verzögerung eines Vierteljahrhunderts bei ihnen einstellten. Denn in Wahrheit befand sich die gesamte Menschheit bereits seit den Neunzigerjahren unter totaler Überwachung. Trotzdem gab es zu allen Zeiten Menschen, die wussten, wie man sich der Totalüberwachung entziehen konnte. In der Regel waren dies geheimdienstlich geschulte Menschen. Wenn man also einen Fall wie den vorliegenden lösen wollte, musste man zuallererst in diesen Kreisen suchen.

Sie wussten, wer die Bombe gebaut hatte. Sie wussten, wer den Anschlag geplant hatte. Sie wussten, wer das Team befehligt hatte. Sie wussten, wer der vermeintliche Kopf des Unternehmens war. Aber sie wussten nicht mit letzter Sicherheit, ob es einen Kopf über dem Kopf gab. Vielleicht hatte Ben-Zvi recht mit seiner Vermutung, dass der Kopf im Vatikan saß. Vielleicht gab es einen staatlichen Förderer in Teheran, in Damaskus oder in Beirut. Trotz intensiver Ermittlungsarbeit konnte diese letzte Frage bis jetzt nicht zweifelsfrei beantwortet werden. Halon dachte an einen Satz, den er als junger Mann während seiner Ausbildung zum *katsa* gelernt hatte: *»Puzzles dieser Art werden manchmal gelöst, indem man ein Teilchen findet, und manchmal, indem man herausbekommt, welches Teilchen fehlt.«*

Halon reiste als der erfolgreiche israelische Geschäftsmann Shmuel Wainberg aus Jerusalem. Dementsprechend war er leger und teuer gekleidet. Das Pseudonym hatte er nicht selbst gewählt. Das Büro hatte es ihm vorgegeben. Die Unternehmensgruppe, der der Milliardär Shmuel Wainberg vorstand, existierte genau so wenig wie die vielen anderen Luftunternehmen, die er Mossad in seinem unterirdischen Archiv am King Saul Boulevard akribisch verwaltete.

Die Webseite und die Kontaktdaten der Wainberg-Unternehmensgruppe waren schon vor vielen Jahren angelegt worden, ebenso die gefälschten Geschäftsabschlüsse, die Jahr für Jahr peinlich genau fortgeschrieben wurden.

Sechs Reihen hinter ihm saß Dina Kelman. Sie trug ein dunkelblaues Kleid, das hervorragend zu ihren strahlend blauen Augen und ihrer schwarzen Kurzhaarfrisur passte, sowie eine schlichte Halskette. Der perfekt gefälschte Pass in ihrer Handtasche wies sie als die achtundzwanzigjährige Yaara Bergman aus Ashdod aus. Halon hatte darauf bestanden, dass sie ihn begleitete, und sie hatte sofort eingewilligt.

Die Maschine landete gegen 13 Uhr auf dem Flughafen Fiumicino. Die beiden Agenten blieben so lange sitzen, bis die übrigen Passagiere das Flugzeug verlassen hatten und in einen Shuttlebus gestiegen waren. Danach stiegen sie ebenfalls aus. Am Ende der Gangway wartete ein weißer Fiat mit laufendem Motor auf sie. Halon und Dina stiegen wortlos ein. Der Wagen fuhr quer über das Rollfeld und setzte sie schließlich vor einem abgelegenen Hangar ab, wo sie ihr Gepäck in Empfang nahmen.

Draußen vor dem Terminal stellte Halon seinen Rollkoffer ab und zündete sich eine Zigarette an, während er Dina dabei zusah, wie sie in ein Taxi stieg. Sie hatten sich auf einen zeitlichen Abstand von fünfzehn Minuten geeinigt. Zeit genug für eine zweite Zigarette. Nachdem er auch die zweite Zigarette aufgeraucht hatte, nahm er sich ebenfalls ein Taxi.

Der Fahrer brauchte für die sechzehn Kilometer vom Flughafen zum *Hotel de Russie* fast eine ganze Stunde. Leicht genervt zahlte Halon den Fahrpreis, schnappte sich seinen Koffer und stieg aus. Ein Page in einer violetten Uniform eilte herbei, um ihm zu helfen, aber Halon wies ihn höflich ab.

Das *Hotel de Russie* galt als das Herzstück der Ewigen Stadt. Als wahres römisches Wahrzeichen zwischen der Piazza del Popolo und der Spanischen Treppe vereinten sich in diesem Hotel Klassik und Kosmopolitismus. Bei Künstlern und Schriftstellern war das Hotel ebenso beliebt wie bei Stars und Politikern. Der französische Dichter Jean Cocteau hatte es einst als »Paradies auf Erden« bezeichnet, und diese Bezeichnung hatte ihre volle Berechtigung bis auf den heutigen Tag.

Halon hatte dieses Hotel aus einem einzigen Grund ausgewählt: An der Rezeption gab es einen zuverlässigen *sayan*.

Er durchquerte die luxuriöse Lobby und steuerte direkt auf die Rezeption zu. Nachdem er sich als Shmuel Wainberg ausgewiesen und seine Unterschrift geleistet hatte, ließ er sich von einem der Fahrstühle in den dritten Stock bringen, wo sich sein Zimmer befand. Er öffnete die Tür seines Zimmers, stellte seinen Koffer ab und sah sich kurz um. Wie gewünscht, verfügte das Zimmer über einen Balkon, auf dem er rauchen konnte. Er ging wieder hinaus, zog die Tür hinter sich zu und klopfte bei Dina auf der gegenüberliegenden Flurseite. Der *sayan* an der Rezeption hatte nämlich streng darauf geachtet, dass sich das Zimmer von

Yaara Bergman direkt gegenüber dem von Shmuel Wainberg befand.

Nur leicht bekleidet öffnete sie ihm die Tür. Ihre Absichten waren klar. Zu ihrer großen Enttäuschung beantwortete Halon ihr eindeutiges Lächeln mit einem eisigen Blick. Dina verstand: Kein *katsa* – und schon gar nicht ein Avi Halon, der in seinem Rang und in seiner Machtfülle höher stand als ein israelische Botschafter – würde jemals in einem Hotel vögeln. Wenn es trotzdem mal zu einem Liebesakt kam, dann passierte es in einer Privatwohnung, in einem leerstehenden Büro am King Saul Boulevard oder – am häufigsten – in einem sicheren Haus.

»Bist du mit deinem Zimmer zufrieden?«, fragte Halon.

»Ja, es ist wunderschön. Deins auch?«

»Ja, sehr geschmackvoll eingerichtet. Meine Mutter pflegte immer zu sagen: Der Italiener kommt als Künstler auf die Welt.«

Dina lachte. »Deine Mutter hatte Recht. Jetzt weißt du, warum die italienischen Designer jedes Frauenherz höher schlagen lassen.«

»Um drei Uhr kommt Gideon. Wir treffen uns dann unten auf der Terrasse. Ich gehe jetzt erst mal duschen. Bis später.«

»Geduscht habe ich schon«, sagte Dina und schaute auf ihr Handy. Es war kurz nach halb drei. »Ich kleide mich kurz an und schaue mich unten mal ein bisschen um. Bis um drei dann.«

Zeit genug, um sich vor dem Treffen mit Gideon Landau einen fachmännisch gemixten Cocktail in der Stravinskij Bar zu gönnen, dachte sie.

Gideon Landau, der *katsa* für Südeuropa, fühlte sich eigenartig desorientiert, als er sich um Punkt drei auf der großen Terrasse des Luxushotels einfand. Er wusste nicht, was Halon vorhatte, und der *memuneh* hatte sich am Telefon ebenfalls unklar ausgedrückt, was bei ihm sofort den Verdacht erweckte, dass hinter seinem Rücken etwas vorging. Er wusste nur, dass es um seine wichtigste Quelle ging: Kardinal Di Maggi.

Halon und Dina saßen sich unter einem großen Sonnenschirm gegenüber und tranken jeder einen Espresso. Als Landau sie entdeckte, ging er direkt auf sie zu, begrüßte sie und setzte sich zu ihnen.

Sie unterhielten sich ausschließlich auf Hebräisch, wobei sie streng darauf achteten, Klarnamen zu vermeiden. Aber die Wahrscheinlichkeit, dass irgendjemand von den wenigen Menschen, die sich um diese Zeit auf der Terrasse aufhielten, ihrem Gespräch folgen konnte, war ohnehin minimal.

Nach fünf Minuten hatte Landau gemerkt, woher der Wind wehte. »Kardinal Di Maggi stammt aus einer sehr berühmten italienischen Familie, die große Maler, Schriftsteller und Kirchenfürsten hervorgebracht hat und die seit Jahrhunderten aufs Engste mit der katholischen Kirche verbunden ist. Wenn ein dermaßen weiser und intelligenter Mensch mit einer wirklich umfassenden Bildung und einem Stammbaum, der seinesgleichen sucht, nur wegen seiner Traditionsverbundenheit von Franziskus kaltgestellt wird, dann löst das natürlich etwas aus.«

»Darüber bin ich mir vollkommen im Klaren«, erwiderte Halon. »Der *memuneh* hat sich übrigens ziemlich kritisch über Kardinal Di Maggi geäußert.«

»Das hat er nur getan, um dich scharf auf Di Maggi zu machen. In Wirklichkeit weiß er ganz genau, dass meine Hauptquelle absolut seriös ist. Di Maggi ist ja nicht die einzige Quelle, die ich hier in Rom habe. Ich habe meine Informanten in allen Kongregationen, und das Bild, das sie mir zeichnen, ist absolut stimmig mit dem, was mir Kardinal Di Maggi erzählt. Der *memuneh* erhält diese Informationen von mir ohne die geringste Kürzung. Er weiß deshalb genau, was läuft, und er weiß ebenso genau, dass Di Maggi seriös ist.«

»Du hörst dich an, als ob du mit Di Maggi verheiratet wärst.«

»Hör auf mit den Mätzchen. Ich sage dir die Wahrheit, und ich möchte nicht, dass du Di Maggi mit Voreingenommenheit gegenübertrittst. Ich möchte nicht, dass die wichtigste Quelle, die wir im Vatikan haben, durch deine legendären Verhörmethoden plötzlich stummgeschaltet wird.«

Halon griff in die Jackentasche, um seine Zigaretten herauszuziehen. Er zündete sich eine an und hielt Landau und Dina dann die geöffnete Schachtel hin.

Während sich Dina eine Zigarette herauszog, schüttelte Landau den Kopf und erklärte ihm, dass ihm die Marlboro zu stark sei. »Ich habe meine eigene Marke.«

»Welche?«, fragte Halon.

Landau zog ein Päckchen Kent hervor. »Nimm dir eine! Die passen besser zu einem Shmuel Wainberg als die Marlboro.«

»Später.«

»Also, was ich dir sagen will: Lass es nicht peinlich werden. Ich habe verstanden, was du vorhast, und ich hoffe, dass der Kardinal genau so reagiert, wie du es dir erhoffst.«

»Für wie viel Uhr hast du ihn eingeladen?«, fragte Dina.

»Für 19 Uhr. Ich habe uns drinnen einen abgelegenen Tisch reserviert«, sagte Landau.

»Drinnen können wir aber nicht rauchen«, murrte Halon. »Warum nicht hier draußen?«

»Weil der Kardinal lieber in geschlossenen Räumen speist.«

»In welcher Sprache findet das Gespräch statt?«, fragte Dina.

»Englisch.«

Der Kardinal war groß und schlank und gutaussehend. Das war das Erste, was Halon und Dina registrierten, als Di Maggi mit energischem Schritt auf ihren Tisch zuhielt. Der Stoff und der Schnitt seines schwarzen Anzugs, zu dem er einen Priesterkragen trug, ließen erkennen, dass er zwar zölibatär lebte, aber nicht ohne persönliche oder professionelle Eitelkeit war. Seine dunklen Augen strahlten scharfe, kompromisslose Intelligenz aus, während die eigensinnige Linie seines Unterkiefers zeigte, dass es gefährlich sein konnte, ihm in die Quere zu kommen.

Nachdem Landau alle miteinander bekanntgemacht hatte, sagte er: »Ich muss mich bei Ihnen entschuldigen, Eminenz, dass ich Ihnen bei unserem letzten Telefonat leider nicht sagen konnte, worum es bei unserem heutigen Gespräch gehen wird. Herr Wainberg ist ein sehr vermögender Mann, und deshalb legt er Wert auf absolute Diskretion.«

»Diskretion ist die allererste Voraussetzung für jedes erfolgreiche Geschäft«, sagte der Kardinal lächelnd. »Ich bin gespannt, was uns dieser Abend bescheren wird.«

Halon trug zum Abendessen eine gehäkelte schwarze Kippa, wodurch ihn der Kardinal gleich dem national-zionistischen Lager zuordnen konnte. Dann überreichte er ihm seine Visitenkarte. Die Vorderseite war auf Englisch, die Rückseite auf Hebräisch. Sie sollte dem hochrangigen geistlichen Würdenträger die Möglichkeit geben, Wainbergs Identität sorgfältig zu überprüfen.

Ein Kellner trat an ihren Tisch und überreichte ihnen die Speise- und Weinkarten. »Als Vorspeise empfehle ich Ihnen die Kabeljaufilets. Ich schwöre, dass sie die besten in ganz Rom sind.«

Eine halbe Stunde später.

»Ich kann Ihnen versichern, dass ich und viele andere Israelis den neuen Kurs der Kirche mit großer Sorge verfolgen«, sagte Halon, während gerade der Hauptgang, gegrillte Lammkoteletts, serviert wurden.

»In welche Richtung zielt Ihre Sorge genau?«, wollte Di Maggi wissen.

»Die Logik der einzelnen Schritte, die Franziskus seit seinem Amtsantritt im März 2013 vollzogen hat, lässt unseres Erachtens auf ein ganz verheerendes Ziel schließen: Die Welteinheitsreligion.«

»Da mögen Sie durchaus Recht haben, Herr Wainberg.«

»Die schrittweise Verwässerung der verschiedenen Religionen zu einem konturlosen Einheitsbrei ist nicht nur ein massiver Angriff auf Ihre katholische, sondern auch auf unsere jüdische Identität. In letzter Konsequenz ist es ein zutiefst antisemitischer und antizionistischer Akt. Ich bin nicht der einzige Israeli, der so denkt. Ich gehöre einem Kreis von recht einflussreichen Israelis an, die schon seit längerem überlegen, welche Möglichkeiten wir haben, die traditionellen Kreise in der katholischen Kirche zu stärken und den gegenwärtigen, aus unserer Sicht falschen Kurs von Franziskus zu stoppen. Wir sind zu dem Ergebnis gekommen, dass wir dabei nicht selbst in Erscheinung treten können, ohne selbst massive Probleme im eigenen Land zu bekommen. Deshalb haben wir entschieden, die konservativen Kreise mit nicht unerheblichen finanziellen Mitteln diskret zu unterstützen.«

»Eine durchaus lobenswerte Geste, Herr Wainberg«, sagte der Kardinal kühl, »aber was die Kirche in dieser Zeit ihrer größten Krise wirklich braucht, ist nicht Geld, sondern Gebet und Opfer.«

»Dann betrachten Sie jedwede finanzielle Unterstützung einfach als großes Opfer unsererseits.«

»Über welche Größenordnung reden wir denn?«

Halon machte eine dramatische Pause. »Wir reden über einhundert Millionen Dollar.«

Der Kardinal warf Halon über sein Weinglas hinweg einen zweifelnden Blick zu. Dann schaute er mit demselben zweifelnden Blick Landau und Dina an. Schließlich beugte er sich über den Tisch und sprach plötzlich sehr leise: »Wenn das rauskommt, öffnen wir die Büchse der Pandora.«

»Darf ich Ihre Bemerkung als Zustimmung werten, Eminenz?«, fragte Halon.

Kardinal Di Maggi ließ sich ungewöhnlich viel Zeit, bevor er antwortete: »Vielleicht nehme ich Sie irgendwann beim Wort, Herr Wainberg. Im Augenblick kann ich mich nicht weiter dazu äußern. Wie lange bleiben Sie noch in Rom?«

»Meine Assistentin und ich fliegen morgen bereits wieder nach Israel zurück. Lassen Sie sich Zeit mit Ihrer Entscheidung. Meine Kontaktdaten haben Sie ja.«

Damit war das Hauptthema des Abends vorerst beendet, und man wandte sich leichteren Themen zu. Erst als sich der Kardinal gegen 21 Uhr 30 verabschiedete, kam Halon auf sein wichtigstes Anliegen zurück.

»Und lassen Sie mich bitte wissen, wenn ich irgendetwas tun kann, um zu helfen.«

»Sie hören auf jeden Fall von mir, Herr Wainberg.«
Die beiden Männer gaben sich herzlich die Hand.

Während Landau äußerst nervös war, stand auf Halons Gesicht ein Ausdruck reinster Zufriedenheit. Es war ihm unbemerkt gelungen, Di Maggis Handy zu klonen. Jetzt hieß es einfach nur abwarten.

Die Agenten verließen das Restaurant, um sich draußen in der milden Abendluft noch einen Drink zu genehmigen.

»Du bist der schlimmste Vabanque-Spieler, der mir bisher untergekommen ist«, schimpfte Landau.

»Beruhig dich. Ich nehme dir ja nicht deinen Job weg. Es gab keine andere Möglichkeit als direkt mit der Tür ins Haus zu fallen.«

»Was glaubt ihr, wie lange es dauert, bis er sich bei uns meldet?«, fragte Dina.

»Kommt darauf an, wie lange er braucht, um Erkundigungen über Shmuel Wainberg einzuziehen«, erwiderte Halon. »Er wird mich erst dann kontaktieren, wenn er sich absolut sicher ist, dass hier alles mit rechten Dingen zugeht. Ich werde allerdings vorher wissen, wie der Hase läuft.«

»Wie meinst du das?«, fragte Landau.

»Ich habe sein Handy geklont.«

»*Was* hast du?«

»Du hast richtig gehört. Eigentlich wäre das ja deine Aufgabe gewesen, aber du bist ja selbst schon ein halber Bischof.«

In diesem Moment blinkte auf Halons Handydisplay die Nachricht: *Geklontes Handy aktiv*. Kurz darauf wurde die Nummer angezeigt, die der Kardinal gewählt hatte.

Es war eine römische Nummer.

»Das ging ja schneller als gedacht«, sagte Halon. Er drückte eine Taste und hielt dann sein Handy ans Ohr.

»Ich hoffe, ich störe Sie nicht, Enrico.«

»Sie stören nie, Eminenz. Was kann ich für Sie tun?«

»Ich komme gerade von einem Abendessen mit einem interessanten Israeli.«

Di Maggis Gesprächspartner zögerte kurz, bevor er sagte: *»Ich nehme an, Sie waren vorsichtig.«*

»Selbstverständlich.«

»Was wollte er denn von Ihnen?«

»Er gab sich als Unterstützer unserer Sache aus.«

»Als Jude?«

»Ja.«

»Das haben Sie doch nicht etwa geglaubt?«

»Nicht eine Sekunde.«

»Wie hieß der Mann?«

»Shmuel Wainberg. Er hat mir seine Karte gegeben.«

»Haben Sie die Karte gerade zur Hand?«

»Ja.«

»Warten Sie, ich hole mir kurz was zum Schreiben.« Einige Sekunden später: *»Ich höre.«*

Kardinal Di Maggi las seinem Gesprächspartner vor, was auf der Karte stand.

Nachdem sich dieser alles notiert hatte, sagte er: *»Mein Gefühl sagt mir: Die Sache stinkt kilometerweit zum Himmel. Aber wir wollen bekanntlich nicht richten, Eminenz. Ich veranlasse umgehend eine umfassende Überprüfung des Israeli. Danach sehen wir weiter … Eine Frage noch: Wie stellt sich Herr Wainberg denn die Unterstützung der traditionellen Kreise der Kirche konkret vor.«*

»Er sprach von einer diskreten Zuwendung in Höhe von einhundert Millionen Dollar.«

***

Tel Aviv – Montag, 5. August. Die spärlichen Daten waren noch in der Nacht von Halon an die technische Abteilung am King Saul Boulevard geschickt worden, wo sie ein Nachrichtenanalytiker umgehend der KI übergab. Mit diesem Schritt oblag die weitere Überwachung der Kommunikation jetzt nicht mehr dem *katsa*, sondern der Künstlichen Intelligenz. Jedes Wort, das ab jetzt gesprochen wurde, wurde von der KI zeitgleich mit den in den umfangreichen Datenbanken des Mossad bereits gespeicherten Mosaiksteinchen abgeglichen. Kein Winkel von Enrico Staros Leben blieb unbeleuchtet. Weder seine Schulbildung noch sein religiöser Eifer, weder seine Familie noch sein Umgang noch die Einflüsse, die ihn geprägt hatten.

Am auffälligsten war, dass sich in Staros Telefonverzeichnis Nummern befanden, die so gut wie nie von ihm kontaktiert wurden. An sich wäre das nicht weiter relevant gewesen, wenn sich in diesem Nichtkontaktieren nicht ein Muster abgezeichnet hätte. Ein Agent hätte diesen wichtigen Punkt möglicherweise übersehen – die KI nicht. Die Nummer des sechsundsiebzigjährigen ehemaligen CIA-Agenten Bruce Sheppard befand sich ebenfalls in Staros Telefonverzeichnis. Bruce Sheppard stand aber bereits unter intensiver Beobachtung, weil er einige Male telefonischen Kontakt mit dem führenden Ku-Klux-Klan-Mitglied Luis Salandri gehabt hatte.

***

Die Sondermaschine der El-Al mit Avi Halon und Dina Kelman an Bord landete um 13.55 Uhr auf einem abgelegenen Rollfeld des David-Gurion-Flughafens.

Als Halon und Dina aus dem Flugzeug stiegen, sahen sie die gepanzerte Limousine des Chefs der Operationsabteilung übers Vorfeld heranrollen. Sie gingen ihm entgegen.

Die hintere Tür des Fahrzeugs wurde aufgestoßen, und Halon stieg ein. Dina wurde gebeten, sich nach vorne auf den Beifahrersitz zu setzen.

»Ich gratuliere dir, Avi«, sagte Ben-Zvi zur Begrüßung. »Volltreffer.«

Halon zog ein Päckchen Marlboro aus seiner Jackentasche und zündete sich eine Zigarette an. »Kannst du deutlicher werden?«

»Der Mann, mit dem Kardinal Di Maggi gestern Abend noch telefoniert hat, ist der achtzigjährige italienische Multimilliardär Enrico Staro. Staro war Mitglied in der Geheimloge *Propaganda Due*, wenn dir das was sagt.«

»Selbstverständlich. Die P2 plante in den Siebzigern einen Staatsstreich in Italien und wurde deshalb 1982 verboten.«

»Genau. Das Verbot erfolgte damals aber nicht nur wegen des versuchten Staatsstreichs. Die P2 wusch auch die illegalen Drogengelder der Mafia über die Vatikanbank. Und alles, was damals Rang und Namen hatte, war Mitglied in diesem konspirativen Verein.«

»Willst du andeuten, dass Enrico Staro die P2 zu neuem Leben erweckt hat?«

Ben-Zvi ließ auf seiner Seite die Fensterscheibe ein Stückweit herunter und zündete sich ebenfalls eine Zigarette an. »Nein, nicht die P2. Allerdings ist die KI in der Tat auf Indizien gestoßen, die darauf hindeuten, dass Staro wieder einmal Teil eines konspirativen Netzwerks ist, diesmal aber mit einer etwas anderen

Ausrichtung. Es könnte sein, dass Bruce Sheppard ebenfalls zu diesem Netzwerk gehört und dass aus diesen Kreisen der Auftrag an Luis Salandri erging, das *Institut für interreligiösen Dialog* in die Luft zu jagen. Interessant ist auch eine Formulierung, die Kardinal Di Maggi in seinem gestrigen Telefonat mit Enrico Staro benutzte: Er sprach von ›*unserer Sache*‹. Oder auf Italienisch: *Cosa Nostra*. Wir treffen uns gleich mit Naftali im Besprechungsraum. Er will uns seine bis jetzt gewonnenen Erkenntnisse präsentieren. Ron wird auch zugegen sein.«

»Ich bin gespannt.«

Als Ben-Zvi, Halon und Dina den Besprechungsraum betraten, waren Ron Dahan und der Chefanalytiker Naftali Brenner bereits anwesend und unterhielten sich bei einer Tasse Kaffee.

Die Neuankömmlinge begrüßten die Anwesenden und setzten sich an den Konferenztisch. Ihr Blick fiel auf die 2 mal 4 Meter große elektronische Tafel, auf die Naftali Brenner mit einem elektronischen Griffel bereits eine Reihe von Namen notiert hatte.

Im Zentrum der Tafel prangte der Name Enrico Staro mit der Angabe seines Alters, seiner Nationalität, seiner Religionszugehörigkeit sowie dem Zusatz »Multimilliardär«.

Rechts von Enrico Staro hatte Brenner einen Halbkreis aus sechs Namen gebildet, von denen zwei Namen bereits bekannt waren: Kardinal Stefano Di Maggi sowie Steve Groman, ein amerikanischer Multimilliardär. Von den anderen vier Namen hatte in dieser

Runde noch nie jemand etwas gehört. Laut Brenner handelte es sich um einen Industriellen, einen pensionierten General, einen Bankier und einen pensionierten Richter. Alle waren Italiener. Alle waren über achtzig.

Links von Enrico Staro hatte Brenner einen weiteren Halbkreis aus sechs Namen gebildet, von denen ihnen nur zwei bekannt waren: Bruce Sheppard, 76, und John Buchanan, 86. Letzterer hatte als ehemaliger stellvertretender Leiter der Operationsabteilung der CIA auch in Tel Aviv einen legendären Ruf erworben. Die übrigen vier Namen hatte noch nie jemand gehört. Bei allen sechs handelte es sich um CIA-Veteranen.

»Ich denke, dieses Schaubild ist selbsterklärend«, begann Brenner. »Alle Männer sind hochbetagt, weiß und römisch-katholisch. Sechs der Männer sind Italiener, sieben sind US-Amerikaner. Unter diesen sieben befinden sich sechs ehemalige hochrangige CIA-Mitarbeiter. Keiner dieser dreizehn Männer hat in seiner Vita auch nur den leisesten antisemitischen oder antizionistischen Makel. Was schließt ihr daraus?«

»Ohne weitere Informationen erst mal gar nichts«, sagte Halon.

»Ausnahmslos alle diese Männer haben schon einmal oder mehrmals mit ihren Familien Israel besucht und hier Urlaub gemacht«, fuhr Brenner fort. »Und zu ihrem Freundeskreis gehören Juden und Israelis.«

»Wie erklärst du dir dann den objektiv nachgewiesenen telefonischen Kontakt zwischen Bruce Sheppard und dem hochrangigen Ku-Klux-Klan-Mitglied Luis Salandri?«, fragte Halon.

»Wie du wohl selbst am besten weißt, Avi, hat kein Geheimdienst irgendwelche moralischen Skrupel im Hinblick auf die Zusammenarbeit mit kriminellen Organisationen. Und von der CIA darf man irgendwelche Skrupel erst gar nicht erwarten. Vielleicht rührt der telefonische Kontakt zwischen Sheppard und Salandri aus einer früheren Zusammenarbeit zwischen CIA und Ku Klux Klan her. Wir wissen es nicht.«

»Okay, das verstehe ich«, sagte Halon. »Was ich aber nicht verstehe: Wo ist die Verbindung zum iranischen Geheimdienst? Wo finde ich zum Beispiel einen Reza Rajavi?«

»Ganz einfach: Es gibt keine direkte Verbindung zwischen diesen Herrschaften und dem MOIS«, sagte Brenner. »Nur eine indirekte über Salandri. Was übrigens typisch für die Mafia ist.«

Der Chefanalytiker trat mit seinem elektronischen Griffel erneut an die Tafel und notierte die Namen *Luis Salandri* und *MOIS*. Anschließend zog er eine Linie von *Bruce Sheppard* zu *Luis Salandri* und von Salandri weiter zum iranischen Geheimdienst.

»Also, welche Gedanken kommen euch, wenn ihr diese Struktur betrachtet?«

»Sieht auf den ersten Blick aus wie eine Neuauflage der P2«, meinte Halon. »Aber erklär uns doch erst mal, wie du auf die ganzen Namen gekommen bist.«

»Die KI hat sie identifiziert.«

»Wie, zum Teufel?«

»Das verrate ich dir gern, aber lass mich zuvor etwas ausholen. Eine KI hat gegenüber einem Menschen mehrere Vorteile. Erster Vorteil: Sie hat Zugriff auf alle Informationen, die in unseren Datenbanken gespeichert sind. Dabei greift sie aber nicht sequenziell zu wie ein Mensch, sondern gleichzeitig, und sie übersieht dabei nicht die kleinste Kleinigkeit. Zweiter Vorteil: Die KI berechnet und analysiert mit einer nach menschlichen Kriterien unfassbaren Geschwindigkeit. Der dritte Vorteil besteht in ihrer nahezu unfehlbaren Mustererkennung. Alle Herausforderungen, mit denen wir es bisher zu tun hatte, jedes Verhör, jede einzelne unserer Operationen, der gesamte Erfahrungsschatz des Büros, angefangen von der Zeit seiner Gründung bis auf den heutigen Tag, wurde von unserer Forschungsabteilung in Algorithmen überführt, auf Basis derer die KI ihre Analysen durchführt. Natürlich gibt es immer wieder völlig neuartige Herausforderungen, Dinge, mit denen wir noch nie zuvor zu tun hatten und für die wir völlig neue Lösungen finden müssen. Bis jetzt haben wir immer eine Lösung gefunden, und das wird auch immer so bleiben. Eine neue Lösung bedeutet allerdings automatisch neue Algorithmen. Das heißt, die Algorithmen werden ständig verbessert und erweitert.« Brenner kratzte sich am Kinn. »Hab ich was vergessen? Ach ja, es gibt noch einen vierten Vorteil: Wenn die KI mit den in unseren Datenbanken gespeicherten Informationen nicht weiterkommt, dann holt sie sich die Informationen von außerhalb.«

»Das heißt, sie dringt in fremde Systeme ein«, meldete sich Dina.

»Klar. Aber auf eine Art und Weise, die nicht entdeckt wird.«

»Okay, das habe ich alles verstanden, Naftali«, sagte

Halon. »Aber wie ist die KI in unserem Fall an diese ganzen Namen gekommen? Hat sie sich die Inhalte der geführten Telefonate von der NSA geholt?«

»Nein, das war gar nicht notwendig. Ein einziges Telefonat zwischen zwei Handynummern genügt. Die KI arbeitet sich dann durch die beiden Telefonverzeichnisse, sucht nach identischen Nummern und arbeitet sich dann zu weiteren Kontakten, die sie als relevant erkennt, vor. Das alles geschieht in Bruchteilen von Sekunden. Danach holt sie sich die von den Providern gespeicherten Bewegungsprofile der Handynutzer, in unserem Fall die Bewegungsprofile der letzten zwei Jahre. Dadurch wissen wir erstens, wann und wo sich jeder einzelne Handynutzer überwiegend aufgehalten hat. Mit anderen Worten: Wir wissen, wo er wohnt. Und zweitens, wo er sich aufhält, wenn er mal nicht zu Hause ist, also im Golfclub, im Supermarkt, in der Kirche, im Krankenhaus, bei den Enkelkindern oder im Urlaub.«

Brenner machte eine kleine Pause, um den Anwesenden die Möglichkeit zu geben, Fragen zu stellen. Dem war aber nicht so. Also machte er weiter.

»So, und jetzt hört mir bitte ganz genau zu. Die KI ist auf ein absolut faszinierendes Muster gestoßen: Es gibt bei allen dreizehn Kandidaten *eine* große Gemeinsamkeit – eine höchst auffällige Gemeinsamkeit, wobei ich hier zwischen der amerikanischen und der italienischen Fraktion unterscheiden muss.«

Brenner räusperte sich kurz und griff nach seinem Wasserglas. Er nahm einen großen Schluck und fuhr dann fort.

»Zunächst zu den Amerikanern: Immer dann, wenn die Bewegungsprofile der Amerikaner für längere Zeit ruhten – in der Regel geschah dies immer ab einem dritten Mittwoch oder Donnerstag im Monat –, dann saßen sie kurz darauf in einem Flieger nach Rom. Das wissen wir, weil sich die KI sämtliche Flugprotokolle der einschlägigen Fluggesellschaften besorgt hat. Jetzt macht euch das mal klar: Jeder dieser sieben US-Amerikaner, darunter sechs ehemalige CIA-Agenten, flog mit peinlicher Regelmäßigkeit einmal im Monat und immer ohne Handy in die Ewige Stadt. Das ist doch ein absoluter Hammer, oder? Das riecht doch förmlich nach Verschwörung.«

»Und wie sieht es bei der italienischen Fraktion aus?«, fragte Ben-Zvi.

»Bei der italienischen Fraktion ist es im Prinzip genauso. Die Handys jener Herrschaften, die in Rom oder in der Nähe von Rom wohnen, verzeichnen immer am dritten Freitag eines Monats für längere Zeit keine Bewegung. Aber die Handys jener Herrschaften, deren Wohnsitze etwas weiter von Rom entfernt liegen, sind bereits ab dem dritten Donnerstag eines Monats ohne jegliche Bewegung. Das heißt, sie benötigen einen oder einen halben Tag für die Anreise. Logischer Schluss: Diese Herren treffen sich immer an einem dritten Freitag im Monat. Und zwar immer in Rom.«

Ben-Zvi griff nach seinem Handy und schaute im Kalender nach. »Der nächste dritte Freitag ist der sechzehnte August. Wir haben in jedem der besseren römischen Hotels mindestens einen *sayan*. Die *sayanim* bräuchten uns also nur rechtzeitig zu informieren, wer von der amerikanischen Fraktion in der Nacht vom fünfzehnten auf den sechzehnten August dort absteigt.«

»Vorausgesetzt, sie steigen unter ihrem Klarnamen ab«, meinte Dina.

»Davon gehe ich aus. Die sind ja alle um die achtzig und schon lange raus aus dem Geschäft. Die Observationsteams hängen sich am nächsten Morgen, wenn sie das Hotel verlassen, an sie, und finden heraus, wo sie sich mit der italienischen Fraktion treffen.«

»Haben wir denn von jedem dieser Herrschaften ein aktuelles Foto?«, fragte Halon.

»Werde ich rechtzeitig besorgen«, sagte Brenner.

Brenners Präsentation war zu Ende. In den folgenden fünfundvierzig Minuten entbrannte eine lebhafte Diskussion. Der Generaldirektor, der die ganze Zeit nur schweigend zugehört hatte, meldete sich zum ersten Mal. Nachdem er Avi Halon und Naftali Brenner für ihre hervorragende Arbeit gedankt hatte, sagte er: »Ich habe entschieden, dass wir diese Gruppe im Auge behalten. Ich will wissen, wo sie sich regelmäßig treffen. Im Moment habe ich aber nicht vor, aktiv gegen sie vorgehen ... Wir haben übrigens noch keinen Namen für die Gruppe. Wie sollen wir sie vorläufig nennen? Hat jemand einen Vorschlag?«

»Komitee der Dreizehn«, schlug Dina vor.

Dahan lächelte. »Okay, angenommen.« Er warf der *bat leveyha* einen anerkennenden Blick zu. »Meine Entscheidung begründe ich wie folgt: Erstens haben wir nicht das kleinste Indiz dafür, dass uns das Komitee der Dreizehn übel gesonnen ist. Zweitens möchte ich die Zusammenarbeit mit der besten Quelle, die wir derzeit im Vatikan haben, Kardinal Di Maggi, nicht gefährden. Zweite Entscheidung: Die Analyse der KI stufe ich als streng geheim ein. Nichts davon wird an die CIA weitergegeben. Was konkret zwischen Bruce Sheppard und Luis Salandri besprochen wurde, wissen wir nicht. Wir werden es aber spätestens dann erfahren, wenn die CIA die NSA um die Herausgabe des aufgezeichneten Telefonats bittet. Gibt es Fragen?«

»Wie geht es mit Salandri weiter?«, fragte Halon.

»Wir warten ab, bis er seinen Kopf erhebt.«

»Und die drei iranischen Agenten?«

»Um die kümmert sich Zev.«

Um 16.15 Uhr war Dahan wieder auf dem Weg in sein Büro. Ziva Weinthal, seine Sekretärin, fing ihn gleich an der Tür ab. »Scott Anderson von der CIA hat vor fünf Minuten angerufen. Er bittet um Ihren Rückruf. Es sei wichtig.«

»Danke. Verbinden Sie mich bitte mit ihm.«

Ziva drückte einen Knopf, und die Tür, die das Sekretariat vom Büro des obersten Bosses der Behörde trennte, glitt lautlos zur Seite.

Dahan setzte sich hinter seinen Schreibtisch. Sekunden später stand die Verbindung.

»Vielen Dank für Ihren Rückruf, Ron.«

»Gerne. Was kann ich für Sie tun?«

»Sie können mich darüber informieren, was die Auswertung von Salandris Tresorinhalt ergeben hat.«

»Ich habe Ihnen bei unserem letzten Telefonat versprochen, dass Sie umfassend informiert werden. Ich bitte Sie nur noch um ein paar Tage Geduld. Aber haben Sie bitte Verständnis dafür, dass ich Prioritäten setzen muss. Der Iran bindet zurzeit achtzig Prozent unserer Ressourcen.«

»Okay. Aber ich habe Neuigkeiten für Sie.«

»Ich höre.«

»Wir haben Bruce Sheppard gründlich unter die Lupe genommen. Er war vor einem Jahr ebenfalls in Shanghai und hat nicht nur Kontakt zu Luis Salandri, sondern auch zu einem hohen Funktionär der Kommunistischen Partei. Sein Name ist Han Zhanshu. Des Weiteren haben wir uns von der NSA alle aufgezeichneten Telefonate zwischen Bruce Sheppard, Luis Salandri und Han Zhanshu geben lassen.«

**

Rom – Dienstag, 6. August. Gegen 18 Uhr parkte Giulia Varese ihre weiße Vespa vor einem viergeschossigen Wohnblock im Norden Roms, wo sie ein winziges Studentenapartment bewohnte. Sie stieg ab und sicherte den Motorroller sofort mit einer schweren Kette. Die Vespa war ein Geschenk ihrer Eltern zu ihrem zwanzigsten Geburtstag vor drei Monaten.

Giulia Varese war die bildschöne Tochter eines Italieners und einer Iranerin. Der katholische Vater war ein typischer Taufscheinkatholik, der mit Religion nie wirklich etwas anzufangen wusste, ihre Mutter stammte zwar aus einem schiitischen Elternhaus, war aber der

Ansicht, dass Religion grundsätzlich mehr Schaden als Nutzen stiftete. Aber weil die Familie nun mal in Italien lebte, hatte sich das Ehepaar Varese schließlich darauf geeinigt, ihre Tochter im Alter von drei Monaten katholisch taufen zu lassen.

Von ihrem Vater, einem sehr erfolgreichen Staatsanwalt, hatte Giulia die Schlagfertigkeit und den Dickkopf geerbt, von der Mutter ihre außergewöhnliche Schönheit. Die jungen Männer machten der jungen Frau scharenweise den Hof, aber keiner von ihnen hatte bei ihr auch nur den Hauch einer Chance. Giulias Herz war unwiderruflich vergeben. Und zwar an einen sehr attraktiven Iraner.

Giulia studierte im dritten Semester Persistik. Persien war schon als Kind das Land ihrer Träume gewesen, und so lange sie zurückdenken konnte, hatte sie alles in sich aufgesogen, was es an Wissenswerten über dieses Land zu lesen gab. Angesichts dieser Leidenschaft konnte es nicht ausbleiben, dass die Zwanzigjährige inzwischen mit ihren Professoren an Wissen gleichzog.

Giulia schloss die Tür des Haupteingangs auf, ging direkt auf den Fahrstuhl zu und drückte den Knopf für den dritten Stock. Es dauerte einige Sekunden, bis sich der Fahrstuhl entschloss, langsam nach unten zu rumpeln. Die Türen öffneten sich, und Giulia trat ein.

So langsam wie der Fahrstuhl nach unten gerumpelt war, so langsam rumpelte er auch wieder nach oben. Als sich die Türen endlich wieder öffneten, hatte Giulia die Schlüssel zu ihrem Apartment bereits hervorgekramt.

Sie schloss die Tür zu ihrem Apartment auf und machte Licht. Sie hatte gerade einen Fuß in ihr Schlafzimmer gesetzt, als etwas Dunkles hinter der Tür hervorschoss und ihr seine Hand fest auf den Mund presste.

Giulia trat wie wild um sich und hielt erst inne, als sie den kalten Lauf einer Pistole mit Schalldämpfer an ihrer Schläfe spürte.

»Können wir reden?«, fragte eine männliche Stimme auf Italienisch.

Giulia konnte das Gesicht des Mannes nicht sehen, weil er hinter ihr stand, aber sie konnte seine Kraft spüren. Sie nickte.

»Wenn du schreist, bist du tot. Hast du mich verstanden?«

Giulia nickte. Sie zitterte am ganzen Körper.

Die Hand, die sich fest über ihren Mund gelegt hatte, lockerte ihren Druck.

Erstarrt vor Angst, bewegte sich die Studentin nicht von der Stelle. Sie wagte es auch nicht, ihren Kopf zu wenden, um das Gesicht des Mannes zu sehen.

»Setzt dich aufs Bett!«, befahl der Mann.

Giulia trat einige Schritte vor und setzte sich dann langsam auf den Rand ihres Bettes. Sie wagte es zum ersten Mal, zu dem Mann aufzusehen. Er war mittelgroß, hatte schwarzes Haar und breite Schultern. Sein Gesicht war mit einem bis über die Nase reichenden schwarzen Tuch maskiert. Er trug eine schwarze Lederjacke und schwarze Lederhandschuhe.

Der Maskierte hatte neun Tage lang ihren Tagesablauf studiert. Er hatte nicht nur ihre Telefonate, sondern auch die Kurzmitteilungen zwischen ihr und ihrem Freund aufmerksam verfolgt.

»Was wollen Sie von mir?«, fragte Giulia schließlich.

»Mit deinem Freund sprechen. Er hat Spielschulden bei mir.«

»Und was habe ich damit zu tun?«

»Du bist für heute Abend mit ihm verabredet. In spätestens dreißig Minuten klingelt er an deiner Tür, um dich zum Essen abzuholen.«

»Woher wissen Sie das?«

Statt ihre Frage zu beantworten, sagte der Mann nur: »Gib mir dein Handy.«

Giulia zog ihr Handy aus ihrer Gesäßtasche und reichte es ihm.

Der Mann zog den Reißverschluss seiner Lederjacke ein Stückweit auf und ließ das Handy in einer der inneren Taschen verschwinden. In diesem Moment erblickte Giulia sein Pistolenhalfter.

»Was haben Sie mit meinem Freund vor?«, fragte sie.

»Ihn davon überzeugen, dass Spielschulden in unseren Kreisen nicht akzeptiert werden.«

»In welchen Kreisen?«

»Lass dich überraschen.«

»Wollen Sie ihn zusammenschlagen?«

»Wenn dir etwas an deinem Freund liegt, öffnest du ihm gleich die Tür und begrüßt ihn so, wie du ihn immer begrüßt, ohne dir etwas anmerken zu lassen. Solltest du es auf die linke Tour versuchen und ihn auf irgendeine Art und Weise warnen, so dass er Verdacht schöpft, hast du ein Problem. Hast du das verstanden?«

»Ja.«

Es klingelte an der Tür.

Der Mann riss Giulia vom Bett. Er packte sie fest an ihrem linken Arm und drückte ihr seine Pistole ins Kreuz. In dieser Konstellation gingen sie zurück in den Flur.

»Du begrüßt ihn genau so, wie du ihn immer begrüßt«, flüsterte er ihr ins Ohr, während sie sich der Tür näherten.

Der Mann baute sich hinter der Tür auf, die Pistole im Anschlag. Sie war auf Giulia gerichtet. Mit einer ruckartigen Bewegung seines Kopfes gab er ihr ein letztes Mal zu verstehen, dass sie keine Mätzchen versuchen sollte.

Giulia zögerte.

Es klingelte erneut.

Giulia schloss die Augen. Sie hoffte, dass dies alles nur ein böser Traum war. Sie rang ihrem verkrampften Gesicht ein Lächeln ab, dann öffnete sie die Tür. Da sie nicht wollte, dass Dariush ihr Gesicht sah, fiel sie ihm noch im Türrahmen in die Arme. Das Paar küsste sich leidenschaftlich, dann bat Giulia ihren Freund herein.

Dariush Rahbar, der iranische Agent, der die Paketbombe mit Fernzündung gebaut hatte, stand noch keine zwei Meter im Flur, als Yadlin die Tür mit seinem Fuß abrupt zustieß. Rahbar drehte sich erschrocken herum. Im selben Moment trafen ihn zwei Kugeln aus der Beretta mitten ins Gesicht.

Giulia begann lauthals zu kreischen.

Yadlin presste ihr sofort seine behandschuhte Hand auf den Mund und drückte ihr gleichzeitig seine

Waffe gegen die Stirn. »Keinen Ton, sonst bist du die Nächste.«

Giulia nickte in panischer Angst. Ihre Augen waren vor Entsetzen weit aufgerissen. Dann musste sie zusehen, wie der Mörder ihrem Freund den erlösenden Schuss in die Schläfe verpasste.

Yadlin nahm dem Toten Handy und Brieftasche ab und drohte der Studentin noch einmal. »Ein Ton, und du bist die Nächste.« Dann ließ er seine Waffe im Schulterhalfter verschwinden, zog den Reißverschluss seiner Jacke zu und verließ Giulias Apartment.

Noch während er nahezu lautlos die Treppen hinunterspurtete, riss er sich das schwarze Tuch vom Gesicht.

Nach wenigen Sekunden war er wieder draußen. Ein schwarzer Fiat mit verdunkelten Scheiben und gefälschtem Kennzeichen brauste heran. Die Beifahrertür öffnete sich, und der Agent sprang ins Auto.

Dreißig Minuten lang fuhr der Fiat scheinbar ziellos durch Rom. In einer ruhigen Nebenstraße in der Nähe des ehemaligen Circus Maximus kam er schließlich zum Stehen. Yadlin stieg aus, warf die Tür hinter sich zu und stieg um in ein am Straßenrand parkendes Fahrzeug der Israelischen Botschaft. Dieses brauste sofort in die entgegengesetzte Richtung. Nach weiteren zwanzig Minuten passierte der Botschaftswagen die scharfen Kontrollen der Israelischen Botschaft und fuhr dann hinunter in die Tiefgarage. Von dort waren es nur wenige Meter bis zu den unterirdischen Räumen der römischen Residentur des Mossad.

Yadlin marschierte schnurstracks in einen Raum, wo

ihn die beiden *kidonim* bereits erwarteten. Sie saßen mit einem Bier vor einem riesigen Flachbildschirm und verfolgten die *Breaking News*. Yadlin zog sich einen Stuhl heran und setzte sich zu ihnen. Das italienische Fernsehen berichtete live vom Tatort. Zwei junge Iraner waren in zwei verschiedenen Stadtteilen Roms nahezu zeitgleich von jeweils einem Unbekannten auf offener Straße erschossen worden. Die Fotos der Toten wurden eingeblendet. Der eine hieß Iman Farahmand, der andere Farshid Ghassemi.

»Gratuliere, Jungs«, sagte Yadlin. »Wartet noch eine halbe Stunde. Dann werden sie auch über die Nummer drei berichten.«

***

Shanghai – Mittwoch, 7. August. Luis Salandri bewohnte seit elf Tagen eine Luxussuite im Peninsula Hotel. Der Schock über die gestohlenen zwei Milliarden Dollar von seinem Konto beim Bankhaus Reusser & Hürsch saß ihm immer noch in den Knochen. Aber was genauso schlimm war: Das Bankhaus war telefonisch nicht mehr zu erreichen. *Niemand* war zu erreichen. Weder sein Sekretär Gaspar Fournier noch Reza Rajavi noch Mason Brookes. In den letzten Tagen mussten sich hinter seinem Rücken also ganz gravierende Dinge ereignet haben. So gern er auch wieder nach Genf zurückkehren würde – unter diesen Umständen war das absolut unmöglich. Ihm blieb gar nichts anderes übrig, als vorerst in China zu bleiben und seine Geschäfte von hier aus zu betreiben.

Im Moment konnte er nicht abschätzen, wie groß die Risiken tatsächlich für ihn waren. Deshalb rechnete er mit dem Schlimmsten und überlegte ziemlich lange, ehe er sich entschloss, Bruce Sheppard anzurufen. Er schaute auf die Uhr: 20.08 Uhr. Der Zeitunterschied zwischen Shanghai und Coral Gables, Florida, betrug zwölf Stunden. Sheppard saß vermutlich gerade beim Frühstück. Schließlich wählte er doch seine Nummer.

Sheppard kannte die Nummer, die ihn anrief, nicht und wollte das Gespräch zunächst gar nicht annehmen. Aber da seine Nummer ohnehin nur einem kleinen Kreis engster Vertrauter bekannt war, handelte es sich entweder um eine Verwechslung, oder ein wichtiger Kontakt hatte seine Nummer gewechselt.

»Hallo«, meldete er sich.

»Luis hier. Ich grüße Sie, Bruce.«

»Ah, welche Überraschung. Luis. Ich grüße Sie ebenfalls. Was kann ich für Sie tun?«

»Sie müssen umgehend zu mir nach Shanghai kommen. Ich muss hier eine dringende Angelegenheit mit Ihnen besprechen, für die ein Telefongespräch denkbar ungeeignet wäre.«

»Sie sind in Shanghai?«

»Ja, im Peninsula Hotel.«

»Das kommt aber sehr überraschend, Luis. Ich bin nicht mehr der Jüngste.«

»Sie sind sechsundsiebzig und ein ganz junger Hüpfer, Bruce. Buchen Sie First Class. Dann werden Sie hier auch erholt ankommen.«

»Ich überlege es mir, Luis. Ich melde mich morgen oder übermorgen bei Ihnen.«

***

Tel Aviv – In Tel Aviv war es exakt 15.11 Uhr, als das Telefonat im Protokoll der technischen Abteilung als abgeschlossen vermerkt wurde. Dreißig Sekunden später lag der zweiundzwanzigjährigen Technikerin Nirit Sharon die hebräische Übersetzung sowie die Analyse der KI vor. Beides landete Augenblicke später auf dem Schreibtisch des Chefs der Operationsabteilung.

Eigentlich war Nirit nur für die Überwachung der Kommunikation zwischen der iranischen Regierung und ihren Proxys im Irak, in Syrien und im Libanon zuständig, aber auf persönliche Anordnung des *memunehs* war ihr auch in diesem Fall die Kommunikationsüberwachung übertragen worden.

Nachdem auch Dahan informiert worden war, telefonierte Ben-Zvi mit Halon, der immer noch auf seinen baldigen Einsatz in Shanghai hoffte. Aber Ben-Zvi bremste ihn. »Du weißt, dass Salandri nicht lebend davonkommen wird«, sagte er. »Er gehört dir. Das habe ich dir versprochen. Aber glaub mir, im Moment ist Abwarten die bessere Alternative.«

***

Tel Aviv – Samstag, 10. August. Der Mossad war bereits gestern vollumfänglich informiert worden. Der stellvertretende Direktor der Operationsabteilung der CIA, Scott Anderson, hatte also Wort gehalten: Der Fall Epstein war professionell gelöst worden. Am King Saul Boulevard hatten sofort die Champagnerkorken geknallt. Heute ging dann die Sensationsnachricht durch alle Medien: Jeffrey Epstein war in seiner Zelle nicht ansprechbar aufgefunden worden, und im Krankenhaus hatte nur noch sein Tod festgestellt werden können.

Was tatsächlich passiert war: Am 9. August war zunächst Epsteins Zellengenosse verlegt worden. Dann war die Wachmannschaft ausgetauscht worden, und sämtliche Kameras waren ausgefallen. Danach brachte das US-Militär Epstein in Sicherheit. Zum Schluss wurde ein bewusstloser Epstein-Doppelgänger in Epsteins Zelle getragen und dort von einem Zwei-Meter-Koloss stranguliert. Die Strangulation war allerdings dermaßen unprofessionell durchgeführt worden, dass im Nachhinein erheblichen Zweifel an der Selbstmordthese laut wurden. Ein gebrochenes Zungenbein spräche doch eher für eine fremdverschuldete Strangulation als für einen Suizid. Derart kritische Stimmen wurden jedoch schnell als völlig unqualifiziert abgetan.

Nirit Sharon erhielt die Information als Erste. Die KI, die die Bewegungsdaten von Sheppards Handy überwachte, meldete, dass sich die Zielperson gerade auf dem Weg zum Flughafen Miami befand.

***

Shanghai – Sonntag, 11. August. Seine Maschine landete um 8.10 Uhr auf dem Shanghai Pudong International Airport. Nachdem er die Zollkontrolle erfolgreich passiert hatte, ging Bruce Sheppard gutgelaunt, seinen Rollkoffer schwungvoll hinter sich herziehend, zu einem der vielen Laufbänder, die ihn bis zum Bahnstein der Magnetschwebebahn brachten.

Die Zugänge zum Transrapid *Maglev* waren sehr gut ausgeschildert und zweisprachig: Chinesisch und Englisch. Sheppard musste nicht lange auf den nächsten Zug warten. Er stieg ein und suchte sich einen Fensterplatz.

Nach wenigen Minuten hatte der perfekt klimatisierte Hochgeschwindigkeitszug die Höchstgeschwindigkeit von 430 Stundenkilometern erreicht. An der U-Bahn-Station in der Long-Yang-Straße stieg der CIA-Veteran aus. Für die rund dreißig Kilometer lange Fahrt hatte der *Maglev* rund acht Minuten gebraucht.

Draußen wartete ein schwarzer SUV mit verdunkelten Scheiben.

Während Sheppard auf den Wagen zuging, öffnete sich dessen Beifahrertür. Ein junger Chinese sprang heraus. Er öffnete dem Herannahenden die hintere Tür und nahm ihm das Gepäck ab. Sheppard nahm auf der Rückbank Platz. Der junge Mann verstaute derweil sein Gepäck.

Die Tür schloss sich automatisch.

Der junge Chinese kehrte auf den Beifahrersitz zurück. Im selben Moment fuhr der SUV los.

»Hatten sie einen angenehmen Flug, Sir?«

»Ja, hatte ich. Vielen Dank.«

Der Chinese überreichte ihm wortlos ein kleines

braunes Fläschchen mit einer undefinierbaren Flüssigkeit. Sheppard nahm es genauso wortlos entgegen und ließ es in der Innentasche seines Jacketts verschwinden. Dann schaute er auf die Uhr. Es war kurz nach neun Uhr morgens.

»Ich kann noch nicht genau sagen, wie lange es dauern wird. Mein Gepäck lasse ich hier im Wagen. Seien Sie einfach um Punkt elf Uhr vor der Galerie *Matthew Liu Fine Arts* in der 99 East Beijing Road. Ich werde dort sein.«

»Okay, Sir.« Der junge Chinese hatte großen Respekt vor diesem alten Herrn. Man hatte ihm gesagt, dass es sich um einen ehemaligen Case Officer der CIA handelte.

Der Wagen setzte den CIA-Veteran etwa hundert Meter vor dem Peninsula Hotel ab. Bruce Sheppard wollte den Rest des Weges zu Fuß gehen. Als er ausstieg, wünschte ihm der junge Chinese viel Glück.

Nach dem Betreten des Hotels setzte sich Sheppard in die Lobby und schaltete sein Handy ein.

Sekunden später erhielt ein Techniker in Tel Aviv, der für die Nachtschicht eingeteilt war, die Information, dass sich Bruce Sheppard in Shanghai aufhielt, genauer gesagt, im Hotel Peninsula.

Sheppard wählte Salandris Nummer.

Der Schwarze Monarch freute sich, Sheppard bereits im Hotel zu wissen, gab ihm allerdings auch gleich zu verstehen, dass er nicht beabsichtige, Geschäftliches außerhalb seiner Suite zu besprechen.

»Ich muss zuerst etwas essen«, sagte Sheppard. »Nach meiner inneren Uhr ist es jetzt 21 Uhr 30.«

»Selbstverständlich. Wir können hier oben gemeinsam etwas zu uns nehmen. Kommen Sie doch einfach hoch. Suite 911. Von hier oben haben wir einen herrlichen Blick auf den Garten.«

»Okay. Bis gleich.«

Der CIA-Veteran ging zu den Fahrstühlen und drückte den Knopf für den neunten Stock.

Drei Minuten später stand er vor der Tür von Salandris Suite.

»Gut sehen Sie aus, Bruce«, begrüßte ihn der Schwarze Monarch. »Florida tut Ihnen sichtlich gut.«

»Dankeschön. Sie sind seit unserem letzten Treffen aber auch keinen Tag älter geworden.«

Die Männer reichten sich die Hand.

»Kommen Sie doch bitte herein.«

»Hier lässt es sich wirklich aushalten, Luis. Das ist schon eine etwas andere Liga als mein Rentnerdomizil.« Sheppards Blick wanderte bewundernd über das luxuriöse Mobiliar hin zu dem riesigen Panoramafenster.

»Sie scherzen, Bruce. Ich erinnere mich noch gut an Ihre kleine Residenz in Coral Gables. Ein wunderbarer Ort für einen geruhsamen Lebensabend.«

Sheppard trat an die riesige Fensterfront und schaute in den prächtigen Garten hinunter.

Salandri holte derweil die Speisekarten von einem der Sideboards. Als Sheppard sich ihm wieder zuwandte, sagte er: »Bevor wir zum Geschäftlichen kommen, werden wir uns erst mal stärken.« Er überreichte Sheppard die Karten. »Lassen Sie sich inspirieren. Natürlich können Sie sich alles zubereiten lassen, wonach Ihnen gerade der Sinn steht. Die Küche ist hier wirklich ausgezeichnet.«

Sheppard schlug eine der Karten auf. »Da brauche ich nicht lange zu überlegen. Ich nehme die Lammkoteletts mit grünen Bohnen. Doppelte Portion.«

»Eine sehr gute Wahl. Dazu einen gereiften Rotwein. Ich schlage Ihnen den *Ronchedone* von *Cà dei Frati* vor. Der ist kräftig und fruchtig, mit relativ wenig Holz. Aber wenn Sie es noch kräftiger und komplexer möchten, ...«

»Nein, ist schon gut, Luis.«

»Gut, dann gebe ich jetzt mal unsere Bestellung auf.« Salandri drückte einen Knopf. Sekunden später klopfte der Etagenservice an der Tür und nahm Salandris Bestellung entgegen.

»Setzen wir uns doch. Was darf ich Ihnen als Aperitif anbieten?«

Sheppard setzte sich in einen der bequemen Ledersessel. »Was haben Sie denn zu bieten?«

»Was immer Sie wünschen: Martini Dry, Manhattan, Campari, Aperol, Kir, ...”

»Einen Martini Dry, bitte.«

Salandri ging an die Bar und bereite zwei Drinks vor. Er selbst hatte sich für einen Kir Royal entschieden. Als er fertig war, reichte er Sheppard den Martini, setzte sich ihm schräg gegenüber auf die Ledercouch und stieß dann mit ihm an. »Chin-chin! Auf ein gutes Geschäft!«

»Chin-chin!« Sheppard nippte kurz an seinem Martini. »Wenn ich ehrlich bin, kann ich es gar nicht erwarten, bis Sie mir erzählen, um welches Geschäft es geht.«

Salandri lächelte. »Bruce, Sie wissen, dass ich Sie nicht nach Shanghai gebeten hätte, wenn es sich nicht um eine ganz große Sache handeln würde.«

»Davon gehe ich aus.«

»Also, mir wurde ein Geschäft vorgeschlagen, dass man, wenn man bei klarem Verstand ist, gar nicht abschlagen kann.«

»Von wem kommt der Vorschlag?«

»Von der Kommunistischen Partei.«

Sheppard machte große Augen.

»Allerdings brauche ich dafür Ihre Hilfe«, fuhr Salandri fort. »Ich weiß, dass Sie über die Kontakte verfügen, die uns bei diesem Geschäft unterstützen könnten. Das Risiko ist hoch, das weiß ich, aber die KP ist bereit, sehr viel Geld für diese kleine Dienstleistung zu bezahlen.«

»Über welche Summen reden wir denn?«

»Für Sie und Ihre Kontakte fünfzig Millionen Dollar sofort auf ein Konto Ihrer Wahl. Sie können dann selbst entscheiden, wie viel Sie von diesem Betrag an Ihre Kontakte weitergeben wollen. Sozusagen als Motivation. Bei Lieferung und erfolgreicher Abnahme noch mal einhundertfünfzig Millionen. Nur für Sie.«

»Nicht schlecht.«

»Warten Sie. Ich muss mal kurz ins Bad.«

Nachdem Salandri sich erhoben und ins Bad gegangen war, griff Sheppard schnell in die Seitentasche seines Jacketts und holte das kleine braune Fläschchen hervor, das ihm der junge Chinese überreicht hatte. Er schraubte den Verschluss ab und kippte die unsichtbare und geschmacksneutrale

Flüssigkeit in Salandris Aperitif. Dann schraubte er das Fläschchen wieder zu und ließ es zurückgleiten in die Seitentasche seines Jacketts. Er hörte zuerst die Klospülung und dann Wasser, das ins Waschbecken strömte.

Die Badezimmertür öffnete sich, und Salandri kam wieder heraus.

»Sie haben mir noch nicht erzählt, worum es überhaupt geht«, sagte Sheppard.

»Es geht um den amerikanischen Präsidenten. Die chinesische Regierung wünscht, dass er so schnell wie möglich aus seinem Amt verschwindet.«

»Durch ein Attentat?«

Salandri schüttelte den Kopf. »Durch massive politische Diskreditierung.« Er griff nach seinem Glas und nippte erneut daran.

»Trumps Diskreditierung läuft doch schon seit dem Tag, an dem er sich als Präsidentschaftskandidat bewarb. Ohne den geringsten Erfolg. Und aktuell ist er noch beliebter als am Tag seiner Wahl. Wie stellen sich die Chinesen das vor? Sie können über Trump Lügen verbreiten wie sie wollen, beim amerikanischen Volk wird er von Woche zu Woche beliebter. Also, ich sage Ihnen das ganz offen, Luis. So schnell werden sie Trump nicht los.«

»Die chinesische Regierung weiß das natürlich. Deshalb planen sie etwas anderes.«

»Was?«

»Die größte Wahlfälschung aller Zeiten. Eine andere Möglichkeit gibt es nicht.«

»Die Wahlen sind doch erst im November 2020.«

»Ja, aber die Vorbereitungen müssen jetzt schon beginnen.«

»Aber wie? Bei Trumps aktuellen Beliebtheitswerten, müssten ja mindestens zehn Millionen Stimmen gefälscht werden. Das ist doch vollkommen unmöglich.«

»Nicht, wenn die Wahlmaschinen mit dem Internet verbunden sind, Bruce. Die Server müssen aus der Ferne steuerbar sein. Außerdem muss die Möglichkeit bestehen, die Sicherheitsfunktionen in Windows deaktivieren zu können. Den Rest muss eine Software besorgen, über die wir im Moment noch nicht verfügen, die Sie uns aber besorgen können. Ich weiß, dass Sie diesbezüglich über extrem dunkle Kanäle verfügen.«

»Das ist das Verrückteste, was ich jemals gehört habe, Luis.«

»Ich weiß. Aber es ist möglich. Denken Sie an das, was die Chinesen zu zahlen bereit sind.«

»Darauf müssen wir erst mal anstoßen.«

Salandri setzte einen zufriedenen Gesichtsausdruck auf.

Die Männer ergriffen ihre Gläser und stießen an. Der Schwarze Monarch nahm diesmal einen größeren Schluck. Ob die Dosis allerdings schon ausreichte, vermochte Sheppard nicht beurteilen.

»Heißt das, dass wir ins Geschäft kommen?«

»Geben Sie mir noch etwas Bedenkzeit. Aber angesichts dessen, was die Chinesen zu zahlen bereit sind, kann man eigentlich unmöglich Nein sagen.«

Salandri strahlte. »Genau das wollte ich hören, Bruce. Chin-chin.« Er führte sein Glas erneut an den Mund und trank es zügig aus.

In diesem Moment klopfte es an der Tür.

»Das ist wahrscheinlich unser Essen«, sagte Salandri. Und in Richtung Tür rief er: »Herein!«

Die Tür öffnete sich. Der Etagenkellner schob einen Servierwagen in den Raum und fragte, wo er servieren solle.

Salandri gab dem Mann mit einem Kopfnicken zu verstehen, dass am Esstisch serviert werde.

Der Kellner machte sich ans Werk. Nachdem er auch den Wein dekantiert hatte, verabschiedete er sich mit einem Lächeln.

Salandri und Sheppard erhoben sich und begaben sich zum Esstisch. Dem CIA-Veteran fiel auf, dass Salandri beim Gehen leicht schwankte. »Geht es Ihnen nicht gut?«, fragte er.

Salandri machte eine abwehrende Handbewegung. »Ach was, mir geht es blendend, aber ich hätte den Kir Royal nicht auf fast nüchternen Magen trinken sollen. Jetzt stärken wir uns erst mal mit wunderbaren Lammkoteletts.« Als er sich setzen wollte, hätte er sich fast neben den Stuhl gesetzt.

»Soll ich nicht besser einen Arzt rufen?«, fragte Sheppard. »Ich mache mir ernsthafte Sorgen.«

Salandri wehrte erneut ab. »Wird schon wieder, mein Freund. Guten Appetit.«

»Guten Appetit.« Sheppard begann zu essen.

Die Lammkoteletts waren wirklich ausgezeichnet, und Sheppard verzehrte sie mit großem Genuss. Er aß auch dann noch genüsslich weiter, als Salandri bereits die Augen verdrehte und schließlich bewusstlos vom Stuhl fiel.

Sheppard kostete noch von dem Wein.

Ein wahrhaft edler Tropfen, aber ich muss nüchtern bleiben.

Bevor er ging, fühlte er noch Salandris Puls.

Der Schwarze Monarch war tot.

Sheppard schaute auf seine Uhr.

Viertel vor elf. Ich muss los.

Um Punkt 10.55 Uhr betrat Bruce Sheppard die Galerie *Matthew Liu Fine Arts* in der 99 East Beijing Road. Vor einem prachtvollen Gemälde des chinesischen Künstlers Yin Zhaoyang verweilte er mehrere Minuten. Das Gemälde hatte es ihm angetan. Er würde später wiederkommen und es kaufen. Es würde ganz hervorragend in sein Wohnzimmer in Coral Gables passen.

Aber jetzt gab es Wichtigeres zu tun.

Der schwarze SUV mit den verdunkelten Scheiben hielt um Punkt elf Uhr vor dem Eingang der Galerie.

Sheppard trat hinaus ins Freie.

Im selben Moment öffnete sich die Beifahrertür des Fahrzeugs. Der junge Chinese sprang heraus und öffnete dem ehemaligen Case Officer die hintere Tür. Sheppard stieg ein und begrüßte Han Zhanshu, einen alten Freund und hohen Funktionär der Kommunistischen Partei.

»Hat es funktioniert?«, fragte Han.

»Reibungslos.«

»Sehr gut.«

Der Wagen hatte sich bereits in Bewegung gesetzt, als Sheppard sich noch einmal an den Funktionär wandte: »Eine Frage noch, Zhanshu: Gesetzt, wir sind erfolgreich und Trump verliert die Wahl tatsächlich. Wie will Ihre Regierung sicherstellen, dass Trump nicht durchdreht und einen atomaren Angriff auf Ihr Land befiehlt, nur um im Amt zu bleiben?«

»Das wird nicht passieren, Bruce. Wir kontrollieren den höchstrangigen General im Pentagon. Er wird sicherstellen, dass Trump keine Dummheiten macht.«

Sheppard wusste nicht, wie diese Aussage zu interpretieren war: Sprach Zhanshu von Trumps Ermordung durch das Militär, oder wollte man ihm nur die Codes für den Atomkoffer verweigern? »Und was werden Sie machen, wenn die CIA Wind von Ihren Plänen bekommt?«, fragte er.

Der Funktionär lächelte fein. »Diese Möglichkeit besteht durchaus, Bruce. Sollte dieser Fall eintreten, besteht aber immer noch kein Grund zur Sorge, denn die entsprechenden Informationen werden Ihren Präsidenten niemals erreichen. Wir kontrollieren nämlich auch die Direktorin der CIA.«

***

Rom – Freitag, 16. August. Die Zahl der Spione, die der Mossad an diesem Freitagmorgen in Rom zusammengezogen hatte, war außergewöhnlich hoch. Geleitet wurde die Operation von Zev Yadlin. Die *sayanim*, die in jedem der besseren römischen Hotels platziert waren, hatten ihn bereits gestern Abend darüber informiert, welcher Amerikaner in welchem Hotel abgestiegen war. Die freiwilligen jüdischen Helfer hatten ihm anhand der Namenslisten, die ihnen zuvor ausgehändigt worden waren, gemeldet, dass alle Personen auf der Liste unter ihrem Klarnamen abgestiegen waren. Naftali Brenner hatte die Fotos der Zielpersonen besorgt und sie bereits vor fünf Tagen an Yadlin weitergeleitet. Der *katsa* hatte sie umgehend an seine Spione weitergeleitet.

Yadlins Spione waren als Bettler, Studenten, Hausfrauen und Obstverkäufer getarnt. Sie waren in Autos, auf Motorrollern und auf Fahrrädern unterwegs. Der *katsa* hatte sie so positioniert, dass eine lückenlose Verfolgung der Verschwörer in ihren Taxis möglich war, ohne dass irgendjemand Verdacht schöpfen würde. Eine Verfolgung mittels Auto war immer nur für maximal drei Häuserblocks erlaubt, dann bog das Auto ab, und an seiner Stelle übernahm ein Motorroller für ebenfalls drei Blocks die Verfolgung, bevor sich ein anderes Fahrzeug an das betreffende Taxi hängte. Dieses System war von Yadlin bis zur Perfektion entwickelt worden.

Um 8.45 Uhr wusste Yadlin, wo sich die Verschwörer versammelten. Es handelte sich um eine Prachtvilla am Ostufer des Tibers. Nachdem er die vielen Fotos und die GPS-Daten, die er von einem Observationsteam erhielt, an den King Saul Boulevard weitergeleitet hatte, war man dort alles andere als überrascht. Die KI meldete, dass die Villa einst dem P2-Großmeister Licio Gelli gehört hatte. Die italienischen Finanzbehörden hatten Gellis Villa im Jahre 2013 beschlagnahmt. Dass Enrico Staro die Villa dem italienischen Staat abgekauft hatte, war in Tel Aviv bislang unbekannt gewesen.

***

Tel Aviv – Dienstag, 27. August. Halon hatte mehrere Tage lang nichts von Ben-Zvi gehört. Irgendetwas war im Gange, das spürte er genau. Es hatte aber nichts mit ihm persönlich zu tun, sondern mit höherer Politik. Wenn es ihn beträfe, dann hätte ihm der *memuneh* weder die Nachfolge Ben-Zvis noch den Job von Danny Gerstein in Berlin angeboten. Nein, das große Schweigen hatte mit etwas anderem, mit etwas wirklich Großem zu tun, das wusste er aus Erfahrung. Wenn der Mossad auf Dinge stieß, die einer Atombombe gleichkamen, dann waren sofort alle Schotten dicht. Dann blieb die Angelegenheit ausschließlich beim *memuneh*, seinen beiden Stellvertretern, beim Nationalen Sicherheitsberater und natürlich beim Ministerpräsidenten. Und bei den ganz großen Nummern wurde in der Regel nur der Ministerpräsident, also noch nicht einmal der Außenminister eingeweiht. Der Außenminister erhielt die brisantesten Informationen immer erst dann, wenn das Kind bereits in den Brunnen gefallen war.

Halon bezweifelte auch, dass Ben-Zvi im Bilde war. Aryeh und er arbeiteten seit Jahrzehnten sehr eng und sehr erfolgreich zusammen, ihr Verhältnis war von Anfang an immer ausgezeichnet gewesen, und wahrscheinlich sah der Alte in ihm so etwas wie einen Sohn. Wenn Ben-Zvi schwieg, bedeutete das entweder, dass gerade nichts Dramatisches passierte, oder dass das, was gerade passierte, dermaßen explosiv war, dass selbst der Chef der Operationsabteilung von den Informationen abgeschnitten wurde.

Gestern hatte Halon mit seiner Tochter Ronit telefoniert, die in den USA Political Science studierte. Bei ihrer letzten Begegnung anlässlich seines 55. Geburtstags in New York hatte sie ihm gestanden, wie unglücklich sie über die Linkslastigkeit der Yale Universität war und dass sie am liebsten alles hinschmeißen würde.

Das gestrige Telefonat hatte zwar nicht lange gedauert, aber seine Tochter hatte sehr befreit geklungen. »Ich wollte dir nur sagen, dass ich morgen wieder in der Heimat bin, Papa. Meine Maschine landet um 10 Uhr 25. Mama holt mich vom Flughafen ab, und ich werde bei ihr zu Mittag essen. Wenn du abends Zeit hast, möchte ich mit dir gern im Hafen essen. Da war ich so lange nicht mehr. Es gibt jede Menge Neuigkeiten. Ich erzähle dir alles, wenn wir uns morgen sehen.«

Um neunzehn Uhr saßen Halon und Ronit an einem weißgedeckten Tisch auf der großen Terrasse des Restaurants *The White Pergola* unten im alten Hafen. Zuletzt hatte er hier mit der deutschen Politikerin Sabrina Wallis und dem deutschen Schriftsteller Julian Tagman zu Abend gegessen. Aber das war schon viele Monate her.

Die Luft war warm, und Halon war von der Ausstrahlung seiner Tochter begeistert. Ronit war mit ihrem braunen, welligen Haar und ihren warmen braunen Augen die klassische israelische Schönheit. Er hatte den Eindruck, dass sie seit ihrer letzten Begegnung vor sechs Wochen noch schöner geworden war.

»Ich habe alles hingeschmissen. Jetzt fühle ich mich total erleichtert«, sagte sie. »Endlich weg aus Yale.«

»Das hattest du mir in New York bereits angedeutet.«

»Ja, aber jetzt habe ich es wahrgemacht. Dieser Schritt war überfällig.«

»Du hattest mir damals gesagt, dass du gern zum Militär zurückmöchtest, zum Beispiel als Mitarbeiterin des Nachrichtendienstes der Armee. Möglicherweise sogar in einer geheimen militärischen Aufklärungseinheit.«

»Ja, das habe ich gesagt. In der Tendenz stimmte das auch. Aber es wird nicht das Militär sein, sondern der Mossad.«

Nachwort

„Feinde in hohen Positionen" ist ein reines Produkt schriftstellerischer Fantasie und hat nur am Rande mit realen Ereignissen zu tun.

Yossi Diskin im September 2021

Weitere Bücher von Yossi Diskin

„Davids Schleuder".
Books on Demand, 2020
ISBN: 978-3-7519-4416-8